Heibonsha Library

電信柱と妙な男

平凡社ライブラリー

Heibonsha Library

電信柱と妙な男

小川未明怪異小品集

小川未明著
東雅夫編

平凡社

本書は平凡社ライブラリー・オリジナル編集です。

目次

Ⅵ

序

面　影

ハーン先生の一周忌に

一

独《ひと》り、道を歩きながら、考えるともなく寂しい景色が目の前に浮んで来て胸に痛みを覚えるのが常である。秋の夕暮《ゆうぐれ》の杜《もり》の景色や、冬枯野辺《ふゆがれのべ》の景色や、なんでも沈鬱《ちんうつ》な景色が幻のように見えるかと思うと遽《たちま》ち消えてしまう。

消えてしまった後は、いつも惘《ぼっ》として考えるのである。なんでこんな景色が目に見えるのであろう。誰《たれ》のことを自分は思っているのか？　気に留めて考えれば空漠《くうばく》として、悲しくも、喜ばしくもないが、静かに落付《おちつい》ていると胸の底から細い、悲しい、囁《ささや》きのように、痛むともなく痛みを覚えて、沈鬱な寂寞《じゃくまく》たる夕暮の田園の景色などが瞭々《ありあり》と目の前に浮んで来る。

ああ、自分はなぜこんなに悲しい気になるのであろうか。もうもう彼女《かれ》のことは思い切っているのにと自《みず》から心を励ますけれど、熱い涙が知らずにぽたぽたと落ちる。物の哀れは之《これ》よりぞ知るとよく言ったものだ。自分は曾《かつ》て雑司《ぞうし》ケ谷《や》の鬼子母神《きしもじん》に参詣《さんけい》して御鬮《みくじ》を引いたこともあったが……やはり行末のことや、はかない恋をそれとも知らなかったからである——この道を行けば、やがて鬼子母神の境内に出るのだが、もう草は枯れている。圃《はたけ》のものも黄ばんでしまった。なんだか斯《こ》う、彼女の面影が目に見えて来る。そういえば此の道を去る秋、共に通ったことがあったのである。

ああ、もうもう思うまい思うまい、悲しいんだやら、こう気が焦《いらだ》ってくるばかりで、やはりこれが悲しいんであろう。涙が知らずに湧いて来る。

どれ、ハーン先生の墓にでも詣《まい》ろう。……

二

思えば一昨年《おととし》、ちょうど季節は夏の始めである。青葉の杜を見ても、碧色《へきしょく》の空を見ても何となく、こう恋人にでも待たるるような、苦しいかと思うと悲しいような、又物哀《ものあわ》れな慕《した》わしげな気持のする頃であった。

自分は学校の窓から裏庭《うらて》の羅漢松《くさまき》の芽の新《あら》たなる緑を熟《じっ》と見入《みい》って色々の空想に耽《ふけ》っていた。するとベルが鳴ってハーン先生が来たのである。此の日初めて先生の顔を見るのだ。

先《ま》ず空想に浮んだのは此の人が希臘《ギリシャ》に生れ、西印度《にしインド》諸島《しょとう》や、其の他諸方《たしょほう》を流浪して来たと云うことである。背の低い眇目《びょうもく》の、顔付《かおつき》のどことなくおっとりとした鼠色《ねずみいろ》の服を着ていなさる、幾人の兄弟《けいてい》や、姉妹《しまい》があり、父や母は何処《いずく》にどうして、而《そ》して真面目な恋もあって、それが成就《じょうじゅ》しなかったのではあるまいか。などと種々《いろいろ》の空想を廻《めぐ》らしていた。やがて講義が終《お》えてから、運動場に出て、羅漢松の木蔭の芝生《しばふ》の上に腰を下《おろ》して漫々《まんまん》たる碧空《へきくう》に去来する白《しら》雲《くも》の影を眺めていると、霊動《れいどう》する自然界が、自《おのず》から自我に親しみ来るように思われる。そこひなき円《まる》い空、寂しそうな白雲、袂《たもと》におとずれる風のささやき。雲を踏み、海を渡り、親もなく、兄弟《きょうだい》もなき異郷に漂浪する、先生の身が可哀そうになって来る。今も尚《な》お優しい余韻のある、情熱の籠っている講義の声が律呂的《リズミカル》に耳許《みみもと》に響いているような。

而《そ》して熟々《つくづく》と穏かな容貌《かおつき》が慕わしゅうなり、又自分も到底此の先生のようではないけれど、やはり帰趨《きすう》なき、漂浪児であるという寂しい感《かんじ》になった。

＊　＊　＊

この光栄ある詩人が、遽《にわ》かに永劫の楽園を慕うて沈黙《サイレンス》の海に消え、紫色の……さながら夢のような……さながら消えた悲《かなし》みのような、遠いまた杳《はる》かな島山蔭《しまやまかげ》の波間《なみま》に見える、永劫の夏の浄土に憧《あこ》がれ、漕いで行ってしまわれた夕暮《ゆうぐれ》、我れは悲しみにたえやらず、君の行方《ゆくえ》なつかしく、美しい茜色《あかねいろ》の西の大空を、野越《のこ》え、山越え、森越えて眺めやり、松樹《しょうじゅ》影暗く繁る、瘤寺《こぶてら》の、湿《しめ》れる墓畔《ぼはん》に香《こう》を焼《た》いて、縷々《るる》として寂寞《じゃくまく》の境《さかい》に立ち上る、細い細い青烟《けぶり》の消えゆくを見るも傷ましく、幾たびも幾たびも空想《おもい》を破る鐘の響《ひびき》に我れ知らぬ暗涙《あんるい》をたたえたことであった。——思うともなく、其の日のことが思いだされて、未だに其の時の光景《ありさま》が瞭々《ありあり》と目に浮んで来て堪《た》えられぬ。

三

この春のことであった。北国のある町を歩いていると立琴《たてごと》のようなものを鳴らして乞食《こじき》が通るのを見た。其の男の容貌がいかにも「日まわり」の一章に読《よん》だ乞食と似ている。何となく悲しく、鳴らしている立琴の音を聞きつつ、空想に耽《ふけ》っていると其の男の姿は遠くなって見えなくなった。……ああ、彼も漂浪人《さすらいびと》かと思うと、つい熱き涙が目の中に湧くのであった。

ハーン先生の文は、この琴《こと》の音《ね》の人をひく力のようにどこか哀れな寂しい、細い澄んだ響きを伝えていた。――何となく沈痛！　何となく悲哀！　の響きがある。

人生には悽惨《せいさん》の気が浸透している。春花《しゅんか》、秋月《しゅうげつ》、山あり、水あり、紅《あか》、紫と綺羅《きら》やかに複雑に目《め》も文《あや》に飾り立てているけれど、帰する処《ところ》沈痛悲哀の調《しら》べが附纏《つきまと》うて離れぬ。酔《よ》うたる人は醒《さ》むる時の来《きた》るが如く、楽《たのし》める者、驕《おご》れるもの、悦《よろこ》べるもの、浮かるるもの早晩傷《いた》み、嘆き、悔い憂うる時の来《きた》ることを免《まぬか》れない。

誰《たれ》か青春の美酒《びしゅ》に酔うては歌わざらん。誰か凋落《ちょうらく》の秋に遭《あ》うては酸鼻《さんび》せざらん。人生酔うては歌い、醒めては泣く、就中《なかんずく》余は孤愁極《こしゅうきわま》りなき、漂浪人《さすらいびと》の胸中《きょうちゅう》に思い到《いた》る毎《ごと》に堪えがたき哀れを感じて、無限の同情を捧ぐるのである。

さすらい人《びと》！　いかなれば君独《きみひと》り愁《うれ》え多きや。飛ぶ雲の影を見れば故郷《ふるさと》の山を思い、うららかなる春の日に立つ野山《のやま》の霞《かすみ》を見る時は、ありし昔の稚子《おさなご》の面影《おもかげ》を偲《しの》ぶ。里川《さとがわ》の流れ迢々《ちょうちょう》たるも目に浮び、何処《いずこ》よりか風のもて来る余韻悲しき、村少女《むらおとめ》の恋の小唄《こうた》も耳に入《い》る。……故郷《ふるさと》を離るる幾百里、望めば茫々《ぼうぼう》として空や水なる海、山の上にも山ある山国《やまぐに》に母を憶《おも》い、父を憶うて、恋しき弟妹《はらから》の面影を偲ぶ心如何ならん。

さすらい人！　いかなれば君独り愁え多きや。男子苟《いやしく》も志を立てて生活の戦場に出《い》で人生に何等かの貢献を試《こころみ》んと決したる上は、たとえ腸《はらわた》九たび廻り、血潮の汗に五体は涵《ひた》るとも野に於いて、市に於いて、鋤《すき》に、鍬《くわ》に、剣に、筆に奮迅《ふんじん》の苦闘を敢《あえ》てする腕《かいな》も、勇気もあるものの、只《ただ》彼《か》の浮世の風波に堪え得ぬ花の如き少女《おとめ》、おお、我が恋人は今頃いかに、今宵をいかに送るならんと空の彼方《かなた》、見よ月に雲のかかり、忽《たちま》ち勇気の挫《くじ》けて暗《やみ》に落ち行く心地せらる。……煩悶……懐疑……ああ、いかなればさすらい人！　かく君独り愁え多きや。

ラフカディオ・ハーン先生はた一個のさすらい人であると思う。

＊　＊　＊

見渡せば霞立《かすみた》つ春の海原《うなばら》。波静《なみしず》かなる、風穏《かぜおだや》かなる、夢にも似たる青き遠山《とおやま》を見るにつけ、黄色なる入江の沙上《さじょう》の舟や、灰色の市街《しがい》を見るにつけ、子《し》の文章を思い起すのである。

北国の春の空色、青い青い海の水色、澄みわたった空と水とは藍《あい》を溶《と》したように濃淡相映《のうたんあいえい》じて相連《あいつら》なる。望む限り、縹緲《ひょうびょう》、地平線に白銀の輝《ひかり》を放ち、恍《こう》として夢を見るが如し。彼《か》の浦島太郎が波間に浮べる、故郷の山影の、夢のような景色を眺めたのも、こうであったろう!?「夏の日の夢」の記を読んで、今、記憶に残っているのは左の一節である。

"Summer days were then as now, ―― all drowsy and tender blue, with only some light, pure white clouds hanging over the mirror of the sea."

日本海の風に吹かれて、滄浪《そうろう》の寄せ来る、空の霞める、雲も見えず、麗《うら》かなる一日を海辺にさまよい、終日《ひねもす》空想に耽《ふけ》っていたことがあるが、其の時子《し》の文章と閲歴とを思い出さずにはいられなかった。赤、黄、緑、青、何でも輪郭の顕著なる色彩を用い、悠々たる自然や、黙静《もくせい》の神秘を物哀《ものあわ》れに写す力があったのが彼《か》の人の特長である。

自分は希臘《ギリシャ》の海を見ないけれど、我が春の海を見るたびに何《なに》となく懐かしく思う。ああ、緑なる空。青き海原を見れば希臘の空を思い、悠々と白き雲の飛ぶ影を見れば、さすらい人を思い、月の光を見ては愁え、貝を拾うては泣き、悲しく吹く風に我が恋人の身の上を思い煩らうのである。

四

ただ独り、黄ばんだる林の下道《したみち》を歩いて、青い空の見える淋しい湿《しめ》り勝《がち》な小道《こみち》を行くと、涼しい秋の風が身に浸み、何となく痛みを胸に覚ゆるのである。広い圃《はたけ》の中に出ると、小春日に、虚空を赤蜻蛉《あかとんぼ》が翻々《ひらひら》と、かよわく飛んでいるのやら、枯れた足元の草の上に止《とま》っているのもある。遠く、うす黒《ぐろ》き烟《けむり》の、大空に溶けるように上っているのも見える。けれど何等《なんら》の響きも聞えない。左に小道を折《お》るれば、例の墓所《はかしょ》に出るので、誰《た》れ見るともなく、静かな秋はいつとなく暮《くれ》て行くのである。

自分はこの眩しいような空を眺めて、何となく悲しくなった。

ある日、講義の時間に「とんぼつり、今日《きょう》はどこまで行ったやら」の句を、

"Catching dragon-flies! ..... I wonder where he has gone to-day!"

詩人の情のこもれる、やさしい声で而《しか》も物哀《ものあわ》れに語られたことがあった。而《そ》して其《そ》の時に自分は稚児《おさなご》が現世《うつつよ》ならぬ薄青い夢の世の熱い夏の真昼頃、なんでも広い広い桑畑でただ独り、

其《そ》の裡《うち》をさまよいながら、蜻蛉《とんぼ》を取っている姿のありありとして見られたのである。

＊　＊　＊

不思議なるは人生の行路、誰か自分の運命を知るものがあろう。……ふりさけ見れば千万里、海や、雲を隔てて異郷の土に冷《ひや》やかに眠るさすらい人の身を哀れむのである。而《そ》してもう、あの柔和な面影は再び見られない。艶麗《えんれい》な筆も既に霊《れい》なきものとなった。ただ永劫に吹く風の、悲しい余韻を伝えるばかり。

自分は茫《ぼう》として人の身の上を思うていたが、やがてまた我が身の上を悲しく感ずるのである。光明《こうめい》の郷に憧がれて、迷う孤雲《こうん》の如く、幽《かす》かなる光を放ち、漫々たる西の大空に浮ぶ。暗《やみ》、愁《うれ》え何処に果《はて》は落ち行くであろう。……うす紫に匂う、希望の星の光は遠い。……去年《こぞ》の秋、この道を歩いた時は、恋しい影が従《つ》いていたものを……今は思いにやつれしさすらい人！

いでや此の涙を捧げものにして詩人の墓を訪《と》おう。……ああ、おそろしい風！　このあたりは落葉《おちば》で径《みち》も見えぬ。

夜の喜び

私《わたし》は、夜《よ》を讃美《さんび》し、夜を怖《おそ》れる。

青い、菜《な》の葉に塩をふり掛けて、凋《しお》れて行く時の色合《いろあい》のような、黙って、息を止めているような、匂いはないけれど、若《も》しこれを求めたら、腥《なまぐさ》い匂い、それも生々しい血潮の流れている時分の臭いでなく、微《かす》かに、ずっと前に、古くから其処《そこ》に残っている匂いがするような、青い月夜もある。

風もなく、雨も降らず、大空には星の光りも隠れて、しかも厚い鉄板《てついた》を頭の上に張り詰めたような重苦しい、大きな音を立てても、音の通らないような、次第次第に、何等《なんら》か大きな黒い楯《たて》が迫って来て、息の音《ね》を圧《あつ》してしまいそうな闇の夜もある。

而《そ》して、此の青白い月夜と黒色《こくしょく》の闇の夜とは、私に性質の異った恐怖を与えている。

「お繁《しげ》さんも、此頃《このごろ》のようにああ無駄目《むだめ》が見えるようになっては長くあるまい。」……とは私の母がいった言葉である。

私は、家《うち》の前の戸口《とぐち》に立って、青白い薄い帛《ふくさ》を此世《このよ》の上にかけたような、草木《そうもく》の葉の、色《いろ》艶《つや》も失せて凋れている景色を眺めた。思いなしか、空の色もうるんで、張っている糸の結び目がほぐれたように不安な月の色は、病女《びょうじょ》の怨《うら》めしげな、弱った吐息を吹きかけて、力なく拭《ぬぐ》った鏡のように、底気味《そこきみ》の悪い、淋しいうちに、厭《いや》らしい光りを落していた。

斯《こん》様な晩に夜烏《よがらす》が啼《な》くと、きっと人が死ぬんだと私は考えて、どうかして烏の啼かないようにと心に希《こいねが》っていた。お繁は三十三四の痩せた女の人である。もう、二三ヶ月前から心臓病で臥《ね》ているのであるが、この二三日はめっきり衰えて、近所の人々は寄れば、其の人の噂をしている。殊《こと》に、昨日、今日は医者も一日に二三度ずつ来て、親類の人々も繁《しげ》く出入りしている様子である。

私の家《うち》と、お繁さんの家とは僅《わず》かに圃《たんぼ》を一つ距《へだ》てているばかりで、其《そ》の家の屋根が見える。

窓に点《とも》っている燈火《ともしび》が見える。月の光りは、圃《たんぼ》に植えられている、繁った、丈《たけ》の低い野菜の葉の上に流れて、お繁さんの屋根が、灰色にぼうっとなって浮き出ていた。いつにない、赤々と点っている窓の障子に映った燈火《ともしび》は、私に、何物か此の夜の中に起るべき異常な事件を予知しているように思われて、怪しく胸が躍るのを覚えた。

私は、かかる夜を讃美し、かかる夜を怖れる。

西の空が飴色《あめいろ》に黄色く色彩《いろど》られて、曇った日は暮れかかっている。音もない外の、黒い木立《こだち》の姿が、尼さんの喪服を着て立っているように窓の内から見られた。色の青褪《あおざ》めた、貧《ひん》に窶《やつ》れた母親が娘の枕元《まくらもと》に来た。じっと憂《うれ》わしげに、眼を閉じている苦しげな娘の額際《ひたいぎわ》に手を当てて熱をはかって見た。顔の色は曇って、憂《うれ》わしげに見えたのが、一種の驚きの姿に変った。而《そ》して、娘の顔に顔を近寄《ちかよせ》て、

「お前もう、日が暮れるのだよ。夜中になってから、悪くなってお医者様を迎いに行くようなことがあると、いけないから、今の内に迎いに行って来ようか……。」

といった。其のふるえた、何処《どこ》か憶病げな声色《こわいろ》は、外に立っている黙った尼さんのような木立にも聞えるように、窓の内外《うちそと》には、厭《いや》らしい沈黙の他に此の様子を見守っているものがな

かった。

「夜中になってから……。」此《こ》の一言《ごん》は、いかにも北国《ほっこく》の淋しい、暗い、物凄い夜を言いふくめている。闇夜《あんや》に、誰《た》れ一人通らない田舎道《いなかみち》を、曲りまがって、田の中や、五六本並木の立っている処《ところ》や、二三軒人家《じんか》のある前を通って、一里《り》余り若《も》しくは二里も、提灯の火を頼りにとぼとぼと町まで歩いて出掛《でかけ》なければならなかった。――夜更《よふ》けてから、波の音が聞える。

私は、かかる夜を讃美し、かかる夜を怖れる。

死は、人間の苦痛の極点である。死より、もう悲しいものはないのである。私は、昼間の太陽の眩《まぶ》しげに輝いているうちには、いろいろの物音や、賑《にぎや》かな声や、人々の姿や、動いている影や色彩《いろどり》で、悲しいこと、苦しいこともまぎれているが、夜になってから、四辺《あたり》が静かになって、人が寝静まってしまうと、骨肉《こつにく》のものや、知っている人の死にかかっている枕元に坐って見守っていると、刻々《こくこく》に襲い来る、不安と恐怖に怪しく胸の鼓動の高まるのを覚える。

私は、死は人間最終の悲しみであり、悲しみの極点は死であると思い、いかなるものも死を免《まぬが》れぬという考えから、寧《むし》ろ死に懐《なつ》き親しみたいという考えが生じた。

夜と、死と、暗黒と、青白い月とを友として、其様《そん》な怖《おそ》れを喜びにしたロマンチックの芸術を書きたいと思う。

北の冬

私《わたし》が六ツか七ツの頃であった。

外の雪は止《や》んだと見えて、四境《あたり》が静かであった――炬燵《こたつ》に当っていて、母からいろんな怖《おそろ》しい話を聞いた。其中《そのなか》にはこんな話もあったのである。

毎晩のように隣の大貫村《おおぬきむら》に日が暮ると赤提燈《ちょうちん》が三つ歩いて来る。赤い提灯は世間に幾らもある。けれども何《ど》の提燈でも火を点《とも》すと後光《ごこう》が射すのが普通だ。然《しか》るに其の提燈に限って後光が射さない。其の赤い提燈は十間《けん》ばかり互《たがい》に隔《へだたり》を置いて三つ、東南の村口《むらくち》から入って来て何処《どこ》へか消えてしまうのである。最初其《それ》を見付《みつけ》たのが村の端《はずれ》に住んでいた百姓家《ひやくしようや》の爺《じじい》であった。夜遅くまで仕事をやって、もう寝ようと思って戸《と》の口《くち》に出ると其の気味の悪い赤い提燈が三つ、彼方《あちら》の野原を歩いているのが見えたという。

其村の西には大きな池がある。やはり雪が降《ふっ》たので水の上には雪が溜っていた。きっと此《この》池《いけ》の周囲《まわり》に住んでいる狐《きつね》か狸《たぬき》が大雪で、食物《しょくもつ》に困って種々《いろん》な真似《まね》をやるのだろうと思って、其夜は寝た。明《あ》る日爺は其の事を村の者に話した。すると己《おれ》も今晩は見届《みとどけ》てやると村の若者等は爺の家に集《あつま》って、寝ずに其頃となるのを待っていた。

其夜は非常に吹雪《ふぶき》のした晩であった。普通の者は迚《とて》も、此の広い野原を歩けない。勿論《むろん》道の付いている筈がなし、北西《きたにし》の風を真面《まとも》に受けて、雪が目《め》口《くち》に入って一足《ひとあし》も踏み出せるものでない。

やはり三つの提灯は東南の村の口から入って来て、野原を通って何処へか消えてしまった。

「や、厭《いや》な提灯だぞよ。」と一人がいった。

「物凄い赤い燈火《あかり》だな。」といった者もある。

「あれは人魂《ひとだま》だ。」といった者もあった。

けれど其夜は、それで寝てしまった。明《あ》る日《ひ》村の某々《ほうぼうら》等は互《たがい》に語り合った。

「あの、提燈は何処へ消えるだろう。」と一人がいった。

「さあ、何処へ消えるか……。」

「池ではないか。」

「一つ今夜は見届けようじゃねえか。」

と相談が纏《まとま》った。某々等は例の爺さんの小舎《こや》に集って、其の時刻の来るのを待っていた。其夜は珍らしく雪が晴れて、雲間《くもま》から淋しい冬の月が洩《も》れている……一望漠々《いちぼうばくばく》たる広野《ひろの》の積雪は、寒い冴《さ》えた月の光りを帯《お》んで薄青く輝いていた。

「非常に寒い晩だな。」と一人がいう。

やがて、身を切るような木枯《こがらし》が野《の》を横切《よこぎ》って、暫時《ざんじ》其の音が止《や》むと、一人は、

「見えた見えた。」と村の端《はずれ》の入口を指した。

三つの赤い、後光のない燈火《あかり》が、村の中へ入って来た。其処《そこ》で一同は、互《たがい》に警《いまし》め合《あ》って、家を出て其の提灯の行衛《ゆくえ》を追うて行った。皓々《こうこう》として、白雪《はくせつ》に月の冴え渡った広野は、二里も三里も一目《いちもく》に見えるように薄青く明るかった。夜が更けるに従って、雪が凍《こご》って堅かったが、各自が警め合って雪の上を踏んで行くと、脛《すね》を切るように抜け落ちるのである。折々《おりおり》木枯が激しく吹き荒《ふすさ》んだ。けれど彼方《あちら》に見える三つの提燈の燈火は瞬きもしなければ、揺れもしない。独りでに歩んでいる。やっと二三十間《けん》ばかりの処《ところ》に近づいて、月の光りに透《すか》して見

ると、提燈ばかりが歩いているのでなく、何《どう》やら人が持っているのだ。其の人が――極《ご》くうすらりとして見えるのには、真白《まっしろ》の装束を着た、全く常の人間でない。

「あっ、幽霊だ！」と一人は覚えず叫んで、其処に腰を抜《ぬか》した。同じく是《これ》を見た一同は満身に水を浴せられたようにぶるぶると手足が戦《ふる》えて竦《すく》んでしまった。で、野原の雪の中に蹲《うず》踞《くま》って昵《じっ》と白装束の三つの影を見送っていると、最初に立ったのは、老人のようで頭に何か白いものを被っている。十間ばかり隔《へだ》て、其の次のはそれより少し脊《せ》が低くて、子供のような歩き方だ。また十間ばかり隔て最後の一人は長く黒髪を後に垂《たれ》ていて女のように思われた。其の三人は、始終俯向《うつむ》いていた。各自の手に一つずつ持った提燈は、宙に吊下《ぶらさが》っているように動くともなく動いた。一同は怖《おそろ》しいながらに息の音を凝らして見送っていると池の方向へは行かずに、広い野原を横切って、隣村の方へ過ぎて行った。冴えた月の光りは一面に原《はら》を照《てら》していたが、ひとり三人の白い衣《ころも》の上には月の光りが落ちないと見えて透《すか》して見ると雪よりも更《さら》に白い影は消えるように見えなくなった。暫《しば》くして赤い提燈の姿も見えなくなった……一同は赤い提燈が見えなくなると、急に寒さが身に浸《し》み込《こ》むのを覚えて、其後《そのご》は互に口も聞かず、凍え死ぬばかりで家に逃げ戻って寝たということだ。やがて鶏《にわとり》が啼《な》いて、夜が明け放れると、あたりは昨日に変《かわ》らず、彼方《あちら》には、枯れた並木があって、遠くに森が見える。

若《も》しや、昨夜《ゆうべ》の幽霊の足跡はついていないかと行って見ると、ほんのそれらしい跡形もなかったという。

ここまで母は真面目で語って聞《きか》せた。

私は子供心《こどもごころ》ながらに其の幽霊は何物であるか知りたかったから、

「鉄砲で撃ってしまえばいいんだね。」と聞き返《か》えした。

「アア、そうだよ。」といって母は、もはや大分《だいぶ》薄暗くなったから室《へや》の内《うち》で眼を細くして針仕事を忙しそうにやっている。

「周蔵《しゅうぞう》にいったら、きっと撃ってしまうだろうね。」と私は炬燵の中に身体《からだ》を半分もぐり込んでいう。周蔵とは私の村での、年若い猟師である。よく此男《このおとこ》は私の家《うち》へ遊びに来た。吃《どもり》の、頭髪《かみのけ》の箒《ほうき》のように延びた、人の好《よ》い男である。

「そんなものに、かまうときっと祟《たた》りがあるよ。」と母がいった。

「祟りてや、何?」と聞き返す。

「死んでしまうのだよ。」と母がいう。

私は怖しくなって来た。もう日が暮れるのに間がない。それでなくても家《いえ》の周囲《まわり》は雪がこいで壁板《したみ》や、葦簾《よしず》などが立てかけてあって、高い窓から入る明《あか》りばかりだから少し暮方《くれがた》に近くなると表《おもて》はそうでなくても家《いえ》の内《うち》は真暗《まつくら》だ。

耳を傾げると幽《かす》かに烏が啼いている。多分正善寺《しょうぜんじ》の杜《もり》で啼いているのだろう。母は仕事を取り片附《かたづけ》にかかった。私は炬燵に当っていながら、先刻の話の筋を幾たびも思い返している。脊にしている柱にかかった六角時計が、ガタン、ガタンとやっている。煤《すす》けた神棚には大黒様がある。古い私の家《うち》は何処を見ても黒光《くろびかり》のする気持がした。

「雪は止んでいるか知らん。」と母はいって起上《たちあが》った。

「さあお湯へ行って来よう。久しく入らなかったから。」といって私は無理に引き立てられた。私は温かな炬燵から出るのが辛かったが、遂に仕度に取りかかった。

私は、藁靴《わらぐつ》を穿《はい》て、合羽《かっぱ》を着た。両脚は急に太くなって、頭から三角帽子を被ったので、丸で転がるように身体《からだ》が円《まる》くなった。母は、頭に庄内帽子《しょうないぼうし》を被って、同じく合羽を着て、藁の深靴《ふかぐつ》を穿いて戸を開けて表へ出た。身を刺すように冷《つめ》たな西風が吹いている。一面に灰色がかった雪の原野《げんや》で、彼方《あちら》に徳兵衛爺《とくべえじじ》の家の頭ばかりが見えた。また彼方に正善寺の杉林《すぎばやし》が黒くなって見える。二人はとぼとぼと雪道《ゆきみち》を歩いて町の方へ出かけた。五丁《ちょう》ばかりの野原を横切らなければ町まで行けない。其の野原には一筋の河が流れて橋がかかっている。

愈々《いよいよ》原にかかると風が強い。雪の上はもう堅く凍《こご》っていた。道《みち》と云ても、一《いっ》誰《たれ》もわざわざ踏んで付けた道でなく、自然に人が歩いて幽《かす》かに付いている飛び飛びの足跡を捜して歩くのだ。ちょうど牛の脊を渉《わた》るよう、抜足をして歩いた。私が先に立って、母が後から来る。此頃は、昼前に橇《そり》が通るが、通った跡でまた吹雪《ふぶき》がして其の跡を掻《か》き消《け》してしまうのである。今少し前に一つ橇が通ったと見えて踏み落ちた足跡やら、処々《ところどころ》光った橇の跡が付いていた寒い日であった。

「明日は天気だよ。」と母が後からいいなさる。私は頭をあげて、目深《まぶか》に被っていた、三角帽子を除《の》けて野原の景色を眺めた。灰色の雪が光りを帯《お》んで、西の山々は黒くなって、日が入《い》りかかっている。東を見ても、南を見ても尚更《なおさら》北を見ても暗くて、鬱陶《うっとう》しい空には飛ぶ鳥の影も見えなかった。私《わたし》は昵《じっ》と空を見ていると自《おの》ずから瞼《まぶた》が閉じて、心の曇りを感じた。ただ何の気なしに西の空を見る。山又《また》山に山は迫って重《かさな》っている。日は其の又山と西の奈落の底に沈むのであろう。厭《いや》らしい黄色な幅広い一筋の雲が、くっきりと灰色の空に浮き出ていた。——ただ其の黄色な雲の帯が長く横《よこたわ》っているのを見たばかりで、後《あと》は日の落つる処も見えない。——もう私は、日が沈んでしまった後《あと》でないかと思ったが、是《これ》を母に聞いて見る気にもならぬ程、心が鬱《ふさ》いでいる。

「あの、雲ご覧《らん》、帯のようだこと。」と母はいって指さす。

全く灰色の、暗い空の幅広の一筋の雲が一直線を引いたようになっているのは気味のよいものでない。

私はただ、滅多に斯様《こんな》景色は見られないと思った。……ただ、とぼとぼと母と二人で雪道を歩いていると、遠くの遠くで、ど、ど、ど——という物凄い音が聞える。耳を澄《すま》すと確《たしか》に日本海の波音《なみおと》である。二人はやっと橋の上を渡った。……岸に雪が積《つも》っていて、河の流れは細くなって、殆んど見えなかった。二人は橋を渡って、またあるかなきかの道をたどった。漠々《ばくばく》として四辺《あたり》には一人の影も認めなかった。

私は今でも、其当時《そのとき》の光景《ありさま》を覚えている。遥か彼方《あちら》に二本の杉の木が見えて、右手に藁屋が見える……その向《むこ》うの方から一人の白装束をした男が来た。長い棒を突いて、胸にきらきらと光る鏡をかけて、頭髪《かみのけ》は黒く蓬《よもぎ》のように縺《もつ》れて、何か腰の周囲《まわり》にじゃらんじゃらんと曲玉《まがたま》のようなものが幾つも吊下《ぶらさが》っていた。……私は不意に先刻母が語って聞かせた大貫村の幽霊話を思い出して、急いで母の後《うしろ》に隠れて、しかとしがみついた。

「怖くないよ……。」

と母はいった。

北方《ほっぽう》の灰色の空は眠っている。其の雲の中からでも降りて来《きた》ように長髪白衣《ちょうはつびゃくえ》の鏡を胸にかけた男は、雪道の上を此方《こちら》にざくざくと歩いて来た。彼方《あちら》には彼《か》の杉の木と、藁屋が、それも遠方に見えるばかりである。……やがて男は、もう五六間《けん》に近づいた。私は此時《このとき》怖る怖る顔を出して覗くと、頭には笠も被らず、口も顎《あご》も真黒に髭《ひげ》が延びている。青褪《あおざ》めた顔には額まで髪が掩被《おっかぶさ》って眉毛は太く眼の光は異様に輝いていた。私と母はどうやって、彼《あ》の男を避けようと細い雪道の上でまごまごやっていると、男の方で止《とま》って、一足雪の中に埋《うま》って、私《わたし》供《ども》の通るのを待ってくれた。母は、

「有難うご座《ざ》います。」

といって其前《そのまえ》を急いだ。私も急ぎ足で母について其の前を通った。此時ぎらぎらと眼が眩《くら》むように鏡が光った。曲玉がじゃらじゃらと鳴る。男は口の中に籠り勝ちな、力の入った声で、

「六根清浄《こんしようじよう》　六根清浄。」といった。

私はその沈鬱《ちんうつ》な声がいつまでも忘れられない。晩方《ばんがた》の寒い天気に、男の鼻息が白く凍《こご》って見えた。私も母の真似をして頭を下げて其の前を通ったのである。男は大様《おおよう》に会釈したが、其儘《そのまま》私供が歩いて来た道の方へ行ってしまった。私はまた急いで母の先になって、幾たびも幾たびも振向《ふりむ》いて見た。母も少しばかり歩いてから振向いた。其の男の白装束の後《うしろ》には脊《せ》一ぱいに何やら太い文字が書かれてあった。見送っていると其姿《そのすがた》はだんだん遠くなってしまっ

た。

「お母《つか》さん、あれは何だろうかね。」と聞いた。

「あれかえ、行者《ぎょうじゃ》だよ。」と、母はいった。

「行者って何？　……」

「旅をして歩く信者だよ。」と母がいわれた。

メランコリーな空は暗い。雪の上は灰色に凍《こご》って、見渡すかぎり、寂莫《じゃくまく》としている。其時私の母は四十幾つであった。脊の低い瘦《やせ》た人柄であった。私は未《いまだ》に当時のあたりの傷《いたま》しい景色が身に浸《し》みていて忘れられない。

何《な》んでも暮方《くれがた》の天気が非常に寒かった。西の空の、黄色い雲はいつしか消えて、鋸《のこぎり》の歯のようにぎくぎくした形をした山々は地球の上にしがみついて黒くなって見えた。――二人は吹雪の来ない間に湯に入って帰ろうと急いだ。帰りには暗くなると、道が分《わか》らないからというので、母が小さな提燈《ぶらさ》を吊下げて来たが、それさえ吹雪が起《おこ》れば、あの橋のあたりは、全く道が消えて方角が分《わか》らない。其《それ》に雪に隠れた深い河もあるので、早く行って帰ろうと急いだ。此時も尚《な》お、ど、ど、ど――という波の音が遥かに微かに聞えたのである。先刻の行者は、あの波の音の聞える、浜辺の村の方から来たようだ。あの男の足跡らしい、草鞋《わらじ》の痕《あと》が処々《ところどころ》についていた。稀《まれ》には深く落ち込んでいた処《ところ》がある。……私は、ああ、あの暗い、波の音の聞える今町《いままち》の方からあの行者は歩いて来て、今晩何処《どこ》の村へ泊《とま》る考えであろうかと母に聞いて見た。

「さ、新井《あらい》か関山《せきやま》の辺《あた》り（我村《わがむら》から三里四里先）へ泊るのだろう。」と答えた。

それから、暫くは二人は黙って道を歩いた。やっと彼方《あちら》に五六十軒固《かたま》った小さな町の頭が見え出した。暗い暗い空にとろとろと真白な烟《けむり》の、上《のぼ》っているのは湯屋《ゆや》である。私は立止って、きっと其方《そのほう》を見遣《みや》った。……

私は北欧某詩人の北光《ほっこう》を讃美した詩を読んで、偶《ふ》と然した北の故郷《こきょう》にあった幼児《おさなご》の昔を懐想して、黄色な雲――灰色の空――白衣の行者――波の音――眼に尚お残っている其等《それら》の幻《まぼろし》が私の心から拭《ぬぐ》い去られないで、いかにも神秘に感ぜられる。――多年都会生活に疲れた私の魂は北幾百里奇蹟《ミラクル》の多い故郷《こきょう》にさ迷《まよ》った。

I　妖魔たち

電信柱と妙な男

　ある町に一人の妙《みょう》な男《おとこ》が住んでいた。昼間はちっとも外に出ない。友人が誘いにきても、けっして外へは出なかった。病気だとか、用事があるとかいって、出ずにへやの中へ閉じこもっていた。夜になって人が寝静まってから、独りでぶらぶら外を歩くのが好きであった。

　いつも夜の一時ごろから三時ごろの、だれも通らない町の中を、独りでぶらぶらと歩くのが好きであった。ある夜《よ》、男は、いつものように静かな寝静まった町の往来を歩いていると、雲突《くもつ》くばかりの大男《おおおとこ》が、あちらからのそりのそりと歩いてきた。見上げると二、三丈《じょう》もあるかと思うような大男である。

「おまえはだれか？」と、妙な男は聞いた。

「おれは電信柱《でんしんばしら》だ。」と、雲突くばかりの大男は、腰をかがめて小声でいった。

「ああ、電信柱か、なんでいまごろ歩くのだ。」と、妙な男は聞いた。

電信柱はいうに、昼間は人通りがしげくて、俺みたいな大きなものが歩けないから、いまごろいつも散歩するのに定《き》めている、と答えた。

「しかし、小男《こおとこ》さん。おまえさんは、なぜ、いまごろ歩くのだ。」と、電信柱は聞いた。

妙な男はいうに、俺は世の中の人がみんなきらいだ。だれとも顔を合わせるのがいやだから、いま時分《じぶん》歩くのだ、と答えた。それはおもしろい。これから友だちになろうじゃありませんかと、電信柱は申し出た。妙な男は、すぐさま承諾していうに、

「電信柱さん、世間の人はみんなきらいでも、おまえさんは好きだ。これからいっしょに散歩しよう。」といって、二人はともに歩き出した。

しばらくすると、妙な男は、小言《こごと》をいい出した。

「電信柱さん、あんまりおまえは丈《せい》が高すぎる。これでは話しづらくて困るじゃないか。なんとか、もすこし丈の低くなる工夫はないかね。」といった。

電信柱は、しきりに頭をかしげていたが、

「じゃ、しかたがない。どこか池か河のふちへいきましょう。私は水の中へ入って歩くと、おまえさんとちょうど丈の高さがおりあうから、そうしよう。」といった。

「なるほど、おもしろい。」といって、妙な男は考えていたが、

「だめだ。だめだ。河ぶちなんかいけない。道が悪くて、やぶがたくさんあって困る。おまえさんは無神経も同然だからいいが、私は困る。」と、顔をしかめて不賛成をとなえだした。

電信柱は、背を二重《ふたえ》にして腰をかがめていたが、

「そんなら、いいことが思いあたった。おまえさんは身体《からだ》が小さいから、どうだね、町の屋根を歩いたら、私は、こうやって軒《のき》について歩くから。」といった。

妙な男は、黙ってうなずいていたが、

「うん、それはおもしろそうじゃ、私を抱いて屋根の上へのせてくれ。」

と頼みました。

電信柱は、軽々《かろがろ》と妙な男を抱き上げて、ひょいとかわら屋根の上に下《お》ろしました。妙な男は、ああなんともいえぬいい景色だと喜んで、屋根を伝って話しながら歩きました。するとこのとき、雲間《くもま》から月が出て、おたがいに顔と顔とがはっきりとわかりました。たちまち妙

な男は大きな声で、

「やあ、おまえさんの顔色は真《ま》っ青《さお》じゃ。まあ、その傷口はどうしたのだ。」と、電信柱の顔を見てびっくりしました。

このとき、電信柱がいうのに、

「ときどき怖ろしい電気が通ると、私の顔色は真っ青になるのだ。みんなこの傷口は針線《はりがね》でつつかれた痕《あと》さ。」といいました。

すると、妙な男は急に逃げ出して、

「やあ、危険！　危険！　おまえさんにゃ触《さわ》れない。」といったが、高い屋根に上がっていて下りられなかった。

「おい小男さん、もう夜が明けるよ。」と、電信柱がいった。

「え、夜が明ける？　……。」といって、妙な男は東の空を見ると、はや白々《しらじら》と夜が明けかけた。

「こりゃたいへんだ。」といいざま、電信柱に飛びつこうとして、またあわてて、

「や、危険！　危険！」と、後じさりをすると、電信柱は手をたたいて、はははと大口開けて笑った。

「小男さん、私は、こうやっていられない。夜が明けて人が通る時分には、旧《もと》のところへ帰って立っていなければならんのだ。おまえさんは、独りこの屋根にいる気かね。」と、電信柱はいった。

妙な男は困って、とうとう泣き出した。かれこれするうちに、人が通り始めた。電信柱は、とうとう帰る時刻を後《おく》れてしまって、やむをえず、とてつもないところに突《つ》っ立《た》って、なに知らぬ顔でいた。妙な男は独り、

「おい、おい、電信柱さん、どうか下ろしてくれ。」と拝《おが》みながらいったが、もう電信柱は、声も出さなけりゃ、身動きもせんで、じっとして黙っていた。通る人々は、みんな笑って、

「こりゃ不思議だ、あんな町の真ん中に電信柱が一本立っている。そして、あの屋根にいる男が、しきりと泣きながら拝んでいる。」

といって、あっははと笑っていると、そのうちに巡査がくる。さっそく妙な男は、盗賊とまちがえられて警察へ連れられていきましたが、まったくの盗賊でないことがわかって、放免されました。それからというものは、妙な男は夜も外へ出なくなって、昼も夜もへやに閉じこもっていました。そして、その電信柱も、いろいろ世間でうわさがたって、もう夜の散歩はやめたということであります。

角笛吹く子

町の四《よ》つ角《かど》に立って、一人《ひとり》の男の子がうろうろしていました。子供ははだしで、足の指を赤くしていましたけれど、それを苦にも感じないようでありました。短い黒い着物をきて、延《の》びた頭髪は、はりねずみのように光っていました。

子供は、このあたりのものではないことはよくわかっています。前には、こんな子供がこの付近で遊んでいたのを、だれも、見たものがないのでありましょう。きっとどこかからやってきて、帰る途を迷ったにちがいありません。けれど、なかなかきかぬ気《き》の子供は、それがために、けっして泣き出すようなことがなかったのです。

町には、もう雪がたいてい消えかかっていましたけれど、なおところどころに残っているのが見えました。子供は、車がいったり、きたりしますのを目を円《まる》くして、おびえながらながめていましたが、あまり自分に注意をする人もありませんので、やっと安心したように、いくらかおちついたらしいようすでありました。ちょうど山がらすが里に出てくると、里に棲んでいる、たくさんのからすに、たかっていじめられるように、子供には、町を通る人間が怖ろしかったのです。

だれも、自分に気を止めるものがないと知ると、子供は、そのそばにあった時計屋の店さきにゆきました。その店には、ガラス戸の内側に、宝石の入った指輪や、金時計や、銀の細工をしたえり飾りや、寒暖計や、いろいろなものが並べてありましたが、中にも、一つのおもしろい置き時計が目立っていました。

それは、ふくろうの置き時計で、秒を刻むごとに、ふくろうの眼球が白くなったり、黒くなったりしたのです。

そして、時計の針が白い盤の面を動いていました。そのときはまだ、昼前でありましたが、著しく日の長くなったのが子供にも感じられました。

南の方の空の色は、緑色にうるんで、暖かな黄金色《こがねいろ》の日の光は、町の中に降ってきました。

それを見上げると、子供は、いつかこの町を通ったことがあったのを思い出しました。そのときは、雪が盛んに降っていました。北風がヒューヒューと鳴って、町の中は、晩方《ばんがた》のように、うす暗かったのです。日が短くて、時計の針が、白い盤をわずかばかりしか刻《きざ》まないうちに、もう日が暮れかかるのでありました。

人々は、みんな吹雪《ふぶき》の音に脅かされて、身をすくめて町の中を歩いていました。じきに暗くなると、どこの家も早くから戸を閉めてしまって、町の中は死んだようになりました。その後は、まったく風と雪の天地で、それはたとえようのないほど、盛んな景色でありました。子供はそれを忘れることができなかったのです。子供は、こうした吹雪を見るのが大好きでした。そして、黄金色の日の光を見ると、不思議に気持ちが悪くなって、頭痛がしたのであります。

子供は、ふくろうの眼球が、白くなったり黒くなったりするのを、もう見飽《みあ》きてしまいました。そして時計屋の店さきを離れますと、また、どっちへ歩いていっていいかわからずに、うろうろとしていたのであります。

いくら気の強い子供でも、いまは泣き出しそうな顔つきをせずにはいられませんでした。どっちへいったら、自分の家へ帰られるだろうかと思ったのです。

このとき、あちらから、真っ黒の頭布《ずきん》を目深《まぶか》にかぶって、やはり黒い着物をきた、おばあさんがつえをついて歩いてきました。そして、町の四つ角に、ぼんやりと立っている子供を見つけますと、

「おまえは、こんなところにいたのか。」といって、子供の着物のそでを引っ張りました。

「おばあさん、もう家へ帰りたい。」と、子供は泣きだしそうな声でいいました。

「ああ、帰ろうと思って、おまえをさがしていたのだ。」と、おばあさんは答えました。

子供は、黙って、はだしのままおばあさんに連れられて、田舎路《いなかみち》の方をさして歩いてゆきました。

あちらの森では、からすがやかましくないていました。

「ほんとうに、やかましくからすがないている。あれは、きっと里のからすだ。私たちをみつけて、鳴いているのだ。山がらすならあんなになきはしない。」と、おばあさんはいいました。

「おばあさん、からすが怖いよ。」と、子供は泣きだしそうな声でいいました。

「ばかな子だ。そんな弱いことでどうする。からすがきたら、私がつえでなぐってやる。」

と、おばあさんは答えました。

子供は、からすのないている森の方を振り向きながら、おばあさんに連れられてゆきました。

村にさしかかると、まだ田にも圃《はたけ》にも、雪がところどころ残っていました。町よりは雪が多かったのです。そして、村の子供らが、雪の消えた乾いた往来で、こまをまわしたり、鬼ごっこをしたりして遊んでいました。

その子供らの声を聞きつけると、子供は、怖ろしがって足がすくんでしまった。

「おばあさん、みんながいじめるから怖いよ。」といって、子供は、前へ歩こうとはしませんでした。

おばあさんは、当惑そうに子供の手を引きながら、

「先がなんというても、おまえは黙っていればいい。もし、あの子供らが口でいうばかりでなく、おまえをなぐるようなことをしたら、私が、このつえでそいつをなぐってやる。」

と、おばあさんはいいました。

子供は、おばあさんの蔭に隠れて、みんなの遊んでいるそばを、逃げるようにしてゆきすぎました。

「やあい、どこかの弱虫め、やあい。」と、後ろの方で子供らが悪口《わるくち》をいいました。

「弱虫のくせに、はだしでゆくやあい。」と、また子供らがいいました。

おばあさんの蔭に隠れて、子供は耳の根まで真っ赤にしながら、黙って、恥ずかしがっていました。

「おまえは、いい子だ。よく黙っていた。それでこそおまえは、ほんとうに強い子なんだ。」と、おばあさんは、強いけれど、また一面には臆病なところのある子供の頭をなでていいました。

二人は、さびしい、あまり人の通らない田舎路を、どこまでもまっすぐに歩いてゆきました。すると、あちらから、一人の百姓が、二頭の羊《ひつじ》を引いて、こちらにきかかりました。これを見ると、子供は、また、怖ろしがりました。

「おばあさん、怖い。」と、子供は泣き声を出していいました。

「なにが怖いことがある。あれは羊だ。草を食べさせに百姓がつれてゆくのだ。よけてやれば、おとなしく前を通ってゆく。」と、おばあさんは答えました。

路《みち》の両側には、雪が消えかかって、青い草の出ているところもありました。けれど、だんだんと進むに従って、雪は多くなったのであります。

おばあさんと子供は、路の片端《かたはし》によって、百姓と羊を通してやりました。

二頭の羊は、仲よく並んで前を過ぎました。後から百姓がゆきました。

「これから先は、だんだん雪が深くなるばかりだ。」と、百姓は通り過ぎるときに、二人に向かって知らせました。

二人は、また、その路を北へ、北へと歩いてゆきました。やがて、路は、広い野原の雪の中につづいていました。広い、広い、野原はまったく白い雪におおわれています。子供はその雪の中を、元気よくおばあさんの先に立って、はだしで進みました。

北の地平線は、灰色に眠っていました。まだ、そこには春はきていなかった。

「おばあさん、もう家《うち》が近くなった。」と、子供はいいました。

「ああ、もうここまでくればだいじょうぶだ。」と、おばあさんも答えました。

このとき、子供は、懐《ふところ》の中から角笛《つのぶえ》を取り出しました。そして、北の野原に向かって、プ、プー、プ、プー、と吹き鳴らしたのです。すると、たちまち、無数のおおかみが、どこか群れをなして、雪をけたって駆けてきました。子供は、その中の一頭に早くも飛び乗りました。そして、南の空を見返りながら、太陽に向かって威嚇しました。すると無数のおおかみは、等しく太陽に向かって、遠ぼえをしたのであります。その声は、じつにものすごかった。広野に眠っている遠近《おちこち》の木立《こだち》は、みんな身震いをしました。

寒い風が急に北の方から起こってきて、雪がちらちらと降ってきました。見ると、さっきまで、つえをついて、黒い頭布をかぶっていたおばあさんは、じつは魔物であったのです。黒い頭布と見えたのは、大きな翼をたたんで、その頭を隠していたからです。たちまち、魔物は、大きな翼を羽ばたいて、大空に舞い上がりました。子供が角笛を吹いて、北へ北へと、おおかみの群れとともに駆け去る頭の上の空には、黒雲がわいて、雷がとどろいていたのであります。

南の空からはしきりに、金色の箭《せん》が飛んできました。けれど、ここまで達せずに、みんな野原の上に落ちてしまいました。すると、そこには、雪が消えて、下からかわいらしい緑色の草が芽をふきました。

赤い天蓋

北国《ほっこく》のある小さな町を離れて、だんだん山の奥の村へ入って行こうとする時に、細い道は、一つの大きな物凄い池の傍《そば》を過ぎるのであります。

其の池の深さはどれ程あるか知れないように、いつも水は青く、青く、なみなみとしていました。風が吹く時には、其の水の面《おもて》に白い波が閃《ひらめ》きました。

昔から、この池には大蛇《おろち》が住んでいるという噂がありましたが、誰も其の蛇の姿を見た者はありませんでした。

ある日のこと、村から町に出た三人の男がありました。やがて用事を済《すま》して、日暮方になりましたので、三人は連立って家路に付きました。

三人は話ながら、其の野中についている細い道を歩いて来ますと、池の近くになりました。森には風があって、空を走る雲の影が水の上に動いていました。

すると、一人の一番年下の男が、いつとなしに他の二人から後れてしまいました。二人は話に気を取られて、

「何処《どこ》かで、小便でもして其れで一足《ひとあし》後れたのだろう。直《すぐ》に追い付《つく》にちがいない」と、思って、あまり一人が後れたことを気にかけませんでした。

余程《よほど》、道を来た頃になって、二人は、始めてあまり一人が来ようの遅いのに気が付いて、道の上に立止って振り向いて見ますと、四辺《あたり》には、何の其れらしい影も見えなく、ただ、木立の頂きに風が吹いて、日がだんだん暮れかかっているのでありました。

「これは、おかしなことがあるものだ」と、二人は、訝《いぶ》かしがりました。三人が、つい其《そ》処《こ》までいっしょに来ながら、途中で一人が煙の消えるように無《な》くなるという道理がないと思いましたから、二人は、また、少しばかり道を戻って、いなくなった連《つれ》の一人を探しましたけれど、全く、其のことは無効となったのでありました。

二人は、村に帰ってこの話をしました。すると、村は大騒ぎでご座いました。

「いったい何処で、一人が無くなったのだ」と村の人々は、二人に聞きました。

「なんでも池の見えた時分である。二人は、話に気を取られていたので、全くどうしていなくなったか分らなかった」と、二人は、さも面目《めんぼく》なげに答えました。

「きっと、其《それ》は池の主に見込《みこ》まれたんだろう」と、年寄等は言っていました。

ついに、其の一人の男は村に帰って来ませんでした。而《そ》して、誰も、其の行衛《ゆくえ》を知ったものはありませんでした。また、しばらく経つと、男が一人いなくなりました。而して、村では、池に大蛇が出て、人を取るという噂が益々《ますます》広まって、誰も一人では町へ出る者がなくなりました。たとえ町へ出ても、早く家に帰って、晩方になると池の傍を誰れ一人過ぎる姿を見なかったのであります。

町には、大願寺という古い寺がありました。青苔の蒸した石段を上りますと、鐘撝堂《かねつき》がありました。御堂は、尚《な》お木立の奥にあって、高い屋根の青銅には、緑青《りよくしよう》が流れていました。和尚様は、まだ三十四五の年若い人でありましたけれど、行《おこない》が正しく、町の者や、近村の人々にも其の徳を慕われていました。

一日《あるひ》、村に不幸があって、迎いに来ました。和尚様は、留守を弟子達に頼んで村へ出かけました。而して、日暮方、独りで池の辺《ほとり》を歩いて町へと帰りかかりました。

晴れていた空が曇って、池の面には、湿っぽい風が吹いていました。白い波がちらちらと騒いで、周囲《まわり》の草木が悲しそうに揺れています。

和尚様は、日頃、人のよく無《な》くなるのはこの池のあたりであると心に思って、口の中に念仏を唱えていました。もし、大蛇が現われたら、よく説法を聞かしてやろうと思われたのであります。

ふと、其時頭をあげて前を見ますと、一人の女が素跣《すあし》でしくしくと泣きながら、草を分けて自分の前を歩いて行きます。和尚様は、たった今まで其れらしい人影を見なかったのに不思議なことだと思われました。これはきっと、この池の大蛇が女に化けているにちがいない。こうして、人の命をこれまで取ったのだろうと考えましたから、一生懸命に心で仏に祈り、念仏を唱えていました。

女は、和尚様の前にたって、何処までも歩いて来ました。

「もし、もし、其処に泣きながら行く女は誰だ?」と和尚様は、後から声をかけました。けれど、其の声は、女に聞えなかったと見えて、やはり下を向いて、しくしく泣きながら歩いています。

和尚様は、自分は出家の身だ、化生《けしょう》のものを済度《さいど》して、もし其れで殺されるようなことがあれば、其れは、まだ徳の至らぬので仕方がない。済度出来るものか、何《ど》うか一つやって見なければならぬと思われたから、急いで其の女に追い付きました。而して、もし、もしと声をかけて、女の先に廻って、其の顔を覗きました。

女を一目見ると、和尚様は、あっと言わんばかりに魂消《たまげ》ました。何という美しい女でありましたでしょう。これまでいろいろな女性《にょせい》をも見ましたけれど、これ程の美しい女というものは、曾《かっ》て、絵にも、現《うつつ》にも見たことがなかったのです。而して、和尚様は、徳の高い、行の正しい人と、世間から言われていましたにかかわらず、一目其の女を見られた時から、全く堅固な道心が崩れてしまったのです。

女は、雪のように白い、眉の濃い、しかも涙に濡れた眼をあげて、じっと和尚様の顔を見つめてにっこりと笑いました。而して、二人は、しばらく顔を見合ったまま路《みち》の上に黙って相対していました。

「ああ、これではならぬ。これではならぬ」と、和尚様は、はじめて夢から醒めたように気が付くと心で言われました。而して、もう決して、二たびこの化生の女の顔を見まいと眼を閉じて、一心に念仏を唱えながら途《みち》を急がれました。

やがて、彼方に霞んで、町の灯火《ともしび》がちらちらと見えました時に、和尚様は、やっと安堵《あんど》されたのであります。

八月十五日の夜のことであります。大願寺には、お説教がありました。この日は町の人々や、近間の村からの人々が、宵のうちから御堂に押し寄せて来ました。

蒸し暑い、あまり風のない晩でありましたけれど、御堂の中は人でぎっしりでございました。やがてお経がはじまって、衆生の念仏を唱える声は堂にあふれるばかりに聞かれました。其れが終ると、いよいよ和尚様のお説教になりましたので、和尚様は一段高い処に上って、其処に自分の説教を聞きに集《あつま》った皆《み》んなを見渡されました。

すると、御堂の天井の真中には、天蓋が懸っています。其れにはいろいろの鳳凰や、龍や、麒麟などの縫繡《ぬいとり》をした赤地の金襴の布が垂れていました。ちょうど、其の下の処に、あの美しい女が来て坐って、じっと此方を見つめているのでありました。

其れを見た和尚様は、身がぶるぶると震えて、心が女の方に惹かれて、どうすることも出来なかったのであります。其れがため、其夜の説教は思った程の感激を人々の心に与えることが出来ずにしまいました。

信徒の人々はじめ、弟子供《ども》は、和尚様はどうかなされたのでないかと、いつもと其の様子の異っているのを訝かしく思った程でありました。

説教が済んで、人々が帰りますと、いつしか、其の女の姿も見えなくなりました。けれど、和尚様はもはや、どうしても、其の美しい女の姿を心の眼から忘れることが出来ませんでした。而して、自分の不徳をつくづく恥かしく思われたので、いっそ池に入ってしまうと決心されたのであります。

真夜中頃、皆が眠静《ねしずま》った頃、和尚様は、

「今夜、あの大蛇ヶ池に入ってしまうから、後はよろしく頼む。而して毎年八月十五日の夜を忘れずに、私は、この寺へお詣りに来るだろう」と、書き遺して、寺を出られました。

夜途《よみち》を辿って、池のほとりまでやって来ますと、既に、其処には、美しい女が立って待っていました。眉毛の濃い、雪のように白い、其の美しい顔は星明りに照らされて、更《さら》に美しく見られたのであります。女は期待していたもののように喜んで見えました。

「とう、とう、お前のところへやって来た」と和尚様は言われました。而して、二人は池の中にざんぶりと入ったかと思うと、忽《たちま》ち静かな池に大波が立って怖《おそろ》しい大蛇の体が半身水の上に現われたが、やがて其れも見えなくなってしまったのです。

其後、二《ふた》たび、池で命を取られたという人の話を聞かなくなりました。人々は、和尚様が、みんなの身代りになられたのだろうと言っていました。

この町や、附近の村では、八月十五日の夕方、大抵降るということです。いくら晴天であっても忽ち池の上の空に当って黒雲が起り、時には雷《らい》が鳴って瞬時、大雨《たいう》が降り注ぐそうです。

「和尚様が、大願寺へお詣りにいらっしゃるのだ」と、其時、人々が言います。其の晩、寺では、御堂に夜明まで蠟燭が上げられています。明《あく》る朝になって、赤い天蓋の下の畳の上を見ますと、しっとりと雨も漏らないのに其処だけが湿《ぬ》れているということです。

これは、私が子供の時分に聞いた不思議な話の一つです。

兄弟の猟人《かりうど》

一

昔、越後の国の片田舎に三郎と四郎という兄弟の猟人《かりうど》がありました。二人は鉄砲を撃って獲物を捕ることが上手でありました。而して、二人ともなかなか勇敢で怖《おそ》ろしいということは知りませんでした。中にも兄の三郎は智慧が深くて落付いていました。弟の四郎は兄にくらべますと気質が荒々しゅうご座いました。だから、二人がいつもいっしょに猟に出かければ、たとえどんな山中に入っても心配はなかったのです。

兄の三郎は考え深かった上に、弟は力が強くて怖れないという性質《たち》でありましたから、鬼に金棒も同様で、何処《どこ》へ行きましても心配することはいらなかったのです。

しかるにある日のこと兄の三郎は風を引いて臥《ね》ていました。其処《そこ》へ弟の四郎が入って来ました。

「兄さん、今日は私が一人猟に出かけて来ようと思いますが許してください」と言いました。

すると兄は臥ながら考えていましたが、

「ああ、私も、もう長い間風を引いて外へ出ることが出来なかったので、其間獲物を捕らずにしまった。もう四五日も経てば起きられるのだが、そう毎日、何も仕事をせずにいては困るし、お前も退屈であろうと思う。しかし、お前は向う見ずの性質だから、一人で猟にやるのは、何となく心もとないが、よくよく注意をして、何事につけても無理なことはしてはなりませんぞ」と言いました。

「兄さん、そんなに御心配して下さいますな。私も、子供じゃありませんから、大丈夫です。しかしよくよく注意して行ってまいります」と言って頭を下げました。

兄は弟に対して、出かける前にいろいろと他にも注意を与えました。而して、別に三発の弾丸を弟に渡して、

「この三発の弾丸は万一の場合に使うようにしまって置け。而して、何か身の上に変りがあった時には、この三発の弾丸を相図《あいず》のためにつづけて打て。そうすれば私が助けに行くから」と言いました。

弟は、兄の親切に対して、厚く謝していよいよ出かけました。

二

外には雪が四尺も五尺も積っていました。何処を見ても真白で御座いました。野原の上にも、丘の上にも、河の上にも、皆な雪が積っていました。其の上をとぼとぼと歩いて、弟の四郎は一人で山の奥の方へとたどってまいりました。其頃、灘葉山《なんばやま》の麓には怪獣が棲《す》んでいるという話がありました。しかし誰も其《それ》を見たものがない。このあたりには人がめったに行ったことがありませんので、其の他狼や、狐などが沢山に棲んでいたのでした。四郎は何か好い獲物を捕って帰ろうと、灘葉山の麓をさして歩いて行ったのです。

其の後で、家に一人残って床についていました兄の三郎は、

「ああ、言うことを忘れた。あの昔から怪獣が棲んでいるという灘葉山の麓へ弟は行かなければいいが、自分がいっしょならまだしもいいけれど、もしや弟一人で行って、間違いの起った時には取り返しが付かない、ああ、つい注意することを忘れた」と思って心配いたしていました。

弟の四郎は、兄が家でこう思って心配しているなどとは知りませんで、元気よく灘葉山の麓を指してまいりました。

「どんな怪獣でも出て来い。俺は今迄一発で打止めないことはない。俺にかかっては、どんな猛獣でもかなわないだろう」と独言を洩《もら》していました。

やがて灘葉山の麓に来ますと、大きな黒い物凄い森が聳《そび》えています。深い怖《おそろ》しい谷が重り合っています。而して、雪の底から流れている渓川《たにがわ》の水音が、あたりの寂然《しん》とした空気を破って響いて来ました。

日の光りは灰色の雲の下に隠れていて、何時頃だかということも分りません。四郎は鉄砲を担いでうす暗い渓へ下りて参りました。すると、雪の上に黒い獣物《けもの》が動いていました。それはちょうど其の渓にあった狢《むじな》の棲《すん》でいる穴の中から、子供が外に出て遊んでいたのであり

ました。四郎は直に鉄砲の的《ねら》いを定めて其を打ち殺しました。つづいて、もう一疋《ぴき》出て来たのも打ち殺しました。

三

四郎は好い獲物があったのを喜んで、其の二疋の狢を縄で結って雪の上を引摺ながら、其の渓を上りました。すると、何《ど》う途《みち》を間違えたものか、もとの処へは出ませんでした。まごしていますうちにはや日が暮れかかると見えて雪の上がうす暗くなってまいりました。四郎はこうしてはいられないと思いまして、二疋の狢を引摺りながら、里の方へと志して歩いて来ますと、ふと一つの小舎《こや》が眼に止まりました。もとより其の小舎は人の住んでいるような小舎ではありません。ただ雑木で、雪や風を凌《しの》ぐだけに造ったもので、誰か他の知らない猟人が前に此辺へ来て日が暮れて泊ったことがあると見えますので、四郎は其の小舎に近づいて其の中を覗いて見ました。すると、誰も其の中にいませんでした。四郎は、幸《さいわい》、もう日も暮れかかったことであり、方角を迷ったことでもあるから、今夜はこの小舎の中に泊って明日の朝、早く帰ろうと思って、其の小舎の中に入りました。

小舎の中には何もありませんでした。ただずっと前に火を焚いた跡が残っているばかりです。四郎は早速、其の辺りを歩きまわって枯れた木の枝や、また太い棒などを切って来ました。出る時に食物の用意はして来ましたので、其の方の心配はありませんでした。

やがて日が全く暮れると、寒い風が山や、野原を掠《かす》めて吹きました。其処で四郎はいよいよ今夜は野宿の用意に取りかからなければなりませんでした。沢山切って来た枯れ枝を焚いて、而して小舎の入口には太い強い棒を幾本となく立てかけて、夜中に猛獣が襲って来ても容易に中へ入れないようにいたしました。

小舎の隙間からは、青い空に輝いている星の光がちらちらと洩れて来ます。しかし火を焚いていますので暖かでありました。

四郎は二疋の狢を頭の上に吊るして、自分は其の下で火の傍にごろりと横になりました。枕許には鉄砲に弾を籠めたのを立てかけて置きました。其のうちにうとうとと眠気が差して来ました。

四

兄の三郎は、床に就きながら、弟の帰るのを待っていました。しかし日もとっぷりと暮れたけれど、弟が帰って来ませんので、どうしたろうかと心配いたしていました。何か身に変ったことでもなければいいがと思っていました。三郎は其夜は、いつものようによく眠ることが出来ませんでした。よく猟に出て日が暮れて終《しま》って、野宿するということは決して稀でありませんから、弟もきっと途中で日が暮れて野宿したのであろう。明日になったら、早く帰って来てくれればいいがと思っていました。しかし、何となく其の夜は弟のことが気にかかって、よく眠ることが出来なかったのです。

夜が更けると共に四辺《あたり》が寂然《しん》として来ました。折々、吹いた風の音も止んだと見えて、外は静かでありました。其の時、遥か彼方の灘葉山の麓の方に当って一発鉄砲の音が聞えたのであります。三郎は枕から頭を上げて、

「ハテナ、今のはたしかに弟の打った鉄砲の音だ。今頃鉄砲を打つということはないが、これには何か仔細があるだろう。何うしたことだろう?」と頭を傾《かし》げていました。すると、

また一発鉄砲を打った音が聞えました。

三郎は、何か弟の身の上に変りがなければいいがと心配いたしました。三発つづいて鉄砲の音がした時には、何か変りがあった相図だと思って、耳を傾げていましたが、其れより鉄砲の音は聞えませんでした。

其にしても、今時分鉄砲の音がする筈がないが、何か鳥獣でも推寄《おし》せて来たのを打ち払ったのであるか、早く夜が明けてくれればいいがと神様に祈って弟の身の上に変りがなかれかしと念じていました。其のうちに夜が明け離れました。太陽は上って、雪の面がきらきらと輝きましたけれど、弟は帰って来ませんので三郎は心配して、もう病気も大抵は癒《なお》りましたので、十分の身支度をして弟を探しに出かけました。そして、弟が昨夜泊った小舎へ行って見ますと、弟は何物に喰い殺されたものか、小舎の中で無残に死んでいました。

五

「ああ可哀そうなことをした。弟を一人でやらなければ、こんな目に遭わなかったのだろう」と言って、兄の三郎は弟の死骸に取り縋《すが》って泣きました。

しかし、今はこうして泣いていたって仕方がありません。其れよりは、弟の敵《かたき》を打ってやらなければならぬと、三郎は決心したのであります。

きっと今夜も弟を噛殺《くい》した怪獣はこの小舎にやって来るだろうと思いましたから、三郎は鉄砲に弾を籠めて、また長い刀を傍に置いて、夜になるのを待っていました。

やがて、全く日が暮れてしまうと、寒さが一倍募ってまいりました。星の光りが小舎の隙間を洩れて来ました。三郎は火を焚いて当っていますと、其のうちに体が暖まると共に、うとうととして、いつしか知らぬ間に横になって眠りました。するとちょうど真夜中頃でありました。怪しい物音がしたかと思うと、三郎は刎《は》ね起きました。而してきっと四辺に眼を配りながら、「ちょうど昨夜、鉄砲の音を聞いたのは今頃だった。我が弟のにっくき敵を打ってやらなければならん」と思っていました時に、眼の前に、十七八になった綺麗《きれい》な女が、長い髪を後方に垂れて、にこやかに笑いながら、片手に手燭を持って寝衣《ねまき》姿で入口の処へ現われました。三郎は弟を殺した魔物はまさしくこれだと思いました。其にしてもこんな優しい女に化けて油断をさせようとするなどとはにっくい奴だと思って、鉄砲を取り上げて、女を狙って一発、どんと打ち放しました。すると女の姿は、ぱっと消えて、また直に其処に同じ女の姿が現われました。三郎は二発、三発と其の女に向って打ちましたけれど、何の手応えもありませんでした。

「ああ、これで弟も殺されたのだ」と思い、心の中で神様に救いを祈りました。すると、ふと心に浮んだので、三郎は女の持《もっ》ている手燭を狙って打ちました。すると一声叫んで、入口の処で倒れたものがあります。三郎は刀を下げて行って見ますと、大狢が血に染って雪の上に斃《たお》れていました。

いろいろな罰《ばち》

一

ある処《ところ》に一家の者揃って、強慾で、無慈悲なのがありました。誰が何と言ったって、そんなことには頓着なく、思い思いに自分等の我儘《わがまま》を通していました。だから近所の人々は、其の一家の者とは交際もせず、また相手にしないようになりました。

ある夏の熱い日のことでありました。爺さんは縁側の処で何か仕事をしていました。木の葉はだらりと垂れて、雲の色が赤く、蟬が鳴いていて、路の上が白く乾いていました。其日の熱さといったら、全く近頃にない程でありました。

この時、何処からともなく、見るからに物哀れな様子をした坊さんが、とぼとぼと杖に縋《すが》って垣根に添うて歩いて来ました。多分旅をして歩く坊さんらしゅうご座いましたが、着ている墨染の衣は破れて、白の脚袢《きゃはん》は土に塗《まみ》れていました。坊さんは、やがて、この家の門を入って来ました。而して爺さんが仕事をしてる間近に来ますと、

「私は旅をする者だが、途中この暑気《あつさ》に当って気分が悪いのだが、少しの間何処か軒下にでも、また木の蔭にでも、日蔭の処に休ましてもらいたいものだ。」

と言って、爺さんに頼みました。

爺さんは、はじめて誰か入って来たことを知りまして、ふと顔を上げると、こんなような汚ならしい坊主でありましたから、其れに日頃から、慈悲心というものはありませんから、

「ああ、いけないいけないいけない休むなら他へ行って休むがいい。此処ではならん。早く、出て行ってくれい。」

と情《つれ》なく言ったのであります。

坊さんは杖に凭《よ》りかかって、衰えた体を支えていました。

「何処でもいいのだが、ほんの少しの間休ましてもらいまいか。眼が暈《くも》って、息が切れて歩けないのだから。」

と真に坊さんは、苦しそうにして頼みました。

「ああ、いけない、いけない、こんな処で倒れられてたまったものか。さあ、早くさっさと出て行ってもらいたい。」

と爺さんは、大きな声で眼を怒らして言いました。

二

「そんならまことに済まないが、咽喉《のど》が乾いて仕方がないのだが、水を一杯頂かれまいか。」

と坊さんは頭を下げて頼みました。

此家の裏手には井戸があって、其の水の好いことは評判でありました。

「ああ家の水は濁っていて飲めないから、他へ行ってもらったらいい。」

と爺さんは、情なく断りました。

「あなた方が飲まれている水なら、濁っていてもいいから、一杯頂かれまいか。」

と坊さんは、此方を見て頼みました。

「ああ、いけない、いけない。他へ行ってもらったらいい。さあ、早く立って行かないか。」

と爺さんは、また眼を怒らして大声に言いました。すると、坊さんはさも怨めしそうに、爺さんを見て、

「なんと情《つれ》無い人間だ。こんなに病んで歩けない者に対《むか》って、なんと情無い人間だ。」

と言って又とぼとぼと杖に縋って門を出て行きました。其の坊さんはついに歩くことが出来ずに村端《はず》れに行った時に路の上へ倒れてしまいました。而してとうとう誰も介抱する者もなく死んでしまいました。後で村の人々は、其の坊さんを気の毒に思って葬ってやりましたが、この強慾な爺の家では一銭も出さなかったそうであります。

するとふ不思議なことに、今迄、爺さんの家の裏手にある大井戸が其年から水が涸《か》れてしまいました。其処で、この家の者は困って、別に井戸を掘りました。すると、下から、頭髪《かみのけ》が出て来たり、死んだ人の骨が出て来たり、瓦《かわら》が出て来たり、石塊《いしくれ》が出て来たりして、少しも水が出ません。これではいけないと言って、また別に井戸を掘りました。すると掘る井戸は

何《ど》の井戸も水が出ないし、頭髪や、骨や、石塊ばかりです。たまたま水が出たかと思うと赤く錆《さび》た水ばかりであります。仕方なく、この家の者は河水を汲んで来て飲むようになりました。流石《さすが》の強慾な爺さんも、思い当るところがあったと見えて、其後は乞食や、困った人々に情をかけるようになりました。

三

爺さんは改心して、善人になりましたけれど、婆さんと息子は、やはり強慾で、飽迄《あくまで》無慈悲でありました。

ちょうど此頃、村に不思議な話がありました。其れは村端《はずれ》の墓場に毎夜のように獣物《けだもの》だか、人間だか分らないけれど、怪物が出て人を殺したり、おびやかしたりすることがありました。誰も其の怪物の姿を見たものがありません。何物の仕業だか分らなかったのであります。しかし昼間は決して、そんなことがなく夜になって、たまたまこの墓場を通ると殺されたり、おびやかされたりするのでありました。其れですから、夜になると誰もこの墓場の近くを歩くものはありませんでした。

ある晩のことでありました。外には冷たい秋雨がしとしとと降っていました。村の一軒の家へ若者共が集まりまして、酒を飲んだり歌をうたったりして、騒いでいましたが、其の中の一人が、

「誰かこんな晩にあの墓場へ行《いっ》て見る勇気のあるものはないか。」

と言ったのです。

するとその処に集まっていた者は日頃から力自慢の強《ごう》の者共ばかりでありますから、

「それは面白い。誰かないか?」

と口々に言って、互いに顔を見合せました。たとえ、いくら強い者共でも、いざこうなると誰れ一人として自から進んで行くというものがありません。

「お前行かないか?」

と一人が仲間に向って言いますと、

「俺は少し腹が痛い。お前行ったら何《ど》うだ。」

と其者は急に顔を顰《しか》めて腹を押えました。而して、皆なは顔を見合しているばかりでありました。

「ああ、いいことが分った。あの強欲婆さんを呼んで来よう。金をやるといったら、あの

婆さんのことだから命に構わず行くかも知れない。」

と一人が言いました。

「成程《なるほど》其れは面白い。」

と、皆なは声を揃えて笑いました。そして、一人は婆さんを呼びに家を出かけたのであります。

四

婆さんを呼びに行った男は、

「いい話があるから、ちょっと来て下さい。」

と言いました。いい話と聞いて慾の深い婆さんは急に笑顔になって、

「どんな話だろう。今、直に行くよ。」

と答えました。呼びに行った者は帰って、そのことを話しますと、皆なは手を叩いて笑いました。其処へ婆さんは、孫を負《おぶ》ってやって来ました。

「何だい。いい話というのは、何か金儲《もうけ》の話でもあるのかね。」

と婆さんは言いました。

「ああ、金儲の話だよ。お婆さんが此頃魔物が出る墓場へ行って来るなら、金をやろう。」

と一人が言いました。

家の外には雨がしとしとと降っていました。この雨の中を、しかもこんなに真暗な晩に魔物の出る墓場へは、いくら強慾な婆さんでも厭《いや》だと言うだろうと皆なは心の中に思っていました。すると婆さんは、考えていましたが、けらけらと物凄い笑いをしまして、

「ああ行って来るよ。いくらお金をくれるかい。」

と言いました。皆なは驚きました。而して、皆なは相談をして、

「いくら、やったらいいか？」

婆さんにたずねました。

「そうだな、雨も降ることだし、命がけの仕事だから、十円ばかりもらおうか。」

と言いました。皆なは、また顔を見合わせました。中には、

「それはちと高い。」

と言うものもありました。

「じゃ五円に負けてやろう、大負けに負けてやろう。」

と婆さんは言いました。皆なは承諾いたしました。

「何か行って来た証拠がなくちゃいけない。」

と皆なは言うと、何か墓場へ行った証拠を持って来るように婆さんに言いました。

「じゃ墓場の松の木の下にある石地蔵様の被っている頭巾《ずきん》を持って来ようか?」

と婆さんは言いました。皆なは墓場の中にある大きな松の木の下にある石地蔵様をよく知っていますので、

「其れは面白い。」

と言いました。婆さんは家を出ると舌をぺろりと出しました。

五

婆さんは其家を出ると、直に墓場へは行かずに、すたすたと雨の降る中をお寺を指してやってまいりました。

「どうぞ、和尚様に遇《あ》わせて下さい。」

と婆さんは取次に頼みました。

「何の用かい。」

といって和尚様は出て来られました。予《かね》てから強欲無慈悲の婆であるということは聞いて知っていられますから、和尚様は、今時分婆さんのたずねて行ったのを不思議に思われました。

「お願いがあって上りました。親類の者に魔物に取り付かれて難儀いたしている者が御座いますから、どうかあらたかなお守札《まもり》を頂かして下さい。」

と申しました。

和尚様はこれを聞いて、其れでも他人の難儀を心にかけるとは感心な者だと思われて、

「ああそうか。人間というものは、すべて其心がなくてはならん。お前はいい心がけだ。今、お経を捧げてあらたかなお守札を与えてやるから。」

と言われて、和尚様は奥へ入られました。やがて、奥の御堂ではお経の声が聞えました。而して、其れが終ると、和尚様はお守札を持って出て来られて、婆さんに下さいました。

婆さんは寺の門を出ると、からからと笑いました。

「うまく騙してやった。皆な馬鹿者共だ」

と心の中で笑いました。

婆さんはお守札を懐の中に入れて墓場へ参りました。真暗な夜で雨がしとしとと降っています。婆さんはただ一つの提灯の火をたよりに松の木の下の地蔵様のところへ行って、其の頭巾を取って其れを袂《たもと》の中へ入れました。時々、提灯の火が暗くなって、消えかかりそうになりました。こんな時は流石にうす気味悪く思いましたが、とうとう目的を果して皆なのいる処へ帰って来ました。皆なは婆さんが持って来た地蔵様の頭巾を見てびっくりしました。

「さあ、約束の五円をもらうよ。」

と言った時に、一人が魂消《たまげ》て声を立てた。

「婆さん、子供は何うした！」

見ると孫の頸がなかったのです。婆さんは泣き出しました。

六

こんな強慾な婆アでも孫の殺されたのを見て、ああお守札を孫に付けて置けばこんなことはなかったのだ。自分の慾ばかり考えていたから、こんなことになったのだと後悔いたしました。こんな慾深い婆さんにも、やはり可愛かったのであります。

こうして爺さんと婆さんは、善人に立返りました。けれど、息子ばかりは何うしても心が改まりませんでした。慾深な上に無慈悲なことは爺さんや、婆さん以上でありましたから、村の者は一人として仲間にしませんでした。今は善人となって爺さんや、婆さんは、いろいろと息子を諭しましたけれど、そんなことには耳を傾けません。

「俺のすることは勝手だ。いらんことを言わなくていい。」

と言って、誰に対しても涙というものがなかったのです。

ある日のことでありました。息子は牛に荷を山のように附けて町へ参りました。こんなような男のことでありますから、もとより動物に対しても情がなかったのであります。車の上に乗せられるだけ沢山荷を附けました。三度かかって運ぶところを二度にすれば、一度分だけ身に楽が出来ると思いました。其れで牛がどんなに難儀をするかということなどは、てんで考えないで、ただ自分のことばかり考えていたのであります。

沢山の荷物を車の上に附けて、其れを牛に引かせて行きますと、通り縋る人々はみんなこれを見て、

「まあ、沢山車に付けたものだ。」

と言いました。また、ある者はこれを見て、

「こんなに荷を附けては、牛が難儀をして可愛そうだ。」

と言ったものもありました。

若者は人々が通りすがりにこんなことを言うのを聞くと腹を立てました。

「いらんお世話だ。俺の勝手ですることをいらんことを言わなくていい。」

と言いました。

牛は体中に汗を滴《た》らして喘《あえ》ぎ喘ぎ坂を上ったり、また下ったりいたしました。

七

しかしある途中まで来ると、全く牛は疲れ果てて動くことが出来ませんでした。無慈悲な若者は牛の尻を縄で、ぴしりぴしりと擲《なぐ》り付けました。牛は苦しそうに幾たびか泣きました。而して汗をたらたらと流しました。息子は怒って、ぴしりぴしりと擲りました。けれど、もう牛は全く歩けなかったのであります。

「さあ、歩かないか、太い奴だ。」

と言って、またしても牛をぴしりぴしり擲りました。

すると牛は、さも怨めしそうに息子の顔を見守って訴えるように、モー、モーと泣きました。

「何言やがるんだい。歩かなけりゃもっと甚《ひど》く擲ってやるぞ。」

と若者は言いました。

けれど、牛は深い深い溜息をして、もう少しも歩けなかったのであります。道を通る人が見かねて、

「可哀そうに、こんな重い荷を付けてはいくら牛だって歩けまい。もう少し休ませてから行ったらいいだろう。」

と言いました。無慈悲な息子も仕方なく其処で休んで、また牛を引いて出かけました。けれどまた少し行くと牛は疲れて歩けなかったのです。すると相変らず若者は甚く牛を擲りました。道を通る人が見かねて、また、

「可哀そうに、牛だってこんな重い荷を附けては歩けまい。少し休んでから行ったがいい。」

と言いました。息子は仕方なくまた途中で休みました。而して空を仰いでこんなことをしていては日が暮ても町へ行って帰ることは出来ないと独りでつぶやきながら、牛に向って、

「少し今日は荷物が重いようだが、うんと力を出して明るいうちに町まで引いて行ってくれたら、帰りにあの坂の上の茶屋であんころ餅を買ってやるから。」

と言いました。明るいうちに町へ着くことが出来ました。やがて帰る途中、坂の上の茶屋へ来ると、息子は入って酒を飲み、飯を食ったけれど、疲れた牛にはかまいませんでした。而して言ったことなどは、全く忘れた振《ふり》をして、牛を引いて帰りますと途中で牛は怒って、到頭《とうとう》息子を角にかけて殺して了《しま》いました。

Ⅱ　娘たち

朝の鐘鳴る町

いままでにないような寒い日のことでありました。雪が消えずに、街の中にも、郊外の圃《はたけ》や、林の中にも、ところどころ白く溜まっていました。そして、寒い風が吹くと、木でも、人でも、看板でもみんなカタガタといって震えるのでありました。

かつ子は、用事があって、町へやらされました。人々は、襟巻の裡《うち》へ顎《あご》をうずめて下を向いて、さっさと歩いていいます。彼女も早く用事をすまして、家へ帰って、火鉢にあたりながら、新しい雑誌を読もうと考えていました。

ある道の四辻のところへ来ますと、小さな赤毛の犬が、クンクンといって、悲しそうに啼《な》いていました。気のやさしい、かつ子は、それに心をとられずにいられませんでした。彼女は思わず立止って、その声のする方を見ますと、耳のたれた、眼付の可愛らしい西洋種の小犬でありました。多分、道を迷って家に帰ることが出来ずに、こうして啼いているのであろうと思いました。小犬は、寒気と飢《うえ》とのために震えていました。そして、なつかしい自分の主人が、さがしに来てはくれないかと道を通る人々の顔を、ひとり、びとり、眺めています。けれど、どの人も、足を停めて、顧みてくれるものはなかったのです。

かつ子は、小犬が、あちらの道へ行こうとしては、後戻りをし、こちらの道へ行こうとしては、たじろぎながら啼いて、震えて居るのをじっと見守っていたのであります。すると、小犬は、こんどはかつ子の足許に来て、顔を見上げて、訴えたのであります。

「どうぞ、わたしを助けて下さい。」と、小犬は言っているように思われました。

彼女は、この間にも、往来の上を自転車が走り、荷馬車が行き、また、けたたましい響きを立て、貨物自動車などが過ぐるのを見て、もし、このままに、誰も、この憫《あわ》れな小犬を救ってやる人がなかったら、これ等の轍《わだち》の下に轢《し》かれて、殺されてしまうであろうと思いました。

「まあ、可哀そうだこと。お前は、捨てられたの？　お家へ帰る道が、分らなくなってしまったの？」

彼女は、こう言いながら、やさしく小犬を慰《いたわ》ってやりました。小犬は、急に元気づいて、彼女の足許に飛びつきました。そして、尾を振って、クンクンと言って、喜んで啼くのでした。

「こんなに、可愛い、小犬を捨てるような人はないわ。きっと、道をはぐれてしまったのでしょう……」と、かつ子は、自分に言いました。

この時、彼女は、あたりを見回しましたけれど、一人として、小犬のことなど、気にかけているような人はいませんでした。

「どうして、私は、こんな可愛らしい犬を見捨てて行くことができようか、叔母さんに頼んで、飼ってもらいましょう……」

と、こう彼女は、胸の中で思いました。

「私といっしょにおいで……」と、かつ子は小犬を抱いてやりました。

この時、小犬は、いかばかり嬉しく思ったでありましょう。この日から、彼女と小犬とは、一番仲のいいお友達となりました。

かつ子が、行くところへは、この赤いむく毛の小犬は、どこへでも先になって、喜んでつ

いて来ました。町へお使いに行く時も、また野原を散歩する時も、学校から帰って来てから
お友達のところをたずねる時でも、いつでも赤はお伴をしました。彼女は、この小犬を、
拾った時から、赤色のむく毛であるから、赤といって呼んだのであります。
かつ子は、叔母さんの家の子となって、今では、何不自由なく暮らしていますけれど、ひ
とたび父母が、自分を独り遺《のこ》して早くこの世を去ってしまったことを思うと、彼女は、眼に
涙が湧いて、たまらなく悲しくなるのであります。
寒い冬もやがて去って、うららかな日のつづく春とはなりました。木々の梢に、花は色と
りどりに咲いて、この世の中は、歓喜に満ち満ちましたけれど、彼女は、孤独の自分の境遇
に思い至ると、急にさびしくなって、人知れず、咲く花を見つめたり、また、沈み行く日影
を眺めたりして、声を忍んで泣くこともあったのです。
「世間には、親のない子供は、決してお前ばかりじゃない。勉強をして、立派な人にさえ
なれば、どんなに仕合《しあわ》せな身にもなれます。」と、かつ子は、学校の親切な先生が言って下
さるのもきき、またそのようなことを叔母さんからも聞かされたのでした。
だから、彼女は、折々は、こうして孤独の身を考えて悲しんでもすぐに、自から気を取り
直して、愉快に、元気よく、働きもすれば勉強もし、またお友達とも遊び、さもなければ、

赤をつれて散歩に出かけたのでありました。

意地悪い運命の神は盲目だと言うことです。だから、いつ、どんな目に、人間は、あうかもしれない。活々《いきいき》として、利巧で、やさしくて、その上美しかったかつ子は、怖《おそろ》しい、悪質の眼病にかかってしまったのです。

それには、叔母さんはじめ一家の人々は、どんなに心配したか知れません。かつ子は、方々のお医者さまに見てもらいました。しかし、両方の眼とも、だんだん悪くなるばかりでした。そして、二たび、彼女の活々とした、林檎《りんご》のような赤い頬に、星のような澄んだ瞳で、馳《か》けまわる愉快な姿を見ることができぬようになりました。

憐れにも、かつ子の両眼は、大空に輝く太陽のひかりすら見定めることができぬようになったのであります。医者は匙《さじ》を投げてしまいました。花園に咲く、いろいろな草花も、もはや彼女の眼を楽しませることができませんでした。かつ子は、自分の着物の模様も、下駄の鼻緒の色も、赤い帯の色さえも分らなくなりますと、もはや一人で、道を歩くことができなくなりました。

彼女は、足許に来て、頻《しき》りに尾を振って、かつ子が目の見える時も、また見えなくなってからも、少しの変りもなく慕い寄る赤を、手探りで頭を撫でてやりながら、

「赤や、私は、もう眼がこんなに見えなくなってしまいました。どこへ行くにも、どうか私の道案内になっておくれ」と言って、飛びつく犬に頬摺りをして、眼から涙を落して頼みました。赤は、口こそきけないけれど、いっしょになって悲しみ、また、よくお嬢さんの言われることが分るように、細い低い声を立てて、啼きはじめたのです。

「おお、よく分っておくれだ。」と、彼女は言って、しばらくは見えない眼で、犬をじっと見つめていました。

その後のことであります。町の人々は、実に不思議なことを見ました――赤毛の可愛らしい犬が、盲目のお嬢さんの先になって、お嬢さんは、杖のかわりに縄を取って、犬がそれを曳《ひ》いて行くのを見たのでありました。

「はやく、ここへ出てきてごらんなさい。犬が、盲目のお嬢さんの道案内をして行きますから……」と、これを見た、一人が言うと、

「まあ、利巧なこと、なんという感心な犬でしょう……人間と変りはありませんね。」

と、他の一人は答えたのでした。

いつしか、このことは、近所の評判となりました。

ある日のこと、黒い帽子を被って、髭をはやした、平常《へいぜい》見なれない、一人の外国人が町を

歩いていました。ちょうど、この時に、憐れな少女は、いつもの如く、犬に曳かれて町の中を歩いていたのです。これを見た外国人は、歩みを停めました。そして、不思議なものを見るものだと言わぬばかりの顔付をして、考えていましたが、やがて、盲目の少女の方に向って近づいたのであります。

「私は、あやしい人間ではありません。医者です。いまあなたが、犬に曳かれてお行きなさるのを見て気の毒に思いました。あなたの眼は、少しも見えないのですか?」と、まわらぬ言葉付で、外国人はかつ子に向ってたずねました。

彼女は、不意に問われたのでびっくりしましたが、お医者様だというので、いくらか安心をして、

「はい、ちっとも分らないのでございます。いろいろのお医者様に見てもらいましたけれど、とても癒《なお》らないとおっしゃるのでございます。」と、答えました。

「私の力で、できるなら、あなたの眼を癒して上げたいと思います。私は、外国から来たもので、器械も何も持っていませんが、病院へ行けば、私の名前を知っているでしょうから、私は、ここの病院へ行って、私があなたの眼を手術する間、置いてもらうことを頼みましょう。この町の病院は、どこにありますか?」と、外国の医者が言いました。

かつ子は、もしやと思って、いままでの暗い心の中に一筋の光りが射しこんだように感じられました。彼女は、この町の病院を教えて、

「どうか、私の眼を見えるようにして下さい。」と、幾たびも、幾たびも、頭を下げて、頼みました。

「じゃ、すぐに、病院へまいります。お家の方へは、あちらから、よく訳を言って、お知らせすることにいたします。」と、いって医者は、かつ子と赤に案内されて病院へまいりました。

病院では、名高いお医者様が不意にたずねて来られたので、みんなびっくりしました。このことは、やがて、町中の評判になりました。かつ子の叔母さんはじめ、その一家の者は、どんなに喜んだか知れません。

「そんな偉い、お医者様にお目にとまって、あの子も仕合者だ。」と家内の者は、口々に言ったのであります。

また、町の医者たちの中でも、このことは噂に上りました。

「流石に、大家のことだから、どんな奇抜な手術によって、盲目を癒すかも知れない。」と、彼等は言いました。また、町の人々は、

「赤い犬が、いつも、道案内をしているのを見て、可愛そうに思っていたが、もしあの娘の眼が見えるようになったら、どんなにうれしいというか知れない。」と、言っていました。病院では、外国の医者が、手術にかかりました。それは、見ている医者達をびっくりさせるばかりでした。

この手術に立会ったものは、医者によらず、看護婦によらず、片唾《かたず》をのんで、「あっ！」と、言わぬものがなかった程、不思議であり、意表外であり、また怖しいことでもあったのです。そして、やっと、大手術は終りを告げました。

三四日経って、この手術の成功か、不成功かその結果が分るといいますので、みんなは、其日の来るのを待っていました。

ある朝、かつ子は両眼の包帯をこの大家の手によって取り除かれると、その瞬間のこと、「眼が見えた！」と、言って、驚き、喜んで、叫びました。

彼女は、はじめて、自分の眼を癒してくれた、恩人の顔をまじまじと見て、其の前に打伏してお礼を述べたのです。

「流石に、世界に、名高い大家だけある！」と、言って、誰でも、この神の技術に魂消《たまげ》ないものはなかったのでした。そして、医者達の間では、いままで疑問にされていたことが、実験によって証拠立てられるので、大成功と言いはやしました。

かつ子にとって、この喜びは、長くはつづきませんでした。彼女のために、犠牲となった哀れな赤の姿を、まのあたり彼女は見たからです。赤の両方の眼は、無くなっていました。外国の眼科の大家は、犬の眼を人間の眼に移植したのでした。そして、大家は、自信を持って、いままで、神の他にはなされなかった術に、成功したのでした。

かつ子は、盲目になった犬をつれて我が家へ帰って来ました。かつて自分を、案内してくれた犬を、こんどは、自分が案内してやらなければならなくなりました。これも、すべて自分のために、むごたらしい犠牲になってくれた犬だと思うと、彼女は、哀れな犬を抱いて泣かずにはいられなかったのであります。

哀れな犬は、このたのち間もなく、死んでしまいました。彼女は、どんなに悲しんだでありましょう。木の下に、犬の死骸を埋めて、丁寧に葬ってやりました。そして、毎日、花や線香を手向《たむ》けておまいりをしたのであります。

彼女は、こうして、折角、眼が見えるようになりましたけれど一家の人々は、喜んでくれたのもはじめのうちのことで、しまいには彼女の顔を見ると、

「犬の眼だけあって、気味が悪い。」

「人間の顔らしく見えない。」

そんなことを言いますので、かつ子は、悲しくてたまりませんでした。

「私の心は、昔の通りの心なのに……そして、あんな無邪気な、可愛らしい、犬の眼であるのに……。」と、彼女は、悲しく思ったのであります。

はじめは、何と言われても、忍んでいましたけれど、いつしか、自分の心は、ちょうど、あのやさしい、無邪気だった小犬が、何かで叱られる時に、急に、さびしそうに、悲しそうに、身の置きどころのないような様子付をしましたが、ちょうど、それと似たような心持を感ぜずにはいられなかったのでした。

かつ子は、ぼんやりと遠くの空を眺めていました……。

白い西洋館――教会堂の高い塔――そこで鐘の鳴る音がするような――また、広い白い往来――そんな幻覚が目に浮んだのであります。

それは、一度や、二度ではありません。そして、その景色が、自分の故郷ででもあるように、なつかしく思われるのでした。

かつ子は、叔母さんに向って旅をしたいから、させて下さいと言って頼みました。はじめは、許されませんでした。しかし、再三同じことを頼みますと、

「お前には、犬の魂がはいったのだから、もうこの家には居られないのだ。どこへなりと勝手にお行きなさい。」と、憎々しげに、言われました。

かつ子は、旅に出て、自分は、働いて勉強をして、そして立派な人間となったら、その時は、誰からも笑われるようなことはないと考えて、ついに、叔母さんや、家内の人々に別れを告げて、家を出ました。

旅をしてから、三日目でありました。

彼女は、眼の前に、幻で見たと同じい町がありありと現れて来たのでびっくりいたしました。白い西洋館が見えれば、赤い建物があり、また、道幅の広い往来がありました。彼女は、何となく、そこを歩くのは、いまがはじめてではないような、ずっと前にこのあたりの道を幾たびも歩いたことがあったように、なつかしい感じがしたのであります。かつ子は、このことを不思議なことに思いました。そして、この道を歩いて行くとあちらに公園がありました。彼女は、その公園も、いまはじめて来た公園ではなかったように思われました。入口から、はいって行きますと、新緑の滴るような木立がありました。その下のベンチに、お爺さんが、赤毛の犬をつれて息《いこ》うていました。

かつ子は、一目その犬を見ると驚いてしまいました。赤とちっとも変っていなかったからです。どうして、死んだ赤がここに来ているのだろう？　彼女は、前後を忘れて、その傍に走って行きました。そして、いきなり、その犬を抱こうとしました。

「赤や、どうして、お前は、ここに来ていたの？」と、彼女は、叫びました。

この有様を見ていたお爺さんは、頭を傾《かし》げながら、白い髭の生えている口許に、柔和な笑いをたたえて、

「これは、俺のところの犬じゃが、お前さんは、どこかで、これとよう似た犬でも見なさったことがあるとみえる。」

と、お爺さんは言いました。

かつ子は、赤い毛色をした小犬を、寒い日に、町の四辻で拾ったことから自分の眼はその小犬の眼を入れたこと、あの外国人の医者のこと、そして、幻に、たびたびこの町の景色を見たことなど、一部始終をお爺さんに向って物語ったのであります。

それを、黙って、うなずきながら聞いていたお爺さんは、

「その犬は、この犬の兄弟じゃ。小さい時分にどこかへ行ってしまって、当座、どれ程、俺は探したかしれない。それにしても、不思議な話じゃ。俺は、子供がないものだから、犬を可愛がって、毎日のように、こうして遇うというのは、やはり深い因縁があるのだろう。

これから、お前さんは、俺の家へ来て勉強なさるがいい。幸い俺の家は小勢で、さびしいから、これからは賑やかになって、みんなも喜ぶだろう。そして、私の家の手助けをしてもらいたい。」と、言いました。

かつ子は、大そう喜びました。ここで自分は、働いて、立派な人になろうと思いました。お爺さんに、つれられて町の小高い丘の上にある、お爺さんの家へまいりました。その日から、彼女は、この家に住むことになりました。家の人達は、みんな、物のよく分った親切な人々でありました。

翌日の朝、彼女は、窓を開けると、あちらに、紫色に匂う海が見えました。そして町の建物は、朝日に輝いて、ちょうど日曜日であったものだから、教会堂の塔から鐘が空に、リン、リンと鳴りひびいていました。

靄につつまれたお嬢様

ある処《ところ》に旅行の好きな、お嬢様がありました。そのお嬢様は、また青い色の着物を被《き》ることが好きでした。いつも眼に涙ぐんでいるように、そのぱっちりとした、黒い瞳は潤おっていました。そして、やさしい性質は、おのずとその姿にあらわれて、どことなく哀れっぽくまたさびしく思わせたのであります。

誰でも、このお嬢様を見たものは、お嬢様が好きになりました。彼女は、大抵の人々から愛せられたのです。しかし、稀にはあまりに寂しすぎるといって、好かなかったものもありますが、先《ま》ず、そんな人は、めったにないといってよかったのであります。

なかにも、ある一人の青年は、彼女を深く、深く、心の中で愛していました。どうかして、自分は、しんみりとお嬢様と語り合って見たいものだと思って、その機を求めていました。けれど、なかなか、そんなような機会は、見つかりませんでした。彼女は、殆《ほと》んど家にいることがなく、旅から、旅へと歩《あ》るいたからです。

ある時のこと、青年は、お嬢様に遇《あい》ました。そして、自分が、いかに深く彼女を愛しているかを打ちあけました。そして彼は、結婚を申込んだのであります。お嬢様は、はじめて、そのうるんだ瞳で、じっと、青年の顔を見つめました。

「それ程、妾《わたし》を愛して下さるなら、結婚をしないことはありません。けれど、妾は、旅から、旅へと歩るいています。もし、あなたが旅をしている妾を、どこかで三たび、ご覧なされたら、その時、妾は、あなたの心に従いましょう……ただ、三たび、妾を探《たず》ねあてられるまでは、そして、顔を見ても、決して、妾に、話かけてはいけません。三たび目の来るまでは知らぬ顔をして別れて下さいまし。この約束を守って下さらなければ、永久に、私達は、また遇う機会すらないでありましょう……」と、お嬢様は、言われました。

青年は、堅く約束を守ることを誓いました。彼は、世界のどこを探ねても、彼女を、きっと三たび探し当《あて》るだろうと思いました。

お嬢様の旅は、さながら、大空を行く雲のように、行衛《ゆくえ》を定めなかったのであります。青年は、その跡を慕って、しかも三たび、彼女とめぐり遇うべく、遠いはてしない旅に上りました。

夏は、もう逝こうとしていました。

海の上は、赤く、落日の炎で燃えていました。美しい雲が、さながら撒きちらしたように飛んでいます。浪の一つ、一つは光って、白鳥が岩のいただきを低く飛んでいました。いま、どこからか汽船が、港に着いたのでした。この港には、停車場があって、船で着いた人々は、ここから汽車で陸を東西に行くことができたのであります。

ちょうど、旅に疲れた青年は、この港を通りかかりました。そして、ふと砂浜に建てられた、あまり大きくない停車場を覗きました。すると、ベンチに独り腰をかけて、青色の着物を被た若い女が、ぼんやりとして、汽車の来るのを待っていました。一目見て、すぐに、青年は、彼女であることを知りました。彼女は、汽船で、どこからか、ここに着いたばかりなのでした。これから、何処へ向って行こうとするのでしょうか？

兎に角、彼は、一度、彼女の姿を見ました。……青年は、彼女が、都に向ったことを感じました。そして、それから、幾日目かの後のことです。

公園の木立は夕空に、小さな、清らかな葉をひらめかしていました。灯火は、もはや秋を知らせ顔に澄んだ空気の中に冴えて、あたりには、うすく靄《もや》が降りています。この時、灯火の下のベンチに、しょんぼりと腰かけている女がありました。見ると、青い色の着物を被た彼女であったのです。

「これで、二度、彼女を見た……」と、青年は、言いました。

三度目に、お嬢様を見る日を、彼は、どんなに楽しみにし、また、憧がれていたでしょう。恐らく、その後も、青年は、流浪の旅をつづけているにちがいない。しかし、二人は、決して出遇わなかったのです。

青い色に憧れて、彼は、北へ行ったのでした。また、港、港を、さがして歩るいたのでした。

そのうちに、月日は、だんだん経ってしまいました。そして、いまは青年の消息をきかない。

どこをどうめぐって来たものか、この頃、お嬢様は、姿をこの都会にあらわしています。しかも、賑《にぎや》かな人通りの多い、街の路次に佇《たたず》んで青い色の着物を被て手に、白や、紫の花束を握って、道を通る人々に売っているのでした。美しいうるおいのある瞳は、いつも涙を含んだように光っています。

何となく、さびしい、かなしいような姿でした。

さまよえる白い影

少女は、貧しい家に生まれて、早くから生活の苦しみを味《あじわ》ったのです。はやく、世間に出て、力いっぱい働いて、もっといい生活を、弟にも、哀れな両親にもさしたいと思ったのでした。

義務教育が終ると、彼女は、見習看護婦になったのです。店員になるよりは、奉公をするよりは、この方が末になってからいいと思ったからです。破れた靴を穿《は》いて、毎日同じようなおかずを弁当にいれて、学校へ通っている弟や、手内職をして、夜おそくまで働いてる母親や、青い顔をして、不景気にしょげて、ぶつぶつ口こごとの絶えない父親のいる家から離れて、彼女は、ひとり何んであろうと、その日から異った生活にはいったのでした。

当座、彼女は、家のことを思い出さないではなかった。ことに、弟の姿を眼に浮べないのでなかった。しかし、日が経つにつれて、彼女の生活は、現在の境遇とともに変って行ったのであります。いままで、手に取って見たこともない検温器を持ったり、また、銀の小さな腕時計も持ったり、曾《かつ》て、この姿に憧れたことがないでもなかった、純白な服を身に着けて、家にいる時分には買ってもらうことも出来なかった、いい下駄や、着物を被《き》るようになったのでした。

それは、彼女が、ちょっとした患者や、またお産の後などに、たびたび派出されたりして、金を取ったからでした。金を得たというものの、こうして、着物や持つものを買うために費されたた。それは、職業上止むを得ないことであって、少しの余裕があったからではない。もとより、思っても、貧しい家へ、送ることはできなかったのです。

彼女は、早く、家へも少しずつなりと送って、弟に新しい靴を買ってやりたいと思った。だから彼女はなるべく遊んでいずに、少しでも、余計に派出されることをねがっていたのでした。

質屋の主人は、もう長い前から臥《ね》ていました。看護婦会からは、すでに幾人か看護婦が交替されたのである。その質屋は金のあるに似ず、なかなかの節倹家であった。

「どうせ、この病気は、長びくのであるし、それに、下女、小僧、番頭等、他に手のない訳でない。一人前の看護婦を頼まなくとも、見習いで足りるから」というので、会に交渉した。その結果彼女が、質屋へ行くことになりました。

主人の病気は、肋膜《ろくまく》とはいっていたけれど、息の臭いところや、その顔色や、また瘦せた容貌などから察して、もはや、結核もだいぶ進んでいるのではないかとさえ思われた。

会を出る時に、他の姉さん株の看護婦から、それとなく注意されたのです。

「たとえ相手は、どんな病気でも、それが、結核でなく、肋膜でも、なるたけ離れていた方がいいし、用のない時は、傍にいない方がいい。そして、暇があったら、外へ出て、いい空気を吸ったがいい。食事の時は、必ず手を消毒することを忘れなさんな……」

彼女は、その注意を忘れなかったばかりでなく、できるかぎり実行していたのでした。質屋では彼女がおとなしく、それに、病人も気にいっているようであるから、都合のつく間は、一日でも長くいてもらいたい。「きっと、それだけのお心付は、後になってしますから……」と、この家のお婆さんまでが頼むようにいったのでした。

彼女は、また、少しでも辛抱をして、長くいて、余計の収入があったら、こんどこそ、それを自分の家へ送ってやろうと思ったのです。秋にはいると、主人の病気はだんだん悪くなるばかりだった。その時分から、毎日のように、いろいろの人が見舞にやって来た。

「まだ、お大事な体です。どうかして善くなってもらわなければ困ります」

「それに、お年だって、お若いのですもの、もう一度、元気になって働いて下さい」いろいろなことを来る人々は誠しやかにいいました。その実、主人は、五十に近かった。そして、これより長く生きたにしろ、ただ金を溜《ため》るばかりで、この世の中のために、何をするものとも思われなかったのでした。彼女は、来る人々に、附添っている者としていちいち挨拶をしなければならなかった。けれど、誰れ一人として、彼女に対して、ご苦労とも……何ともいうものさえこの家に集まって来る人にはなかったのであります。

町の両側の店々は、戸を閉めてしまった時分のことです。彼女は、外に出て、いい空気を吸おうとしました。室内で呼吸していた悪い空気を吐き出して、彼女はまだ若い、薔薇色《ばらいろ》の心臓が静かに打ちつつある、ふくよかな腹いっぱいに冷やかな空気を満たした時、晴れた空には、月がさし、青い芝生の上に忘れられた鏡のごとく輝いていました。そして、霧が下りたと見えて、家根《やね》の瓦《かわら》は湿《ぬ》れて滑らかな光りを浴びていました。見ると電車の線路が、街の彼方へ、象牙の長い箸のように霞んでいるのでした。

「もう、電車はないのかしらん……」

何時頃だろうと彼女は思った。人通りは途絶えていました。この時はじめは白い蛾のように、次には白い犬のように、やがてはそれが白い衣物《きもの》を被た人間のように、朦朧として白い影が、線路の道をさ迷っているのを見ました。

彼女は、それを自分の気のせいではないかと思った。睡眠不足のために、頭が疲れているせいだろう……。白い影の動く処と、彼女の立っている処とは、約一丁ばかりも隔っていた。

「白い犬かもしれん。もう少し近づいて見よう……」

彼女は、そう考えながら、歩みを移しつついる間に不吉な予感に襲われて、覚えず体に冷汗が流れた。

「人の死ぬ時に、よくあんな白い影を見るというが、私の家に、今何か変りがあったのでないかしら。ああ、そうだ。きっと、いま附いている病人が、近々に死ぬのでないか」

彼女は、そう心の中で解釈したけれど、まだ何となく、不安が去らなかったのでした。この時不意に、潮《うしお》の押寄せて来るひびきのように静かな大地に波打って、一台の電車が疾走して来たのです。そして、なお、線路の上をまごまごしていた、白い影をたしかに電車は、轢き潰して去ったはずです。

「あ!」と、彼女は、眼を見張っていました。電車の行ってしまった後の線路の上には、眼に止る一塊の物質もなかったのでした。彼女は、気味悪くなって、質屋の入口へ駆け込んだのです。

彼女は、病人の氷枕の氷を換えに勝手許へ行くと、まだ下女が起きて、仕事をしていました。彼女は、彼女よりは、ずっと年上でありました。

「この前の電車道で、人の轢《ひか》れたようなことはありませんか」と、見習い看護婦は聞いた。

「ええ、この間、小僧さんが、自転車に乗って来て、路次から出て、彼方へ線路を横切ろうとして、其処へ来合せた電車に轢殺されてしまいました。見ていた人の話に、あっという間もなかったそうですよ」

彼女は、白い影のことを思い出して、ぞっとしました。

「人間は、いつ死ぬか分らんものですね」

「死ぬ死ぬという人が、なかなか死にませんですね」と、下女は小さな声で言った。

彼女は、病人の身のまわりのことも済ましてから、床にはいった。

しばらく、ねつかれなかった。弟のことや母のことや、父のことなどが浮かんだ。それから、下女に聞いた電車に轢かれた小僧のことが思い出された。自分の弟が、そんなような目に遇ったら……と思った。そして、その小僧さんにも、親があり、姉があるのだろうと思った。家のために、また生活のために、奉公をしているうちに、思いがけない災難に遇って死んでしまったんだと思った……彼女は、また白い影を見たことが、何となく気にかかった。

そのうち、いつしか眠りに入ってしまったのです。

……春の日のことで、吹く風は、まだいくらか寒くはあったけれど、遠くの空には、凧《たこ》の音が聞え、日はうららかに照っていたのでした。彼女は、弟と二人で、地面にうずくまって、熱心に蟻の動くのを眺めていました。

蟻は、友達同志、仲よく、餌を運んでいたのです。往ったり来たりして倦むことがなかった。二人は、蟻が、どんな気持で働いているだろうか。こんな小さな虫にも嬉しいこと、悲しいことがあるのだろうかなどと語り合っていた。

そこへ、知らない男が通りかかった。

「お前達はそうして何を見ているのか」と、言った。

二人は、蟻の動いているのを見ているのだと答えた。すると、その男は、不意に大きな足を出して、地面を踏み躙《にじ》った。見ると、もう其処には、たった今まで、あちらに往ったり、こちらに来たり、せっせと働いていたそれらの蟻の姿はなかった。何処へ行ってしまったろう。二人は、驚きの眼を見張ったのである。

知らない男は、冷酷な顔付をして、笑っていた。これを見ると、急に、弟は真赤な顔をして泣き出した。小さく、力がないので、反抗することもできず、手や、足をふるわして、耳まで真赤にして泣き出した。かわいそうに、弟は、破れた靴を穿いていたのである。

彼女は、弟を胸に抱いて、なだめていた。自分も、いつしか悲しくなって、堪《たま》らずに泣き出そうとして、夢から醒めたのであった。彼女は、頭が破れそうに痛かったのを覚えたのです。

二三日経つと、彼女は、小さな包みを抱えて看護婦会へ帰って行きました。

「風でも引いたんでしょう。急に、寒くなったから……」

看護婦上りの会長は、いまは、何もせんで贅沢に暮しているのであるが、冷淡な調子でこういいました。翌日、彼女は知り合《あい》の医者の許へ行って診察をしてもらった。その医者は、大学を出てから、まだ幾年にもならなかった。診察をしてしまうと、顰《しか》めていた眉をことさらに開いた。

「何んでもない。体が疲れているんだ。しばらく、休養した方がいいですね」

医学士は、薬を与えて、彼女を帰してから、

「犠牲だ！　あの年頃には、ぐんぐん悪くなるんだから……」と、ひとり言をいった。

彼女の見た白い影は、みんなが予期している質屋の主人の不吉な前兆でなかった。またもう死んでしまった小僧の精霊でもなかった。実に彼女自からの運命であったのです。

砂漠の町とサフラン酒

むかし、美《うつく》しい女《おんな》が、さらわれて、遠い砂漠のあちらの町へ、つれられていきました。疲れているような、また、眠いように見える砂漠は、かぎりなく、うねうねと灰色の波を描いて、はてしもなくつづいていました。

幾日となく、旅をすると、はじめて、青い山影を望むことができたのであります。そのふもとに、小さな町がありました。女は、そこへ売られたのです。女自身をのぞいて、だれも、彼女のふるさとを知るものはありません。また、だれも、彼女の行方を悟るものとてなかったのであります。

彼女は、ここで、その一生を送りました。サフラン酒を、この町の工場で造っていました。彼女は、その酒を造るてつだいをさせられていたのでした。

月が窓を明るく照らした晩に、サフランの紅《あか》い花びらが、風にそよぐ夕方、また、白いばらの花がかおる宵《よい》など、女は、どんなに子供のころ、自分の村で遊んだことや、父母の面影や、自分の家の中のようすなどを思い出して、悲しく、なつかしく思ったでありましょう。

いくら思っても、考えても、かいないものならば、忘れようとつとめました。彼女は、生まれたふるさとのことを、永久に思うまいとしました。また、育てられた家のことや、村の光景《ありさま》などを考えまいとしました。

美しく、みずみずしかった女は、いつとなく、堅い果物のように黙って、うなだれているようになりました。人がなにをきいても、知らぬといいました。

「この女は、つんぼではないだろうか？」

「あの女は、きっとおしにちがいない……。」

そばの人々は、皮肉にも、彼女をそんなようにいいました。

彼女は、まだそれほどに、年をとらないのに、病気になりました。そして、日に、日に、衰えていきました。

「どうせ、わたしは、家に帰られないのだから……死んでしまったほうが、かえって幸福であろう。」と、彼女は思いました。

しかし、彼女は、なにも口にはいわなかったものの、胸の中は、うらみで、いっぱいでありました。どうかして、このうらみをはらしたいと思いました。

彼女は、小指を切りました。そして、赤い血を、サフラン酒《しゅ》のびんの中に滴らしました。ちょうど、窓の外は、いい月夜でありました。びんの中では、サフランの酒《さけ》が醸《かも》されて、プツ、プツとささやかに、泡を吹く音がきこえていました。サフランの酒の色は、女の血で、いっそう、美しく、紅く色づきました。

女は、それから、まもなく死んでしまったのです。彼女の体は、異郷の土の中に葬られてしまいましたが、その年のサフラン酒は、いままでになかったほど、いい味で、そして、美しい紅みを帯びていました。

いい酒ができたときは、その酒を種子《たね》として造ると、いつまでも、その酒のようにできると、いい伝えられています。この町の人は、その酒の種子を絶やしてはならないといって、珍しく、いい色に、いい味に、できた酒をびんにいれて、地の下の穴倉の中に、しまってしまいました。

この町のサフラン酒は、ますます特色のあるものとなりました。女は、とうの昔に死んでしまったけれど、その血の色を帯びて醸される酒は、幾百年の後までも、残っていました。そして、その魔力をあらわしていました。

砂漠の中の町……赤い町のサフランの赤い酒……それは、いったい、どうした魔力をもっているのでしょうか?

＊　＊　＊

砂漠の中の赤い町は、不思議に富《と》んでいました。それは、人間の生き血を吸うからだといわれていました。また、その町は、魔女の住む町だといわれていました。美しい女が、たくさんいるからです。美しい女がたくさんいるというよりは、この町の女は、みんな、不思議に美しいものばかりだといわれるのでした。そのわけは、もと、この町の女が、南から、北から、また東から、世界の方々《ほうぼう》から、さらわれてきた、種族のちがった、美しい女たちの子孫であるからです。長い間に、異った種族の種子と種子とが結び合って、いっそう美しい人間が生まれたことに、不思議がありません。

いつしか、砂漠の中に、赤い町があり、そこには、味のいいサフラン酒があり、きれいな女がいるということが、伝説のように、世界の四方に拡がりました。あるものは、それを信ぜずにはいられませんでした。また、あるものは、それを疑わずにはいられませんでした。しかし、砂漠を越えていくと、あちらの山に砂金が出るということ、また、いろいろの宝石類が出るということだけは、たしかでした。

ダイヤモンドや、ほかの宝石などが、ときおり、砂漠のあちらから、送られてきたからです。

どこの国でも、いつの時代でも、若いものは冒険を好みます。また、働いて身をたてようと思います。広い、広い、砂漠のはてから、砂金や、ダイヤモンドや、また、いろいろな珍しい宝石が出るということを聞くと、彼らは勇んで、それを掘りに出かけようとしたのでした。どんなに、その旅が長く、つらくとも、出かけようとしたのでした。

らくだや、羊に、荷をつけて、彼らは、砂漠の中をあるいていきました。毎日、毎日、同じような単調な景色《けしき》がつづきました。そして、むし熱い風が吹いていました。

「まだ、水のあるところへはこないだろうか?」

「まだ、あちらに山が見えないかしらん。」

こうして、彼らは、旅をつづけていますと、ある日のこと、はるかの地平線に、青い山の姿をみとめたのであります。彼らは、どんなにうれしかったでありましょう。たちまち元気が恢復《かいふく》しました。はやく、あの山へいって働こうと思ったからです。彼らは、ぴかぴか光る黄金色《こがねいろ》の砂を幻に見ました。また、すきのさきに、きらきらと光る石のかけらを空想しました。赤い宝石や、ダイヤモンドの数々が、自分らの掌《てのひら》の上で輝いている有り様を想像しました。みんなは、道を急ぎました。赤い町が、やがて彼らの目の前にあらわれたのです。

砂漠の中の赤い町、それは、まったく夢の世界でありました。サフラン酒は、あふれていました。美しい女が、唄をうたいながら、町の中をあるいていました。南方《なんぽう》の夜は、あたたかで、月が絹地をすかして見るように、かすんでいました。

「このお酒を召しあがると、疲れがなおってしまいます。」と、美しい女たちがいいました。みんなは、喜んで、サフランの赤い酒を飲みました。すると、女たちのいったように、たちまちのうちに、疲れがなおってしまいました。ほんとうに、いい気持ちになってしまいました。

「なんという紅い、美しい色だろうな。」といって、若者はコップの酒を、燈火《あかり》の前へ掲げてながめたりしました。

元気を恢復すると、彼らは、いよいよ山の方に向かって、働きにゆくために出発したのです。彼らは、山へいって、岩を砕いたり、土を掘ったりして働きました。

しかし、いつまでも、遠い他国で、暮らすという気にはなれません。彼らは、ふるさとが恋しくなりました。そして、すこしでもたくさん、金をためて、故郷に帰って、家《うち》の人々を喜ばし、安楽に日を送りたいと思ったのであります。

彼らは、ふたたび、砂漠の中を旅をする用意をして、山から出て、ふもとをさして急ぎました。赤い町が、「いまお帰りですか?」というように、目の前に笑っているのでありました。

「くるときに、この町で、サフラン酒を飲んだが、その酒の味は忘れることができなかった。どれ、ひとつゆっくりと酒を飲んでいこう……。」

彼らは、町にはいると、赤い酒のコップを手にしました。

酒場の前を、美しい女が、やさしい、いい声で唄をうたって通りました。ちょうど、その唄の声は、海で潮のわく音のようであり、女たちの姿は、春風に吹かれるこちょうのごとくに、見られたのでした。

一杯、また一杯と、飲んでいるうちに、すっかり頭の中にあった考えというものが、空になってしまいました。そこで、持ってきただけの金を、町の中で費《つか》いはたしてしまったのです。

彼らは、酒の酔いがさめきらぬうちに、まったく夢心地《ゆめごこち》でこの町を立って、出かけましたが、いつしか砂漠の中で、酔いがさめて、天幕《テント》のすきまから星の光を仰ぐと、はじめて、なにも持たなくては、いまさら故郷へは帰れないと思ったのでありました。

彼らは、ふたたび山へもどりました。そして働きました。また岩を割ったり、土を掘ったりしました。

金がたまると、こんどこそは、故郷へ帰って、みんなの顔をば見ようと思いました。彼らは山を下ったのであります。

赤い町が、すぐ目の前に近づきました。彼らはサフラン酒の味を、思い出さずにはいられませんでした。

「もう、ふるさとに帰れば、飲もうと思っても、飲まれないのだから、一杯だけ飲んでゆこう……。」と思いました。

美しい女たちは、悲しい、やるせない唄をうたいながら、酒場の前をあるいていました。若者たちは、夕焼けのように紅い、サフラン酒の杯《さかずき》を、唇にあてて味わっていました。一杯……もう一杯というううちに、頭がぼんやりとしてしまいました。そして、持っているものは、みんなこの町で費いはたしてしまって、ついに故郷に帰ることができませんでした。

彼らは、やがて年をとり、気力がなくなり、永久にふるさとを見捨てなければならないのでした。

そして、砂漠のかなたに、赤い町が、不思議な、毒々しい花のように、咲き誇っているのでありました。

島の暮れ方の話

南方《なんぽう》の暖かな島でありました。そこには冬といっても、名ばかりで、いつも花が咲き乱れていました。

ある早春の、黄昏《たそがれ》のことでありました。一人の旅人は、道を急いでいました。このあたりは、はじめてとみえて、右を見たり、左を見たりして、自分のゆく村を探していたのであります。

この旅人は、ここにくるまでには、長い道を歩きました。また、船にも乗らなければなりませんでした。遠い国から、この島に住んでいる、親戚のものをたずねてきたのであります。

旅人は、道ばたに水仙の花が夢のように咲いているのを見ました。また、山に真《ま》っ赤《か》なつばきの花が咲いているのを見ました。そして、そのあたりは野原や、丘であって、人家《じんか》というものを見ませんでした。暖かな風は、海の方から吹いてきました。その風には、花の香りが含んでいました。そして、日はだんだんと西の山《やま》の端《は》に沈みかけていたのであります。

「もう日が暮れかかるが、どう道をいったら、自分のゆこうとする村に着くだろう。」と、旅人は立ち止まって思案しました。

どうか、このあたりに、聞くような家《うち》が、ないかと、また、しばらく、右を見たり、左を見たりして歩いてゆきました。ただ、波の岩に打ち寄せて砕ける音が、静かな夕空の下に、かすかに聞こえてくるばかりであります。

このとき、ふと旅人は、あちらに一軒のわら屋を見つけました。その屋根はとび色がかっていました。彼はその家の方に近づいてゆきますと、みすぼらしい家であって、垣根などが壊れて、手を入れたようすとてありません。彼は、だれが、その家に住んでいるのだろうと思いました。

だんだん近づくと、旅人は、二度びっくりいたしました。それはそれは美しい、いままでに見たことのないような、若い女がその家の門にしょんぼりと立っていたのでした。

女は、長い髪を肩から後ろに垂れていました。歯は細かく清らかで、目は、すきとおるように澄んでいて、唇は花のようにうるわしく、その額の色は白かったのです。

旅人は、どうして、こんな島に、こうした美しい女が住んでいるかと思いました。またこんな島だからこそ、こうした美しい女が住んでいるのだとも考えました。

旅人は、女の前までいって、

「私は、お宮《みや》のある村へゆきたいと思うのですが、どの道をいったらいいでしょうか。」といって、たずねました。

女は、にこやかに、さびしい笑いを顔にうかべました。

「あなたは、旅のお人ですね。」といいました。

「そうです。」と、旅人は答えました。

女は、すこしばかり、ためらってみえましたが、

「わたしは、どうせあちらの方までゆきますから、そこまで、ごいっしょにまいりましょう。」といいました。

旅人は、「どうぞそうお願いいたします。」と頼みました。そして、二人は、道を歩きかけたときに、旅人は、女を振り向いて、

「あの家《いえ》は、あなたのお住まいではないのですか?」とききました。すると、女はやさしい声で、

「いいえ、なんであれがわたしの家《うち》なものですか。今日はわたしの二人の子供たちが、遊びに出て、まだ帰ってきませんから、迎えに出たのです。すると、あの家《いえ》の壁板《したみ》に、去年いなくなった、わたしの妹の着物に似たのがかかっていましたので、ついぼんやりと思案に暮れていたのでございます。」と、女は答えました。

旅人は、不思議なことを聞くものだと驚いて、美しい女の横顔をしみじみと見守りました。ちょうど、そのとき、あちらから、

「お母さん!」

「お母さん!」

といって、二人のかわいらしい子供が駆けてきました。女は、喜んで、二人の子供を自分の胸に抱きました。

「わたしたちは、ここでお別れいたします。あなたは、この道をまっすぐにおゆきなさると、じきにお宮のある村に出ますから。」と、女は旅人に道を教えて、花の咲く、細道を二人の女の子といっしょに、さびしい、波の音の聞こえる山のすその方へと指してゆきまし

た。

旅人は、それと反対に山について、だんだん奥に深く入ってゆきました。山々にはみかんが、まだなっているところもありました。そして、まったく、日が暮れた時分、思った村につくことができたのであります。

その夜、燈火《ともしび》の下で旅人は、親戚の人々に、その日不思議な美しい女を見たこと、そして、その女はあちらのさびしい、山のすその方へと草道を分けていったことを、話したのであります。

そのとき、親戚の人は、驚いた顔つきをして、

「あんな方には、家《いえ》がないはずだが。」といいました。

旅人は、また、「妹の着物に、よく似た着物が壁板《したみ》にかかっていた――その妹は、去年行《ゆく》方《え》がわからなくなった――。」といった女の言葉を、いぶかしく思わずにはいられませんでした。

翌日、旅人は、親戚の人といっしょに、昨日、女がその家の門に立っていたところまでいってみることにしました。

南の島の気候は、暖かで空はうっとりしていました。そして、みつばちは、花に集まって

いました。旅人は、昨日の黄昏方《たそがれがた》見たわら屋までやってきますと、その家《うち》は、まったくの破《やぶ》れ家《や》で、だれも住んでいませんでした。そして、壁板のところをながめますと、美しいちょうの翼が、大きなくものの巣にかかっていたのでありました。

Ⅲ　少年たち

過ぎた春の記憶

一

正一《しょういち》は、かくれんぼうが好きであった。古くなって家を取り払われた、大きな屋敷跡《やしきあと》で村の子供等《こどもら》と多勢《おおぜい》でよくかくれんぼうをして遊んだ。

晩方《ばんがた》になると、虻《あぶ》が、木の繁みに飛んでいるのが見えた。大きな石がいくつも、足許《あしもと》に転がっている。其処《そこ》で、五六人のものが輪を造って、いいいいりゃんけんぽと口々に言って、石と鋏《はさみ》と紙とで、拳《けん》をして負けたものが鬼となった。

鬼は、手拭《てぬぐい》で堅く両眼《りょうがん》を閉められて、其《そ》の石の間に立たされた。而《そ》して他《あと》のものは、足音を立てずに何処《どこ》へか隠れてしまった。

「もういいか。」

と、鬼になったものが言うと、何処かでクスクスと、隠れた者の笑い声が聞えて、

「もういいぞ。」

と答えるものがあった。すると、鬼になったものは自分で、手を後方《うしろ》にやって縛ってやった手拭をはずした。而して、しばらく其処に立って、何処へ隠れたかということを考えて、其《その》方《ほう》へと行った。

隠れているものは、みんな、鬼の来るのを怖れて見つかりはせぬかと、竦《すく》んでいた。鬼は眼をきょろきょろさせて、熊笹《くまざさ》の繁った中《なか》や、土手の蔭などを一つ一つ探ねて歩いた。而《そ》して、頭が、ちょっと出ていたり、着物の端などがちょっと見えると、鬼は、安心してしまって、わざと気の付かないような風をして、

「何処へ行ったろう……何処に隠れているだろう、ここでもない。」

などと口で言って、わざと彼方《あちら》へ行くような振りをして見せて、横目でちょっと此方《こちら》の様子

を睨《にら》んで見る。

此方の、見付けられたと思ったものは、やっと心のうちで、これはいいあんばいに、助かったと思って、まだ胸をどきどきとして息の音を殺している。

すると、彼方へ行きかけた鬼は、また此方へうかうかとやって来て、直《す》ぐ、其《そ》の頭の見えている者の間近に来て止《とま》った。

見つけられたと思ったものは、急に頭から冷水《れいすい》をかけられたような気分がして、穴があったら地の中へ隠れたいと思う刹那《せつな》、

「見つかった!」

と鬼は叫んで、直様《すぐさま》、其《そ》の者《もの》を捕《とら》えてしまった!

二

正一は、この子供等の中でも、どちらかといえば臆病な子供であった。而《そ》して鬼になるより、隠れる方が好きであった。

彼は、見つかった! と頭の上で言われる時には、身がぶるぶると戦《ふる》えるように、ぞっと

するのを覚えた。藪の中に隠れている時、鬼が此方に歩いて来る足音がガサガサと聞えると、もう身の毛がよだって、耳が熱《ほて》って、心臓がどきどきした。而《そ》して、或時《あるとき》は、自分から、居堪《いたたま》らなくなって、やあ――と死に物狂いに叫んで藪の中から飛び出ることもあった。

ある秋の晩方であった。白い夕靄《ゆうもや》がうすくぼんやりと降りて、彼方《かなた》の黒ずんだ杉林《すぎばやし》に、紅《あか》く夕日が落ちた時分であった。村の子供等は、いつものように古い屋敷跡に集《あつま》った。この屋敷は、村の端《はずれ》にあって、昔は、五百石取りの武士《さむらい》が住んでいたところであったが、いろいろと仔細があって衰微《すいび》してしまって、其《そ》の家は、古《ふる》びて遂《つい》に此程《このほど》、取り壊されたので、其《そ》の屋敷跡には、古い空井戸《からいど》があった。また地形石《ちぎょういし》などが其儘《そのまま》となっていたり、家根石《やねいし》などが転っていたりした。裏手には杉の木の林があって、土手には熊笹が繁っていた。

子供等は、紅い沈んだ夕日を眺めていたが、

「おい、君等《きみら》の中で幽霊を見たものはないかい。」

と一人がいった。

すると、一人は、「見たよ。」といった。

「何処で。」

「あの杉の木の中で。」

と其の少年は、後方の紅い夕日の沈んだ森を指《ゆびさ》した。

「どんなものであったい。」

と、一人が言った。

「黒い着物を被《き》ていたよ。而して頭から何か被《かぶ》っていたよ。」

「而して、其の黒い坊さんはどうしたい。」

「僕は、其の坊さんに石を投げてやった。」

「何か物を言ったかい。」

「何処かへ消えてしまった。」

「何、それは幽霊でないよ、誰《たれ》か、杉の枯枝《かれえだ》を拾いに来ていたのだよ。君、幽霊なんか此《こ》の世界にありはしないよ。」

「うん、ありはしない。学校の先生が幽霊などありはしないといったよ。」と一人が傍《そば》から賛成した。

皆《み》んなは、これで黙ってしまった。其《そ》れから、またわいわい言っていたが、

「隠れんぼうをしよう。」

と、一人が言った。

「しょう。」と、其処《そこ》にいたものは、皆《み》んな同意した。而《そ》して、また、石の転《ころが》っている空地に輪を造って、りゃんけんぽと言って、拳に敗《ま》けたものは鬼になった。

其時《そのとき》、臆病の正一はこういった。

「君、隠れる場処《ばしょ》をきめて置こうよ。」

すると、皆《み》んなは、もう遅くて、暗くなったから、彼方《あちら》の桑圃《くわばたけ》へは行かないことにしよう、この家敷《やしき》の周囲《まわり》だけにしようといった。

「じゃ、あの杉の木の森……。」と正一は言った。

「何、森がなくちゃ隠れる場処はありゃしないじゃないか。」

と、一人が打消《うちけ》した。

三

やはり正一は、鬼にならなかった。皆《み》んなは、固《かたま》って逃げて森のところまで来た。鬼は、やはり眼隠しをさせられて、空地《あきち》の、石の転《ころが》っている処《ところ》に彼方向《あちらむ》きになって立っていた。

皆《み》んなは、杉の森のところまで来《く》ると、

「オイ、固《かたま》って隠れては駄目だ。直《すぐ》に分《わか》ってしまうから、皆《み》んな分《わか》れて隠れようよ。」と、一人が発議《はつぎ》した。皆《みん》なは、「そうだ。皆《み》んな別々に隠れよう。」といって各自はこそこそと森の中の、藪の中に、其《そ》れ其《ぞ》れ隠れてしまった。

もう、夕靄が一面に下《お》りて、森の下は暗くなって、少しも見えなかった。紅い夕日は、僅かにほんのりと遠くの地平線に余炎《よえん》を残していた。黒く人のように立っているものがある。其《そ》れは、木の枝が固《かたま》っているのであった。正一は、自分独りになってまごまごと隠れるところを探していた。

先刻、幽霊の話を聞いたので、日頃から臆病であったから、独りで隠れる気にはなれなかった。

正一は、こう思った――もし、自分が鬼になりゃ黙って帰れない、若《も》しも鬼になって、黙って家に帰ると明《あ》る日、皆《み》んなからいじめられるから、鬼にならないうちに家に逃げて帰ろうかとも思った。しかし、今から、家に帰ろうとしても、鬼に見付《みつ》けられてしまうだろう……こう考えながら、森の中をうろうろしていた。大きな、黒い杉の木の幹には、青い苔の生《は》えているのが白くなって見えた。また、女の頭髪の乱れたような蔦《つた》などが下っているところもあった。赤い、烏瓜《からすうり》の吊下《つりさが》っているところもあった。

何だか、黒い、暗い頭の上から、誰か覗いているような気がして、独りで、藪の中に竦《すく》んでいることが出来なかった。

このとき、鬼は、

「もういいか。」

と、叫んだ。其方《そのほう》を振向《ふりむ》くと、夕靄の中に立って、眼を隠している友の姿がぼんやりとして見えた。

「まー―だー―だよ。」

と、一生懸命で正一は、せつなそうな声を出して叫んだ。

すると、彼方の黒くなった藪の蔭から、

「何しているんだ。早く隠れれよ。」

という声がした。

正一の気は、焦立《あせ》って、こうしていることが出来なくなった。

彼は、まごまごしてうろついている訳には行かなくなったので、自分独り、何処か他《た》にいい処《ところ》はないかと四辺《あたり》を見廻して、森から他の場処《ばしょ》を探した。

何処を見ても、眼を遮るようなものがなくて、ただ、この癈《くさ》れ果《は》てた空屋敷の跡には夕靄がぼんやりと白くかかっているばかりであった。

正一は、仕方なしに地面の上に臥《ね》ている訳にも行かないような気がして、気の急いでいる刹那に、ふと空井戸のあることに気がついて、早速其処《そこ》に走った。

四

空井戸の中を覗くと、真暗《まっくら》であった。けれど、彼は、その井戸はいつかいろいろのもので埋《うま》っていて、其様《そんな》に深くないことを知っていた。

中には、水がなかったけれど、落葉が溜ってきて、湿気《しっけ》ばんでいた。而《そ》して井戸の周囲《まわり》には、苔が生えて、夜の靄は、この中から浮き上るように天上の方はぼんやりと霞んでいる。落葉の匂いが、冷《ひや》やかに鼻に浸《し》みた。正一は眼を上の方に向けていると円《まる》い穴は、直に青い空を円く限っている。ちょうど井戸の上は、青い空に掩《おお》われているように、他《た》に何も見えなかった。

眼を上に向けて、もしや、鬼が来て、此の中を覗きはしないかと仰いでいたけれど、誰も来て覗いて見るものもなかった。

其《そ》の内《うち》に、ちらちらと星の輝くのが見え始めて来た。彼は、たとえ誰が来て、上から下を覗いても、中は真暗で見えないから見つかる気遣いはないと思っていた。

彼は、耳を澄していたけれど、何の声も聞えなかった。もう、今頃は、誰かが見付かった時分であろうと思ったが、皆《み》んなの叫《わめ》く声も聞えなかった。彼は、尚《な》お声を潜めて、黙って、若《も》しや鬼が此《こ》の上の辺りを通っているのではないかと思っていた。

空の色は、ますます青く冴えて、星の光りがはっきりと澄み渡って来た。

彼は、何となく心細くなったので、

「もう、いいぞ。」

と、井戸の内から叫いた。

其《そ》の声は、穴の周囲《まわり》に突き当って、上の方へは聞えなかったようだ。彼は、こう叫ぶと誰か来て覗きはしないかと、胸をどきどきさして竦んでいた。

自然に崩れて落ちる土の塊《かたま》りが、ころころと転げて来て枯れ葉の上に落ちた。彼は、出て上を覗いて見ようと思った。

正一は、足を井戸の周囲《まわり》に踏みかけた。けれど手に掴まる処がなかったので、容易に上《あが》ることが出来なかった。彼は、爪で、土を崩した。而《そ》して、其処に足をかけて、やっと片手を穴の上にかけることが出来た。

こんなことをする間にも、時間は余程たって、彼は、幾たびか上りかけては、下に落ちて穴の中で、尻餅を搗《つ》いた。而して、やっと土に塗《ま》みれて、井戸の上に出て見ると、もう、誰も、空地には居らなかった。

四辺《あたり》は、眠ったようにしんとして、彼は、言うにいわれない頼りない悲しい感じがした。まだ四つか五つの時分、母が使《つかい》にでも行って居なくなった時分がふらふらと浮んだ。ちょうど其《そ》の時のような怨《うら》めしい、やるせない思いがした。心のうちで何時《いつ》の間《ま》に皆《み》んなは帰ってしまったのだろうと怪しまれた。見渡す限り、白い夕靄がかかっている。其《そ》の中に、黒い森が、ぼんやりと浮き出ている。彼方の圃《はたけ》には、ひょろひょろとした枯《かれ》た木が立っていた。

正一は、まだ誰か、其《そ》の辺《へん》に残って居《お》りはせぬかと、彼方、此方《こなた》見廻しているうちに、誰か一人、十五六歩も隔って、白い靄の中に悄然として佇《たたず》んでいるものがあった。

「オイ、誰だい君は。」

と、正一は呼びかけて、其《そ》の方に歩いて行《い》った。

五

月が森から上《あが》った。

あたりは、急に明るくなった。

「オイ、君は、誰だい。」といって、正一は、立っている人の傍《そば》に寄って、顔を覗いた。

頭から、黒い布を被っている人は、黙っていた。正一は、びっくりした。けれど、誰かこんな真似《まね》をして、皆《み》んなは隠れて、自分をおびやかそうとしているのではないかと思ったから、

「オイ、君は誰だい。」

といって、其《そ》の黒い人の前に立った。

けれど、其人《そのひと》は、やはり黙っていて返事がなかった。而《そ》して、あたりは余り静かで、しんとしているのでなんだか身に寒気を覚えて、変な気がして来た。

この時、立っている人は、始めて頭から黒い布をはずしたのである。

月の光りに見ると、白髪《しらが》の坊さんであった。やはり身に鼠色の衣物を被《き》ていた。

正一は、一目見て、この坊さんは、或時《あるとき》、何処かで見たことのあるような、微《かす》かな記憶が不思議に浮ぶような気がしてならなかった。坊さんは、

「わしの顔を覚えていないか。」

といった。すると急に正一の頭は、はっきりとなって、いろいろの過去のことが考え出された。

「去年の、春の日であったが、お前を見たことがある。」

と、坊さんは言った。

正一には、すべてがはっきりと分《わか》った。ちょうど桜の花の咲く頃の事であった。あの日の晩方、家の前に立っていると、あちらから、一人の旅僧《たびそう》が歩いて来た。其《そ》の日は、朝のうちから、曇って、一日花曇《はなぐも》りに日は暮れてしまうような穏かな日で、遠くでは、寺の鐘がゆるやかに鳴って聞《きこ》えた。正一は、死んだ祖母のことなどを思い出していると、一人、草鞋《わらじ》を穿いて、びしゃびしゃと歩いて来た旅僧は、家の前を通り過る時に、ふと、自分の顔を見てにっこりと笑った。白髪の皺《しわ》の寄った顔貌《かお》が、何《な》んだか死んだお婆さんに遇《あ》った時のように懐《なつか》しく思われた。正一は黙って、そう思いながら、不思議そうな顔付《かおつき》をして、旅僧の顔を仰いで見ると、

「大きくなった。また来るよ。」といって、其《そ》の旅僧は行ってしまった。正一は、家に入って、其《そ》のことを母親に話すと、人違いだろう……お前に、そんなことをいう筈《はず》はない……あまり、可愛《かあい》らしいから、そういったまでだろう……これから、知らぬ人が、いい児《こ》だから私と一しょにお出でなどといっても行ってはいけないといった。

今、自分の前に立っている坊さんは、其時《そのとき》の坊さんであった。

「覚えている。」

と、正一は心の裡《うち》で言った。

星の光りは、秋の冷たい空気の中に染《にじ》んで、鼠色の衣物を着た、坊さんの眼は水晶のように光って見えた。

「わしは、お前を見ようと思って来た。」

と、其《そ》の坊さんは言った。正一は母の言葉を思い出していっしょに行ってはいけないと思った。帰る時、坊さんは、正一を家の近くまで送って来てくれた。

正一は、病気にかかって床についていた。今、夢から醒《さま》された。眼を開けると、母親や、親類の人々が心配そうな顔付《かおつき》をして自分の顔を見ながら枕許《まくらもと》に坐っていた。

――春の晩方、桜の咲いている寺へお詣《まい》りに来た。沢山の人がお詣りに来ている。中には、もう此世《このよ》を去った人で、見覚えのある老婆もあった。自分は、死んだ祖母に手を引かれて堂に上《あが》ると彼方に、蠟燭《ろうそく》の火が揺《ゆら》いでいる。其処の一段高い、天蓋《てんがい》の下には、赤い袈裟《けさ》をかけた坊さんが立っていた。あまり、人々の念仏の声などが、鐘の音などと入り混《まじ》っていて、坊さんの言っていることが分《わか》らなかった。

其《そ》の坊さんは、なんだか見覚えのあるような気がしてならなかった――。

医者が来て帰った。其《そ》の診察によると、もう、正一は、二たびかくれんぼうをすることが出来なかった。

秋逝く頃

上　蝗獲りに

祐二と小太郎は極めて仲の好い友達でありました。ちょうど何方《どちら》も十一歳になっていまして、脊《せ》の高さから、体の様子付《つき》から、誠によく似た少年同志でありました。

だから、知らぬ人はこの二人が仲好く共に遊んでいるのを見ますと、実の兄弟だと思う程でありました。二人の家は同じ村の中にあって、一二町程も隔っていましたけれど、二人は互《たがい》に日に幾たびとなく、誘いに行っては連立って小鳥を捕ったり、独楽《こま》を廻したりして遊んだのでありました。

学校へ行く時も、いっしょに行きました。また帰る時も、いっしょに帰りました。而《そ》して家に帰ってから遊ぶ時も、二人はいっしょに遊んだのでありました。

「祐二さん」と小太郎が、其の家の前に立って呼びに行かなかった時は、かならず、「小太郎さん」と言って、祐二が其の家の前に立って、呼ぶのを聞きました。

而して、二人は顔を見合して、さも愉快そうに笑いました。

「僕ね、これから蝗《いなご》を捕ろうと思うんだよ。君もいっしょに行かない」と小太郎が言いますと、

「ああ、行こうね。而して、沢山捕るんだ」と祐二は答えました。

「僕は、袋を持《もっ》て行くんだ。沢山捕ったら二人で分けようね」と小太郎は言って、やがて二人は袋をぶら下《さげ》て、村の細い路の上を並んで、其の路の上に小さな二つの影を落しながら歩いて行きました。

色づいた木の葉は日の光りに晒《さ》らされて輝いていました。而して、黄金色の稲の間を蝗は盛んに飛んで居ました。

祐二と小太郎の二人は、額際《ひたいぎわ》から、たくたく滴《た》るる汗を筒袖で拭きながら、蝗を取っては袋へ入れていました。

すると、此時、彼方《あちら》からも二三人の見知らぬ少年が、此方《こちら》にやって来ました。

「オイ、其の辺の蝗を捕ってはいけないんだぞ。僕達の縄張りだから、捕ると甚《ひど》い目に遇わせるぞ」と其の中の一番年上の十三四になる少年が、祐二と小太郎の二人を睨《にら》み付けて言いました。

「だって、僕等は君等より先に来ているんじゃないか。君なんか、たった今、此処へ来たんだろう」と祐二は顔を真赤にして、吃《ども》りながら言いました。

「何、生意気言いやがるんだい」と、大きい方の少年が言いました。すると、これに従《つ》いて他《あと》の少年達までが、

「何、生意気言いやがるんだい」と、口々に二人の方を見て小声に言いました。

「ど、どっちが生意気だ。君等こそ生意気じゃないか」と祐二は、益々急込《せつこ》んで、声を吃らして言いました。急込む時に声の吃るのが祐二の癖でありました。平常から優しい、善良な少年でありました祐二は、また、こうして相手が無法なことを言う時は飽迄《あくまで》、言い争そう勇敢なところのあった少年であります。

「ぐずぐず言うと擲《なぐ》るぞ」と大きい方の少年は黒い梟《ふくろう》のような眼を向けて、二人を嚇《おど》したのであります。

「何、擲るなら、擲って見ろ」と祐二は、決然《きっ》となって相手の顔を睨みました。

此時まで黙って、祐二の傍に立っていました小太郎は、急に祐二を慰《いた》わるようにして、

「君、彼方《あっち》へ行こう。構わないで彼方へ行こうよ」

と言って、祐二を連て行きました。

其時、この二人を見送って、後に残っていました相手の三四人の者共は、

「やあい、逃げて行く、ざまあ見ろ。弱虫やーい」

と口々に罵ったのであります。

「今度遇った時に、覚えておれ」と其の中の大きい方の少年が言いました。

二人は、彼等に構わずに、彼方の森の方へ歩いて行きました。而して、楽しく遊びました。

「明日、学校から帰ったら独楽を廻して遊ばない？」と祐二は小太郎に対《むか》って言いました。

「ああ、遊ぼうよ。僕が君を誘いに行こう」と小太郎は答えました。

「ほんとうに来てね、じゃ失敬」と祐二は言って、やがて二人は路の上で別れたのでありました。

ちょうど、夕焼が西の空を染めていました。雲の色が紅、黄、金色、紫に美しく燃えていました。小太郎は祐二に別れると、急に淋しく、悲しくなりました。而して、明日の朝は、早く祐二を誘いに行こうと思ったのでありました。

其の晩は、いつにない生暖かな、気持の悪い晩でありました。小太郎は何《ど》ういうものか常のようによく眠れなかったのでありました。夜が明けると、彼は起きて、顔を洗い、朝飯を食べてから、やがて学校へ行く支度をして、姉さんよりも早く家を出ました。

下　祐二の墓

小太郎は、何となく昨日の晩方、祐二に別れた時から、祐二の顔が眼に浮んで気にかかってならなかったのであります。

「祐二さん」と小太郎は其の家の前に立って、いつもの如く友を呼びました。けれど、常ならば耳敏《さと》い祐二は直《すぐ》に聞き付けて返事をしながら、飛び出て来るのに、何うしたことか、今日に限って、家の裡《うち》は寂然《しん》として、何の返答もなかったのであります。

「祐二さん」と小太郎は重ねて呼びました。

すると、静かに祐二の母親が現われて、

「祐二は、病気ですから、どうか先へ行って下さい」と言いました。

小太郎は悄然《しょんぼり》として、其の家の門口を離れて、独り寂しく学校へ行ったのであります。けれど、其の日は祐二のことが気にかかって何も耳に入らなかったのであります。

彼は帰りにも、やはり悄然として独り家に帰ったのであります。

「明日、学校から帰ったら、独楽を廻して遊ぼうね」と言った祐二の言葉がありありとして耳についていました。

小太郎は独楽を懐に入れて、いつもならば飛び立つように勇んで駆けて行くのに、何となく心配そうな顔付をして祐二の家の方へ歩いて行きました。

「祐二さん、遊ばない？」と門口に立って、小さな声を出して呼びました。

すると、この家の前で遊んでいた近所の子供等が、

「祐二さんは死んだんだよ」と小太郎の傍に来て、顔を見上げて小さな声で告げました。

「嘘だい。死んだなんて嘘だい」と小太郎は眼を怒らして、そう言った子供を睨みました。

何《なぜ》となら彼にはこんなことがあろうとは何うしても信じられなかった。

「祐二さん、遊ばない？」と小太郎は門口に立って、また呼びました。

けれど、家の内からは返答がなかった。小太郎は不思議に思って、やはり立っていました。

「ほんとうに、祐二さんは死んだんだよ」とまた他の子供が言いました。

「嘘だい！」と彼は言って、何と誰が告げても信じなかった。而して、彼はしおしおとして我が家の方へ帰って行った。

其の明《あく》る日も、小太郎は祐二の家の前に立って、「祐二さん」と呼んだのでありました。すると家の中から、祐二の母親が眼を赤くして出て来て、

「小太郎さん、祐ちゃんは死にましたよ」と言って涙ながらに、学校へ行く風をして門口に立っている小太郎に対《むか》って告げたのであります。

小太郎は、黙って、其の家の前を立ち去りました。するとまた其の日の午後になると、

「祐二さん、遊ばない？」と門口に立って、小太郎の呼ぶ声が聞えました。

「祐ちゃんは死んだんだから、もういませんの」と母親は泣いて、また小太郎に其のことを告げると、彼は悄然として黙って我が家の方へ帰って行きました。

けれど、其の明る日も、また其の明る日も小太郎は、その家の門口に立って、

「祐二さん、遊ばない？」と呼ぶのでありました。

あれ程二人は仲が好かったのだから、そうもあろうと皆なはこの小太郎の心を憐れみまし

た。今では、小太郎の両親も、姉も、祐二が疫痢《えきり》という怖しい病気で、真に一夜《いちや》で命を奪《と》られたことを聞き知って、いろいろに小太郎を慰さめ、なだめ、諭しましたけれど、やはり小太郎は最も仲の好かった、ただ、一人の友達であった祐二の死を信じなかったのであります。而して、やはり雨の降る日も、風の吹く日も、小太郎は其の家の前に立って「祐二さん、遊ばない？」と呼んだのであります。

あまりに小太郎の心が、いじらしかったので、祐二の母親は、小太郎の母親に相談して、ある日、小太郎を連れて、祐二の墓に詣《まい》ったのでありました。

「小太郎さん、ここに祐二は眠っているのですよ」とまだ新しい墓を指して、祐二の母は小太郎に言いました。

小太郎は、昵《じっ》と墓の文字に見入っていましたが、何を深く感じたか、わっと其処に声を上げて泣き出したのであります。

其の日は、祐二の母親がいろいろにすかして家に帰りましたけれど、明る日からは、毎日小太郎は学校の帰りに、この墓場に詣って、

「祐二さん、なぜ君は死んだんだい。僕は淋しくて、仕方がないんだよ。だって悲しいじゃないか」と言いながら、一人墓の前で、さながら、生きている友達に向って話すように

言って遊んでいました。

其のうちに、もはや秋も終る頃が来たのです。墓場に植《うわ》っているいろいろの木の葉が、紅く、黄色く色づいて、吹く風にちらちらと散るのでありました。小太郎はどんなにか祐二が独りで、墓の下に居るのを淋しいだろうと思って、また学校の帰りに、墓へやって来ました。

「祐二さん淋しいだろう。僕は今日学校で、海の絵を描いて来たんだよ。君に見せて上げようか。待っておいで、僕は今鞄の中から出して上げるからね」と小太郎はさながら生きている祐二の前に坐っているような気持で、肩にかけている鞄を外して、其の中から図画を取り出して墓の前に戴せていました。

小鳥が、頭の上の木の枝に止って囀《さえず》っています。小太郎は余念なく墓に向って話をしている時、いつか蝗を捕りに祐二と歩いた時、途《みち》で出遇った彼《か》の三四人の仲間がやって来て、早速小太郎を取り囲みました。

「今日は、いじめてやるぞ」と其の中の例の大きな少年が梟のような眼で睨んで言いますと、他の一人は小太郎の持っている絵を奪って、

「何んだ、こんな拙《まず》い絵なんか破いてやれ」といって、破ってしまいました。小太郎は今にも泣き出しそうにしていますと、其時、突然手に棒を持った十一、二の少年が傍から飛び

出して来て、

「なんで君等は、何にもしない者をいじめるんだ」と言って、其の棒を振り廻したので、三四人の者は驚いて何処へか逃げてしまいました。

「やあ、祐二さん！」と小太郎は叫んで、其の棒を持っている少年の後を追いますと、少年は振り向いて、にっこりと笑ったまま、何処へか其の姿が見えなくなってしまいました。

小太郎は、いつ迄も祐二の墓の前で泣いていました。小鳥はまだ木の枝の上で囀っています。

迷い路

二郎は昨夜《ゆうべ》見た夢が余り不思議なもんで、これを兄の太郎に話そうかと思っていましたが、まだいい折《おり》がありません。昼過ぎに母親は前の圃《はたけ》で妹《いもと》を相手にして話をしていたから、裏庭へ出て兄を探《たず》ねると、大きな合歓《ねむ》の木の下で、日蔭の涼しい処で黙って考え込んでいるのであります。二郎は心配そうに傍に寄り添うて、

「兄さん、何を其様《そんな》に考えているんです、何処《どこ》か悪いんでありませんか。え、兄さん。僕は昨夜不思議な夢を見たから話そうと思って来たんです。」

兄は驚いた風で、少し急込《せきこ》んで、

「お前は、どんな夢を見たんだ。」

と問いました。二郎は余り兄の狼狽《うろたえ》たのを意外に思ったけれど、声を一段と低めて、昨夜の夢のあらましを話しました。

「兄さん！　僕の真実《ほんとう》の母さんは生《いき》ているよ。隣村の杉の森の中に住んでいて、僕が行って遇《お》うた夢を見たよ。大変に喜んで可愛がってくれたよ。僕は今のお母さんも好きだけど、死んだ母さんも好きだなあ。」

と語る。と兄は顔の色を紅く染めて、

「二郎や、僕もそれと同じい夢を見た。母さんは初め遇うた時に知《しら》なかったが、なんでもよく似ている人だと思って、取縋《とりすが》って見ると母さんであったのだろう……。」

「うん、そうだったよ。じゃ兄さんも見たのか。」

「ああ、僕も見たよ。」

「じゃ、これは大変だ！　大変だ！」と二郎は気の狂うたように躍《おど》り上りました。

「何するんだ馬鹿ッ！」

「何馬鹿だ？」と二郎は嬉しいやら、懐かしいやら、不思議やらで暫時《しばし》心の狂って、其処《そこ》にあった棒で兄を擲《なぐ》りました。

「痛い！　痛い！　ああ痛い！……」と太郎は泣き出して「母さん！……二郎ちゃんが打《ぶ》った……エン、エン……」と泣き出した。母親はこの時家にいたものと見えて、早速この泣声をききつけて駆けて来ました。今の母親は継母《ままはは》でしたけれど、それはそれは実の母親も及ばない程に二人を可愛がってくれたのであります。ですから二人は今の母さんをば前の母さんを慕うように慕っています。

母親は物優しく「まあ二郎ちゃん、お前さんは何をしだい、何もしない兄さんを打《ぶっ》なんて、お父さんがお帰りですと叱られたら何《どう》なさいます。さあお詫《わび》をなさい。」と言いました。

二郎は物やさしく母親に言われて、心が少し落付《おちつい》たもので、初めて自分が悪かったと知ったから、太郎に向って、

「兄さん、堪忍しておくれ。」と頭を下げました。太郎は黙ってしゃくり泣きをしていますと、母親は、

「太郎や何処か傷は付かなかったの、もう痛みはとまって。」

と、親切に言われるので、この時太郎も二郎も斯様《こんな》優しい母さんがあるのに、前の母さんを恋しく思うのは罰《ばち》が当るように思われて、二人は昨夜の夢の話を母さんに言われませんでし

た。母親は夕飯の仕度をするからといって、又家の内へ入りました後で、二郎は「兄さん、痛くはないか……」と言って伏目になって足下《あしもと》に落ちている棒に眸《ひとみ》を移しました。兄は黙って頭《かむり》を振って、「もう痛くはないよ。」と寂しそうに笑顔を作ったのであります。太郎は十二歳で二郎は十歳であります。その晩二人は寝床へ入ってから、明朝《あした》自分達を生んでくれた旧《もと》の母さんを尋ねに三里彼方《あなた》の、隣村の杉の木の森を探《たず》ねに出る約束をしたのです。夜が明けますと太郎と二郎と二人して、弁当を腰に下げて、杖を持《もっ》て、草鞋《わらじ》を穿《は》いて、同じ、扮粧《いでたち》で出掛《でかけ》たのであります。

橋を渡り、畑や、圃の中の小道を過ぎて、目ざす隣村の村端《はず》れに来かかりますと、広い野原の中に一筋の道が走っています。二人は昨夜の夢に見た通りの道ですから、驚きました。

「二郎や、この道をお前も夢に見たかい。」

「ああ、やっぱりこの道を行ったんです。」

「この、杉林も通ってまだまだ奥へ行ったよ。」

「僕も……あれ、兄さんこの道は此処《ここ》で二筋に分れてしまった。」

今迄二人の歩いて来た、道が二筋に分れて一つは広い道幅の平《たいら》な道であります、それに比べると他の一筋は小石のごろごろと転《ころが》っている、険岨《けんそ》の道で草の中に半分隠れていて余り人の通らない道のようであります。

「二郎やこの広い道を行くんだよ。」

「いいえ兄さんこの細い道を行《いく》んですよ。」

「だって、僕は夢にこの道へ行ったのを見た。」

「僕はこの道を行ったよ。」

「この道の方が真実《ほんとう》だ。」

「いいえこちらが真実だ。」

「僕は此方《こちら》へ行く。」

「僕は此方へ行きたいな。」

「二郎ちゃんこの方が歩きよくていいや。」

「兄さん、此方へお出《い》でよ。」

「いやだ！」

「じゃ、私《わし》は一人で行くわ。」

兄は怒った、さっさと広い道の方を歩いて行きます。今は二郎も意地張《ばっ》て、己《おれ》は此方へ行くと歩いて、細い道を辿り辿り、一丁《ちょう》も来て、兄の後姿を見送った時には、いつか峠に遮《さえぎ》られて、道は曲っていて、兄の姿は見えなくなったのであります。又一二丁も来ると道がだんだん嶮《けわ》しくなります。

傍の雑木林で四十雀《しじゅうから》や、山雀《やまがら》が鳴いています。ただしんとして四辺《あたり》には風の折々、さわさわと木の葉の鳴る音ばかりで渓間《たにま》に蜩《ひぐらし》の鳴くのが聞えて、なんだか非常に心細くなって、後へ戻って兄を追うかと思いました。その時、道端《みちばた》の草に埋もれている石地蔵様が「さっさっと真直《まっすぐ》に行《ゆ》きやれ行きやれ」と物を言わっしゃる。二郎はこれこそきっと神様のお告げだと思って、この道さえ真直に行けば恋しい、母《か》あさんに遇われるのだと勇気を出して歩きました。又二三町きて、やはり道が当《あて》なく、草原につづいているばかりで、目ざす森も見えませんければ、人家もないのでがっかりとして、もと来た道を帰ろうかと立止って考えますと何処からか山鳩が一羽飛んで来て、ちょうど頭の上の木の梢にとまって、「二郎さん二郎さん早くお出でよ、トテッポーッポー、脇見をせんでお出でなさい。トテッポーッポー」と二郎に力づけて、又何処《いずく》へか去ったのであります。二郎はやっとのことで平の場所へ出たかと思うと広い野原であります。

昔は大名か何かの、奇麗な御殿があった所だと見えて、大きな礎《いし》石や、瓦《かわら》の欠《かけ》や、石垣などが残っています。その荒れた城跡に草の茫々《ぼうぼう》と生えた中で、夕暮方の空を眺めて一人の痩《やせ》た乞食が胡弓《こきゆう》を鳴らして、悲しい歌を歌っていました。二郎は物怖ろしくなって、乞食の知らない間に通り抜けようと駆け出しましたが、乞食は別に此方を振向こうともせんで、やはり疲れた風で泣くような胡弓を鳴らしていたのであります。二郎は昼の中《うち》に弁当を食べ尽して、何か食物《たべもの》を買うところはないかと思って、考えていますと、遠くの方で太鼓の音が聞えているので、早速その方を志《こころざ》して道を急ぎました。

案の如く彼方《あちら》に大きな森が見えたのであります。二郎はこの時昨夜の夢を思い出して、少しもこの辺の景色が違っていないことをたしかめました。「ああ、兄さんは何処へ行ったろう。」と兄の身の上を案じながらも、早く母さんに遇おうと思う一念で森の燈火《ともしび》の見えるのをそれと思って駆けて参りました。だんだん暗い大きな森の中へ入って行きますと、月の光も差さず、物凄い風の音が聞えて、始めのうちは狐にばかされたと思っていましたが、その中《うち》に遽《たちま》ち目の前に賑やかな、お祭の景色が見えました。紅、青、紫色の燈火が星のように輝やいて、行手《ゆくて》の道の両側には見物店《みせもの》や、食物店が、それはちょうど九段の招魂社《しょうこんしゃ》の祭りに行ったように奇麗に居並んでいて、其処《そこ》を往来《ゆきき》するお姫様や、小供《こども》の姿が手に取るように見えます。しかし余程隔っていると見えて物音は何も聞えず、ただ立派な着物の縞《しま》や、人の顔などが朧《おぼ》ろに見えるばかりで、眠むそうな太鼓の音が時々、どんどんと聞えるばかりであります。二郎はこれが母さんのいなさる処かと心のうちで思い込んで、早く行ってその祭を見たいと駆け寄りますと、ちらりとお母さんの笑顔が幻《まぼろ》しに見えたかと思うとぱっとしてその影は何処へか消えてしまいました。

二郎は魂の抜け去ったように茫《ぼう》っとして佇《たたず》んでいますと、頭の上の大きな杉林に風の音が物凄く、月の光りがちらちらと洩れて梟《ふくろ》の啼声《なきごえ》が聞えます。もはや堪《こら》えられんで二郎は泣出そうとした時に、先刻《さつき》のみすぼらしい乞食が現われて、私がお家《うち》へ連《つれ》て行って上《あげ》ましょう。と先に立って、例の哀しい胡弓を鳴らしながら今来た道をもどって行くのであります。二郎は恐る恐る、「母さんに遇いたいが、お前さんは、母さんのいるところを知らないか。」と聞《きく》と乞食は、「母さんのところへ連れて行って上ましょう。」とやはり今来た道を帰るのであります。二郎は堪えかねて、

「小父《おじ》さん、真実《ほんとう》の母さんは何処にいましょう、僕は真実の母さんに遇いに来たのだよ。」

と、言うと乞食は不審《いぶかし》そうな顔付《かおつき》をして、立止って二郎の顔をつくづくと眺めて、

「真実の母さんてば……二郎さん、お前さんはどうかしていますね、きっと狐にばかされて此処へ来たのですよ。」

と、後は何かぶつぶつと口の中で独言《ひとりごと》をいうて、草藪の中を分けて行きます。二郎は悲しく

なって、涙ぐんで黙って後についてまいりました。夜嵐は杉の木の梢に鳴り渡って、泣くように悲しい音《ね》を出す胡弓は、たえだえに聞かれるのであります。

「二郎ちゃん！」と一声何処かで声がする。二郎は歩みを止めて佇《たた》ずみました。誰《た》れか自分の名を呼んだなと思いましたけれど、それっきり聞こえませんでした。余程来たかと思う時分に杉林の奥の方で太鼓の音《おと》がまたしても聞こえます。振り向くと、またしても、紅、青、紫の燈火が美しゅう輝やいていて、お祭りの賑かな景色が見えて、人通りの混雑《こみいつ》ている中に此方を向いて手招きをする女はたしかに自分の死んだ母親の顔であります。

「お母さん！」と、思い存分に叫《わめ》きますと、その声は木精《こだま》にひびいて確かに母さんの耳にも聞えたのです。乞食は不意《ふい》に後を向いて「やかましい。」と言いざまに持っている胡弓で二郎を力存分に打ちました。胡弓の柄《え》はぽっきりと三つばかりに折れたかと思うと、物凄い夜嵐の音も、怒《いか》れる乞食の姿も美しいお祭の景色も総《す》べて消えてしまって、いつしか二郎は月明《つきあかり》の下に我が家の前に立っていたのであります。

太郎は途中からよして、自分よりは疾《と》っくに家に帰っていて、二郎の帰るのを待ちつつ母や妹と心配しながら、果物などを食べていたところであります。母親だけは果物も何も食べんで寂しそうな顔付をしていました。

これから兄弟とも今の母親の言うことをきいて孝行を尽《つく》しまして、母も益々《ますます》二人を愛したそうであります。

たましいは生きている

昔の人は、月日を流れる水にたとえましたが、まことに、ひとときもとどまることなく、いずくへか去ってしまうものです。そして、その間に人々は、喜んだり、悲しんだりするが、しんけんなのは、そのときだけであって、やがて、そのことも忘れてしまいます。この話も、後《あと》になれば、迷信としか、考えられなくなるときがあるでしょう。

＊　＊　＊

わたしの兄は、音楽が好きで、自分でもハーモニカを吹きました。海辺へいっては砂の上へ腰をおろして、緑色のあわ立ちかえる海原《うなばら》をながめながら、心ゆくまで鳴らしたものでした。無心で吹くこともあったし、また、はてしない遠くをあこがれたこともあったでしょう。それは、夕日が花のごとく、美しくもえるときばかりでありません。灰色の雲が、ものすごく低く飛び、あらしの叫ぶ日もありました。

「正《しょう》ちゃん、この海の合奏は、ベートーベンのオーケストラに、まさるともおとらないよ。人間が、いくらまねようたって、自然の音楽には、かなわないからね。」と、兄は、いいました。

戦争が、だんだん大きくなって、ついに、兄のところへも召集令がきました。わたしは、その日を忘れることができません。いままで、たのしかった、家の中は、たちまち笑いが消えてしまって、兄は、自分の本箱や、机のひきだしを、片づけはじめました。

「いけば、いつ帰るかわからないから、ハーモニカを正ちゃんに、あずかってもらうかな。」

こうきくと、わたしは、兄の気持ちを考えて、しぜんと涙がわきました。

「にいさんが、帰るまで、なんでも、そのままにしておくよ。」

「いや、もっと戦争が、はげしくなれば、この家だって、どうなるかしれんものね。」

兄は、無事で帰れたなら、また勉強をはじめるつもりだったのでしょう。英語の辞書も、いっしょに渡しました。

しかし、兄は、それぎり帰ってきませんでした。兄の船は、南方《なんぽう》へいったといううわさでしたが、出発後、なんのたよりもなかったのです。

わたしは、海辺に立って、はるかな水平線をながめて、ハーモニカを吹きました。入り日《いひ》の前の空に、さんらんとして、金色のししのたてがみのような雲や、また、まっ赤《か》な花のような雲が、絵模様のように、飛ぶことがありました。兄は、こんなようなたそがれが、大好きであったと思うと、いまごろ、どこかの島で、この空を見てるのでなかろうかと、ひとりでに、目の中のくもることがありました。わたしは、せめて、この真心の、兄に通ずるようにと、ハーモニカを吹いたのでした。

また、あらしの日にも、兄のしたごとく、浜辺へ出て、鳴らしました。しかし、兄のハーモニカが、ここにありながら、それを愛する兄の、いないということは、考えるとさびしいかぎりでした。

その翌年の夏には、公報こそ入らなかったけれど、兄の戦死は、ほぼ確実なものとなりました。

ある日、わたしは、波打ちぎわで、清《せい》ちゃんと遊んでいました。

「波は、生きているよ。」と、清ちゃんが、いったので、わたしは、

「生きているって、たましいがあるというの。」と、ききかえしました。

「うそと思うなら、石を投げてごらん。怒って、大きくなるから。」と、清ちゃんは、ふしぎなことをいうのです。

わたしは、石をひろって投げました。つづいて、清ちゃんが、なげました。ふたりのすることを、せせら笑って見ていた、白い波が、だんだん高く頭をもたげて、急にふたりの足もとをおそいました。

「ほら、おこった!」と、清ちゃんが、叫びました。

わたしは、むちゅうになって、石をひろっては、できるだけ沖へ近づいて投げると、もくら、もくらと、海はふくれ上がり、大波《おおなみ》が、わたしの足をさらおうと、やってきたので、あわてて逃げました。そのとき、砂の上へおいたハーモニカを持っていってしまいました。

わたしは、波が、またハーモニカを返してくれはしまいかと、しばらく立って、待っていたが、それは、ついにむだでした。

月の明《あか》るい晩でした。わたしは、窓に腰をかけて、どこかで鳴く虫の、かすかな声をきい

ていました。秋の近づくのを感じたのでした。すると、たちまち、ハーモニカの音《ね》がしたのでした。

「あれは、だれがふいているのだろう。」と、こんどは、そのほうへ気をとられました。吹いている人は、歩いているのか、その音《ね》は、近くなったり、遠くなったりしました。

「にいさんじゃないか。」と、わたしは、立ち上がりました。あまり、しらべが、よくにていたからです。外へ出てみようとするうちに、ハーモニカの音《ね》は、やんでしまいました。

まだ、そのうたがいの解けぬ、二、三日後《のち》のことです。わたしは、赤く夕日が、海へ沈むのをながめていました。すると、うしろの砂山のあたりで、ハーモニカの音《ね》がしました。その吹き方が、兄そっくりなので、わたしは、はっとして、このときばかりは、全身があつくなりました。

「だれだか、見てやろう。」

ただ、むやみとそのほうへ、足にまかせて、かけ出したが、いつしか、音《ね》も消えれば、さっきまで、ちらほらしていた、人影まで、どこへやら去って、見えなくなったのです。

わたしは、家に帰って、このことを母に話しました。

「それは、気のせいです。あまりおまえが、にいさんを思うから。」と、母は、いいました。

しかし、わたしは、気のせいだとは、信じられませんでした。けれど、それ以上いい張ることは、できませんでした。ところが、なんとおどろくことには、こんどはうず巻く波の中から、兄の吹く、ハーモニカのしらべがきこえたのです。わたしは、さっそく、清ちゃんを呼んできました。清ちゃんは、いつになく、まじめくさって、耳をすましました。

「きっと、正ちゃんのなくした、ハーモニカをお魚が、小さな口で吹いているんでないか。」といいました。

その後も、わたしは、ひとりなぎさに立って、ぼんやりと海をながめることがありました。あるとき、知らない男の人が、わたしのそばに立って、じっと沖の方をながめていました。顔の色は、日にやけて黒く、その目は、とび出ているようで、いくらか、こわい気がしました。お寺へいくと、よくこんな形をした、木像の仏さまがあるのを、わたしは思い出しました。こちらが、やさしくものをいったら、怒りはしないだろうと、考えたので、

「おじさんは、なにを見ているの。」と、ききました。すると、怒るどころか、うちとけて、わたしを見ながら、

「あちらの島に、まだ残っている、戦友のことを思っていたんだよ。」と、その人は、答えました。

「まだ、かえらないの。」

「土の中で眠って、永久に帰らないのさ。」

「おじさんは、いつ復員したの。」

わたしは、すぐに兄のことを思い出さずにいられませんでした。

「まだ、一月ばかりにしかならない。いくら苦しんでも、こうして、帰られたものは、しあわせだが、いつまでたっても、もどらない戦友はかわいそうだ。」

これをきくと、わたしは、情け深い人だと思ったから、

「おじさん、ぼくの兄も戦死したんです。」といいました。

「やはり、そうか。」と、急に暗い顔になって、うなずきました。いつか、ふたりは、ならび合って、砂の上に腰をおろし、海の方を向いていました。

「ぼく、いつも、ここに立って、にいさんを思うんですよ。」と、わたしが、いうと、その人は、目を足もとへ落として、やはりうなずくばかりでした。

「人間は死んでも、霊魂は、生きているのではない?」と、わたしは、ふしぎなハーモニカの音《ね》から、おじさんに、こうたずねたのでした。あるいは、戦地にあって、それを経験したとも、かぎらないと思ったからです。おじさんは、しばらく、なにか考えているようなよ

うすだったが、やがて、顔を上げると、

「それについて、ふしぎなことがある。」といいました。

「ふしぎなことって、どんなこと。」

「ゆうれいとでも、いうんだろうな。」

「えっ。」と、わたしは、びっくりしました。

このとき、つめたい風が、海の上から、さっと陸へ向かって、走ったように感じました。

おじさんは、口を開きました。

「前線へ、伝令にいった兵士が、帰りの山の中で道を迷ってしまった。困っていると、ふいにくつ音がしたので、まさしく、敵に出会ったと、身がまえすると、思いがけない、親友だったので、二度びっくりした。あまりおそいので、こんなことではないかと迎えにきたよ。さあ、暗くならぬうち、早くいこうと、戦友は、先に立って、よくこんな道を知っているなと思うようなところを歩いた。だが、かれはこのあいだの戦争で死んだのではなかったかと気がついたので、休んだら聞こうと思っているうち、その姿を見失ってしまった。それと同時に、ふもとの方で、軍馬のいななきをきいたというのだ。」と、おじさんは、話しました。

「霊魂が、親友を救ったのですね。」と、わたしは、その話に感動したのでした。そして、

わたしは、兄の吹く、ハーモニカの音《ね》が、このごろ、たびたびきこえると、いいますと、

「きっと、きみのにいさんは、家のことを思っていられるのだろう。」と、おじさんは、答えました。

「そうしたら、どうすればいいの。」と、わたしは、ききました。

「せいぜい、にいさんの好きなことをしてあげて、霊魂をなぐさめるんだね。」と、おじさんは、いいました。

そのことを、わたしに教えてくれた、おじさんは、どうしたのか、その後《ご》ふたたび見ることができませんでした。

わたしの兄は、なにより平和を愛しました。だから、音楽がすきでした。わたしは、父にねがって、兄のもっていたのと、同じハーモニカを買ってもらいました。そして、それを吹くときには、かならず、兄の気持ちになろうとしました。

わたしの兄は、自然を愛したし、また、だれに対してもしんせつで、なにをするにも、やさしみの心をもっていました。

わたしは、海岸へいくと、まず、兄のしたごとく、砂の上へ腰をおろしました。そして、ハーモニカを吹きました。このとき、空を飛ぶ雲、打ちよせる波、しきりと顔へあたる風、

ともどもに、申し合わせたごとくたたずんで、いっているようでした。

「ききおぼえのある、なつかしい音《ね》だ。」と、いってきました。

わたしは、ますます、兄の目、兄の心をもってきました。するとかれらは、

「あれを吹くのは、弟か、兄そっくりじゃないか。また、この浜辺へも、昔のような平和が、やってきたな。」と、ささやき合っているのです。

わたしの真心で、兄のたましいも、はじめて、なぐさめられたものか、ふしぎなハーモニカの音《ね》も、それ以来しなくなったのでありました。

Ⅳ　北辺の人々

大きなかに

それは、春の遅い、雪の深い北国《ほっこく》の話であります。ある日のこと太郎は、おじいさんの帰ってくるのを待っていました。

おじいさんは、三里ばかり隔たった、海岸の村へ用事があって、その日の朝早く家を出ていったのでした。

「おじいさん、いつ帰ってくるの?」と、太郎は、そのとき聞きました。

すっかり仕度をして、これから出てゆこうとしたおじいさんは、にっこり笑って、太郎の方を振り向きながら、

「じきに帰ってくるぞ。晩までには帰ってくる……。」といいました。

「なにか、帰りにおみやげを買ってきてね。」と、少年は頼んだのであります。

「買ってきてやるとも、おとなしくして待っていろよ。」と、おじいさんはいいました。

やがておじいさんは、雪を踏んで出ていったのです。その日は、曇った、うす暗い日でありました。太郎は、いまごろ、おじいさんは、どこを歩いていられるだろうと、さびしい、そして、雪で真っ白な、広い野原の景色などを想像していたのです。

そのうちに、時間はだんだんたってゆきました。外には、風の音が聞こえました。雪か霰《あられ》が降ってきそうに、日の光も当たらずに、寒うございました。

「こんなに天気が悪いから、おじいさんは、お泊まりなさるだろう。」と、家《うち》の人たちはいっていました。

太郎は、おじいさんが、晩までには、帰ってくるといわれたから、きっと帰ってこられるだろうと堅く信じていました。それで、どんなものをおみやげに買ってきてくださるだろうと考えていました。

そのうちに、日が暮れかかりました。けれど、おじいさんは帰ってきませんでした。もうあちらの野原を歩いてきなさる時分だろうと思って、太郎は、戸口まで出て、そこにしばらく立って、遠くの方を見ていましたけれど、それらしい人影も見えませんでした。

「おじいさんは、どうなさったのだろう？　きつねにでもつれられて、どこへかゆきなされたのではないかしらん？」

太郎は、いろいろと考えて、独りで、心配をしていました。

「きっと、天気が悪いから、途中で降られては困ると思って、今夜はお泊まりなさったにちがいない。」と、家《うち》の人たちは語り合って、あまり心配をいたしませんでした。

しかし太郎は、どうしても、おじいさんが、今晩泊まってこられるとは信じませんでした。

「きっと、おじいさんは、帰ってきなさる。それまで自分は起きて待っているのだ。」と、心にきめて、暗くなってしまってからも、その夜にかぎって、太郎は、床の中へ入って眠ろうとはせずに、いつまでも、ランプの下にすわって起きていたのでした。

いつもなら、太郎は日が暮れるとじきに眠るのでしたが、不思議に目がさえていて、ちっとも眠くはありませんでした。そして、こんなに暗くなって、おじいさんはさぞ路《みち》がわからなくて困っていなさるだろうと、広い野原の中で、とぼとぼとしていられるおじいさんの姿を、いろいろに想像したのでした。

「さあ、お休み、おじいさんがお帰りになったら、きっとおまえを起こしてあげるから、床の中へ入って、寝ていて待っておいで。」と、お母さんがいわれたので、太郎は、ついにその気になって、自分の床にはいったのでありました。

しかし、太郎は、すぐには眠ることができませんでした。外の暗い空を、吹いている風の音が聞こえました。ランプの下にすわっているときも聞こえた、遠い、遠い、北の沖の方でする海の鳴る音が、まくらに頭をつけると、いっそうはっきりと雪の野原の上を転げてくるように思われたのであります。

しかし、太郎は、いつのまにか、うとうととして眠ったのであります。

彼は、朝起きると、入り口に、大きな白い羽の、汚れてねずみ色になった、いままでにこんな大きな鳥を見たこともない、鳥の死んだのが、壁板《しとみ》にかかっているのを見てびっくりしました。

「これはなに?」と、太郎は、目を円《まる》くして問いました。

「これかい、これは海鳥《うみどり》だ。昨夜《ゆうべ》、おじいさんが、この鳥に乗って帰ってきなすったのだ。」と、お母さんはいわれました。

おじいさんが帰ってきなすったと聞いて、太郎は大喜びでありました。さっそく、おじいさんのへやへいってみますと、おじいさんは、にこにこと笑って、たばこをすっていられました。

それよりも、太郎は、どうして、海鳥が死んだのか、聞きたかったのです。その不審が心にありながら、それをいい出す前に、おじいさんの帰ってきなされたのがうれしくて、

「おじいさん、いつ帰ってきたの？」と問いました。

「昨夜、帰ってきたのだ。」と、おじいさんは、やはり笑いながら答えました。

「なぜ、僕を起こしてくれなかったのだい。」と、太郎は、不平に思って聞きました。

「おまえを起こしたけれど、起きなかったのだ。」と、おじいさんはいいました。

「うそだい。」と、太郎は、大きな声をたてた。

すると、同時に、夢はさめて、太郎は、床の中に寝ているのでした。

おじいさんは、お帰りなされたろうか？　どうなされたろう？　と、太郎は、目を開けておじいさんのへやの方を見ますと、まだ帰られないもののように、しんとしていました。

太郎は、小便に起きました。そして、戸を開けて外を見ますと、いつのまにか、空はよく晴れていました。月はなかったけれど、星影が降《ふ》るように、きらきらと光っていました。太郎は、もしや、おじいさんが、この真夜中に雪道を迷って、あちらの広野《ひろの》をうろついていなさるのではなかろうかと心配しました。そして、わざわざ入り口のところまで出て、あちら

を見たのであります。

いろいろの木立《こだち》が、黙って、星晴《ほしば》れのした空の下に、黒く立っていました。そして、だれが点《とも》したものか、幾百本となく、ろうそくに火をつけて、あちらの真《ま》っ白《しろ》な、さびしい野原の上に、一面に立ててあるのでした。

太郎は、きつねの嫁入りのはなしを聞いていました。いまあちらの野原で、その宴会が開かれているのでないかと思いました。もし、そうだったら、おじいさんは、きつねにだまされて、どこへかいってしまいなされたのだろうと思って、太郎は、熱心に、あちらこちらの野原の方を見やっていました。

ろうそくの火は、赤い、小さな烏帽子《えぼし》のように、いくつもいくつも点っていたけれど、風に吹かれて、べつに揺らぎもしませんでした。

太郎は、気味悪くなってきて、戸を閉めて内へ入ると、床の中にもぐり込んでしまいました。

ふと太郎は、目をさましますと、だれかトントンと家の戸をたたいています。風の音ではありません。だれか、たしかに戸をたたいているのです。

「おじいさんが、帰ってきなすったのだろう。」と、太郎は思いましたが、また、先刻《さっき》、野原に赤いろうそくの火がたくさん点っていたことを思い出して、もしやなにか、きつねか悪魔がやってきて、戸をたたくのではなかろうかと、息をはずませて黙っていました。すると、この音をききつけたのは、自分一人でなかったとみえて、お父さんか、お母さんかが起きなされたようすがしました。

ランプの火は、うす暗く、家《うち》の中を照らしました。まだ、夜は明けなかったのです。しかし、真夜中を過ぎていたことだけは、たしかでした。

そのうちに、表の雨戸の開く音がすると、

「まあ、どうして、いま時分、お帰りなさったのですか？」と、お父さんがいっていなさる声が聞こえました。つづいて、なにやらいっていなさるおじいさんの声が聞こえました。

「おじいさんだ。おじいさんが帰ってきなさったのだ。」と、太郎はさっそく、着物を着ると、みんなの話している茶の間から入り口の方へやってきました。

おじいさんは、朝家《うち》を出たときの仕度と同じようすをして、しかも背中に、赤い大きなかにを背負っていられました。

「おじいさん、そのかにどうしたの？」と、太郎は、喜んで、しきりに返事をせきたてました。

「まあ、静かにしているのだ。」と、お父さんは、太郎をしかって、

「どうして、いまごろお帰りなさったのです。」と、おじいさんに聞いていられました。

「どうしたって、もう、そんなに寒くはない。なんといっても季節だ。早く出たのだが、道をまちがってのう。」と、おじいさんは、とぼとぼとした足つきで、内に入ると、仕度《したく》を解かれました。

「道をまちがったって、もうじき夜が明けますよ。この夜中、どこをお歩きなさったのですか?」

父も、母も、みんなが、あきれた顔つきをしておじいさんをながめていました。太郎は、心の中で、おじいさんは、自分の思ったとおり、きつねにだまされたのだと思いました。

やがてみんなは、茶の間にきて、ランプの下にすわりました。すると、おじいさんはつぎのように、今日のことを物語られたのであります。

「私は、早く家へ帰ろうと思って、あちらを出かけたが、日が短いもので、途中で日が暮れてしまった。困ったことだと思って、独りとぼとぼと歩いてくると、星晴れのしたいい夜の景色で、なんといっても、もう春がじきだと思いながら歩いていた。海辺までくると、雪も少なく、沖の方を見れば、もう入り日《いりひ》の名残《なごり》も消えてしまって、暗いうちに波の打つ音が、

ド、ドー、と鳴っているばかりであった。ちょうど、そのとき、あちらに人間が五、六人、雪の上に火を焚《た》いて、なにやら話をしているようだった。

私は、いまごろ、なにをしているのだろう、きっと魚が捕《と》れたのにちがいない。家《うち》へみやげに買っていこうと思って、なんの気なしに、その人たちのいるそばまでいってみると、その人たちは酒を飲んでいた。みんなは、毎日、潮風にさらされているとみえて、顔の色が、火に映って、赤黒かった。そして、その人たちの話していることは、すこしもわからなかったが、私がゆくと、みんなは、私に、酒をすすめた。つい私は、二、三杯飲んだ。酒の酔いがまわると、じつにいい気持ちになった。このぶんなら、夜《よ》じゅう歩いてもだいじょうぶだというような元気が起こった。私は、なにかみやげにする魚はないかというと、その中の一人《ひとり》の男が、このかにを出してくれた。銭を払おうといっても手を振って、その男はどうしても金を受け取らなかった。私は、大がにを背中にしょった。そして、みんなと別れて、一人で、あちらにぶらり、こちらにぶらり、千鳥足《ちどりあし》になって、広い野原を、星明かりで歩いてきたのだ。」と、おじいさんは話しました。

みんなは、不思議なことがあったものだと思いました。

「よく、星明かりで、雪道がわかりましたね。」と、太郎のお父さんはいって、びっくりしていました。

「おじいさん、きっときつねにばかされたのでしょう。野原の中に、いくつもろうそくがついていなかったかい?」と、太郎は、おじいさんに向かっていいました。

「ろうそく? そんなものは知らないが、思ったより明るかった。」と、おじいさんは、にこにこ笑って、たばこをすっていられました。

「もらったかにというのは、どんなかにでしょう。」と、お母さんはいって、あちらから、おじいさんのしょってきたかにを、家《うち》のもののいる前に持ってこられました。

見ると、それは、びっくりするほどの、大きい、真《ま》っ赤《か》な海がにでありました。

「夜だから、いま食べないで、明日食べましょう。」と、お母さんはいわれました。

「なんという、大きなかにだ。」といって、お父さんもびっくりしていられました。

みんなは、まだ起きるのには早いからといって、床の中に入りました。太郎は、夜が明けてから、かにを食べるのを楽しみにして、そのぶつぶつといぼのある甲《こう》らや、太いはさみなどに気をひかれながら床の中に入りました。

明くる日になると、おじいさんは、疲れて、こたつのうちにはいっていられました。太郎は、お母さんやお父さんと、おじいさんの持って帰られたかにを食べようと、茶の間にすわっていました。お父さんは小刀《こがたな》でかにの足を切りました。そして、みんなが堅い皮を破って、肉を食べようとしますと、そのかには、まったく見かけによらず、中には肉もなんにも入っていずに、からっぽになっているやせたかにでありました。

「こんな、かにがあるだろうか？」

お父さんも、お母さんも、顔を見合わしてたまげています。太郎も不思議でたまりませんでした。

おじいさんは、たいへんに疲れていて、すこしぼけたようにさえ見られたのでした。

「いったい、こんなかにがこの近辺の浜で捕れるだろうか？」

お父さんは、考えながらいわれました。

海までは、一里《り》ばかりありました。それで、こんなかにをもらった町へいって、昨夜《ゆうべ》のことを聞いてこようとお父さんはいわれました。

太郎は、お父さんにつれられて、海辺の町へいってみることになりました。二人は家《うち》から出かけました。

空は、やはり曇っていましたが、暖かな風が吹いていました。広い野原にさしかかったとき、

「だいぶ、雪が消えてきた。」と、お父さんはいわれました。

黒い森の姿が、だんだん雪の上に、高くのびてきました。中には坊さんが、黒い法衣《ほうえ》をきて立っているような、一本の木立も、遠方に見られました。

やっと、海辺の町へ着いて、魚問屋や、漁師の家へいって聞いてみましたけれど、だれも、昨夜《ゆうべ》、雪の上に火を焚いていたというものを知りませんでした。そして、どこにもそんな大きなかにを売っているところはなかったのです。

「不思議なことがあればあるものだ。」と、お父さんはいいながら、頭をかしげていられました。

二人は、海辺にきてみたのです。すると波は高くて、沖の方は雲切れのした空の色が青く、それに黒雲がうずを巻いていて、ものすごい暴《あ》れ模様の景色でした。

「また、降《ふ》りだ。早く、帰ろう。」と、お父さんはいわれました。

二人は、急いで、海辺の町を離れると、自分の村をさして帰ったのであります。

その日の夜から、ひどい雨風になりました。二日二晩、暖かな風が吹いて、雨が降りつづいたので、雪はおおかた消えてしまいました。その雨風の後は、いい天気になりました。

春が、とうとうやってきたのです。さびしい、北の国に、春がやってきました。小鳥はどこからともなく飛んできて、こずえに止まってさえずりはじめました。

庭の木立も芽《め》ぐんで、花のつぼみは、日《ひ》にまし大きくなりました。おじいさんは、やはりこたつにはいっていられました。

「あのじょうぶなおじいさんが、たいそう弱くおなりなされた。」と、家《うち》の人々はいいました。

ある日、太郎は、野原へいってみますと、雪の消えた跡に、土筆《つくし》がすいすいと幾本となく頭をのばしていました。それを見ましたとき、太郎は、いつか雪の夜に、赤いろうそくの点っていた、不思議な、気味のわるい景色を思い出したのであります。

老婆

老婆《ろうば》は眠っているようだ。茫然《ぼんやり》とした顔付《かおつき》をして人が好《よさ》そうに見る。一日中《にちじゅう》古ぼけた長《なが》火鉢《ひばち》の傍に坐《すわ》って身動きもしない。古い煤《すす》けた家《うち》で夜になると鼠が天井張《てんじょうばり》を駆け廻る音が騒々しい。障子《しょうじ》の目は暗く紙は赤《あか》ちゃけているが、道具というものは此の長火鉢の外《ほか》に何もなかった。私は終日外に出て家にいることが稀《まれ》だから、何様《どんな》ものを食べているか食事するのを見たことがない。私はただ二階の六畳を借りているばかりで、食事はすべて外で済《すま》して帰る。私が遅く帰る時分には、暗いランプの下に老婆は茫然《ぼんやり》と坐っている。それが朝出る時に見たと同じ方面に対して同じ様子で少しも変《かわ》りがない。

私が借りた二階の六畳の壁は青い紙で貼《はっ》てあった。高窓《たかまど》が表向《おもてむき》になって付いているばかりで、日も当らない、斯様《こう》汚らしい処《ところ》を借《かり》るつもりでなかったが、値段が安くて、困っている当時のものだからつい入ることにしてしまった。私が間《ま》を見に来た時も、やはり婆《ばあ》さんはこうやって坐っていた。婆さん一人で住んでいるのかと聞いたら、やはりそうだと答えた。子も孫もないようだ。何《どう》して食《く》って行くのか分らない。何もせずに坐っているばかりだ。私はただ間を借りたばかりで家《うち》では飯も食わないのだから話す機会もない。夜遅く帰《か》えって朝早く務《つと》めに出てしまうばかりだ。其《そ》れでも気味悪く思ったものだから、工場《こうば》から帰《か》える時に二尺ばかりの鉄棒《かなぼう》を一本持って帰って戸棚の隅に隠して置いた。けれど婆さんは決して二階などへ上って来たことはない。私も別に下りて行て話しかけたこともない。偶々《たまたま》便所に行く時など下へ降《おり》ると婆さんは暗いランプの下で昵《じっ》と彼方《あちら》を向いて黙って坐っている。私も声をかけなければ婆さんも声をかけたことがない。其時《そのとき》ちらと横顔を覗くと茫然《ぼんやり》とした顔付《かおつき》で、何《ど》処《こ》か優しみのある、決して悪相《あくそう》を備えている人柄の悪い婆さんでないと思うので、日頃婆さんを気味悪く思ったり、悪く思っているのが気の毒になって、つい、

「お静《しずか》な晩ですね。」と声をかけてしまう。すると婆さんは、きっと小さな咳《せき》をつづけさまに三つばかりやって、

「そうな……静かな晩だな。」と答える。其の声がなんでも何処か、誰かに似ているなと思うが、未《いまだ》に其の人のことが考え出されない。私は、其儘《そのまま》頭を傾《かし》げて便所に行き又二階へ上《あが》ってしまう。二階へ上ってしまってから、婆さんの声が誰《たれ》かに似ている——何《な》んでも其の似ている人というのが自分と曾《かつ》て直接に物を言ったことのある人らしく思われた——誰だったろうと考える。遂に思い出せなく、何気《なにき》のせいだといって寝てしまう。下《した》では何時頃《いつごろ》婆さんが眠るものか、……それとも夜中《よじゆう》ああやって、やはり坐り通して明《あか》すのかも知れないが、明《あく》る朝起きて下へ降りて見る頃には、きっといつもの様子で、同じ方角に向いて坐っているのである。しかし私は決して真夜中には下へ降りなかった——たとえ、人の好《よ》さそうな婆さんでも何だか空怖《そらおそろ》しい気がして下《お》る気になれない。婆さんの頭は白髪《しらが》である。其に平常《へいぜい》は汚れた手《て》拭《ぬぐい》を被って、紺《こん》ぽい手織縞《ておりじま》の綿入《わたいれ》を二枚重《まいかさ》ねていた。

私が、間を借りたのは秋の末で冬に近かった。もう霙《みぞれ》が降《ふ》る季節であった。けれど婆さんの坐っている傍《そば》の古ぼけた火鉢にはたえず火種《ひだね》のあったことがない。絶対的に火を起《おこ》さないものと思われた。私は夜帰って来て火を起すのも大儀《たいぎ》だから直《す》ぐ毛布《ケット》にくるまって寝てしまう。朝は早く飛び出して、工場へ行き石炭の火の赤く燃え上ったので温まる——だから、此《こ》家《こ》に限って火《ひ》の気《け》というものが一年たったたってありゃしない。とても此様家《こんなうち》には長くいられない。早く逃げ出そう逃げ出そうと思っていて、間代《まだい》の安いのと、婆さんが決して悪者ではないと思ったので急がずに、もはや来てから二週間ばかりも過ぎた。或日《あるひ》私は、其でも家を探《たず》ねようと思ってぶらぶら寂しい町を歩いていた。

此《この》日は空は灰色に曇って、風が寒かった。道行く人の姿は悄然《しょんぼり》として、折々《おりおり》落葉を巻いて北風が氷雨《ひさめ》を落《おと》した。私は、貸間の張札《はりふだ》を探ねて、遂に探ねあぐんで疲れた足を引摺《ひきず》って町《まち》端《はずれ》の大きな病院の石垣の下に来ると彼方《あちら》に歩いて行く後姿《うしろすがた》はまさしく我家《わがや》の婆さんである。

ハテ不思議な、今迄あの婆さんの家出《いえで》をしたのを見たことがないが、今日に限って何処へ行ったのだろう。もう帰《かえ》る途《みち》なのか、それともこれから用をたしに行くのか、それとも自分がいない留守には毎日このように出歩くのかも知れない……などといろいろに考えて見た。けれどあの婆さんが出るようなことは決してない筈だと思った。ただ固くそう信じたのである。正《まさ》しく人違いであろうと彼方《あちら》に杖《つえ》を突きながら、とぼとぼと行く婆さんの後《あと》を追って見た。漸《ようや》く近づいて見るとやはり婆さんだ。白髪頭《しらがあたま》に手拭《てぬぐい》を被って、見慣れたままの様子である。其処は病院の横手で長い石垣がつづいている。此《こ》のあたりは風が寒いので此様《こんな》日には人《ひと》通《どおり》の稀な処《ところ》である。私は声をかけようかとしたが思《おも》い止《とま》った。で反対の方向に走った。私は遽《にわ》かに好奇心が湧《わ》いた――早く家に帰って留守の間《あいだ》に、総《すべ》ての秘密を探ってやろう、大股に歩いて家《うち》に帰るといつの間にやら婆さんは私よりも先に帰って、やはり彼方向《むこうむ》きになって黙って坐っていた。私はどっきりと胸に応《こた》えて、何も口に出す勇気がなく二階に上《あが》るとどっかと其処《そこ》に疲れた足を投げ出して、両手を組んで考えざるを得なかった。

いったい下の婆《ばばあ》は何者だろう——却《かえ》って茫然《ぼんやり》とした、あの罪がないような顔が、獰悪《どうあく》の面《つら》構《がまえ》よりも意味ありげに思われて、一刻も居堪《いたたま》らない。其から私は思う所あって、今自分が現にいる室《へや》の裡《うち》を隅から隅まで一々検《しら》べて見た。けれど青い壁紙と、いつ張り換えたか分《わか》らない黒く煤《すす》けた障子《しょうじ》が目に映るばかりで、戸棚の隅などには埃《ほこり》が溜っている。鼠《ねずみ》の喰い破った穴が明いていて蜘蛛《くも》の巣が天井張《てんじょうばり》にかかって吊下《ぶらさが》っているのを見たばかり……次に私は畳の上を検《しら》べて見たが、是《これ》とて、湿気《しっけ》臭《くさ》いばかりで隅の足跡《あしあと》の触らぬ方が白く黴《かび》ている。しかし私が心配したような血痕などは目に入らなかった。もう此の畳は幾十年たったか分《わか》らぬ程古かった。又青紙の貼《は》てない黄色な壁の上には優曇華《うどんげ》が咲いていた。此の花が咲くということと変《かわ》ったことがあるという。……

晩方《ばんがた》、私は便所に行く時二階を下りて、婆さんに「大変寒くなりましたね。」と問いかけると、婆さんは又例の小さな咳を三つばかりやって、枯れた手で眼《め》肉《じし》の落ち窪んだ両眼《りょうめ》を擦《こす》って、

「ア、大分寒くなったな。」といったばかり。

此の時、私はやはり普通の婆さんでしかないというより他は思われなかった。何《な》んで悪魔なもんか……普通の人の好《い》い婆さんだと思った。明《あ》る日、私は鉄工場へ行った時仲間の者に向《むか》って、

「何処《どこ》か安い間《ま》があったら移りたいと思うから探してくれませんか……何《なあ》に今日や明日でなくってもいいそがなくてもよいのだから。」といった。

晩方家《うち》へ帰ると、其晩から私は発熱がして頭が重くなった。風をひいたのだ。明る日は工場を休んで臥《ね》ていた。また便所に行く時下《お》りて、婆さんに今日は風をひいたから休んだといったら、それは罪のない笑い方をやって、

「へへへへへ。」と笑って、やはり枯れた指頭《ゆびさき》で窪んだ両眼を擦って、決して気の毒だとも何ともいわなかった。

昼頃再び二階を下りた時に、私は、

「昨夜《ゆうべ》雨戸を閉めるのを忘れて眠《ねむっ》たので風をひいたのだ。今日は咽喉《のど》が腫《は》れましたよ。」と語ると婆さんはさも嬉しそうに、喜《よろこば》しそうに以前よりも、もっと罪がなさそうに、

「へへへへへへへへ。」と笑って、枯れた指頭《ゆびさき》で両眼を擦っている。私は、

「此の婆《ばばあ》は冷酷な婆だな。」と白眼《はくがん》で睨《にら》んでやった！

腹立しく思って、私は二階へ上《あが》ると青い室《へや》の裡《なか》で臥ていて、ばたばたやって熱のために苦しんだ。青い室が一時は黄色く見えて、熱のため眼《め》の心《しん》が痛んだ。薄暗い室《へや》の中が熱臭《ねつくさ》くなって、むうむうとする。私は毛布《ケット》を頭から被って耳朶《みみたぶ》の熱するのを我慢して早く風を癒《なお》そうと思って枕《まくら》や、寝衣《ねまき》がびっしょり湿《ぬ》れる程汗を取った。これで明日は癒りそうだ。ドラ腐敗した空気を新鮮な空気に入れ換ようと高窓《たかまど》を開けにかかると足がふらふらして床の上に倒れた。まだ日暮前であった。其儘《そのまま》私は、腐った空気の中で、五体が疲れたためすやすやと二三時間程眠ったのである。眼が醒めた時には、もう暗くなっていた。

高窓には、青い月の光りが射している。戸外《そと》は霜が降《ふ》って寒いと見て往来《みえ》を通る人の下駄の音が冴えて聞《きこ》える。まだ宵の口には相違ない。私はランプを点《とも》そうと思って、手探りに四辺《あたり》を探したが分《わか》らなかった。で、二階を降《お》りて下を見ると、暗い飴色のランプの下に白髪《しらが》頭《あたま》の老婆は、やはりいつもと同じ方向に対《むか》って茫然《ぼんやり》として坐っている。勿論《もちろん》長火鉢に相変らず火の気がなかった。身を切るように寒さが膚《はだえ》に浸《し》みた。老婆は、痩せ細った手をきちんと膝の上に重ねている——此時《このとき》私は老婆の向いている方向には、何かあるのでないかと思ったから、其方《そのほう》を見たが何もない。ただ其の方角は鬼門で歳破《さいは》金神《こんじん》に当《あた》っていると思ったことと、暗いランプの光りに照されて隅の煤けた柱に頭の磨り切れた古箒《ふるほうき》が下《さが》っていた。私は婆さんが、あの箒を見ているのかと思った。

「どうも苦しくて死にそうでしたよ。」と唐突《だしぬけ》にいって、私は出来るだけ婆《ばあ》さんを驚かして、今少し複雑な情味《じょうみ》ある話を聞きたいと思った。婆さんは、また罪のない（私にはそう見える）笑いをやって、

「へへへへへへへ。」といって皺《しわ》の寄った顔と凹《くぼ》んだ眼のあたりを枯れた血の気のない手で撫廻《なでまわ》した。

「ひどい熱でした。死ぬかと思いました。」と極めて誇張して言って、何《ど》ういうか婆さんの返事が聞きたかった。けれど婆さんは少しも騒いだ様子も見せずにへへへへと笑って、たえず顔を撫で廻している。若《も》し此の婆さんの笑いが毒々しい笑いで、面付《つらつき》が獰悪《どうあく》であったら私は此時、憤怒《ふんど》して擲《なぐ》り飛《とば》したかも知れない。いくら怖《おそろ》しいといったって、たかが老耄《おいぼれ》た婆《ばばあ》でないか。けれど其の笑いがいかにも罪がなく、無邪気であった。で、何処《どこ》か私の死んだ婆さんに似た処《ところ》があって恍然《おっとり》した処がある。私は、此の老婆は果して罪のない老婆であろうか、それとも斯様《こんな》に罪なげに見えるが其実腹の怖しい婆であるのか分らなかった。兎《と》に角《かく》この笑いは謎だ！　と思った。

「医者にかかれば金が入《い》るし困ったものだ。此の分ではまだ明日も癒りそうもない。」といった。けれど斯様《こんな》ことを言ったって、老婆はちっとも感じなかった。ヘヘヘヘヘと無気味に笑って、ひからび切《きっ》た手で顔を撫で廻している。

私はまた死んだ祖母に向《むか》って話しているような気がして、罪のない仏様《ほとけさま》のような婆さんだとも思った。

けれども決してそうでない！　先日病院の石垣の下で遇《あ》ったことや家《うち》に道具一つないことや、いつもこうやって坐っていて、食物を食った様子も見ないことや、長火鉢に火の気のないことや――而《そ》して此の老婆は子も孫もなく一人で生きているということを考えた時、私はもはやこの老婆に捕《とら》われてしまって、到底此家《このや》から逃出《にげだ》すことが出来ない運命に陥《おちい》っているように感《かん》ぜられた。

何《なに》、自分はただ此家《うち》の二階を借りているばかりだ。明日にも直《す》ぐ逃げ出すことが出来るのだ。と思い直しても見たが何《ど》うやら不安で、とても此の老婆との関係が切れないようにも思われる。否《いな》決して関係でない。――其処《そこ》に何《な》にも親しく語ったこともなけりゃ、世話になったこともない。少しばかりでも関係のあろう筈がない。ただ私は此の老婆を忘れることが出来ないのだ。

然《しか》り、とても此《こ》の老婆を忘れることが出来ない。きっと此の老婆の姿が私の目先に附《つ》き纏《まと》っているばかりでなく、常に気にかかって私の心が支配せられるだろうと考えた。

私は、火の気のない火鉢の側に坐って、老婆と向い合って、つらつら其様《そんな》ことを思うと此の老婆が憎くなった。

一つ困らしてやろうという念《ねん》が萌《きざ》した。

「お婆さん、何か薬がありませんか、苦しくてこうやって居られません。何か一つ薬を下さいな。」

といって、とても薬なんか持《もっ》ていないということを知りぬいているから、どういう返事をするか聞きたかった。婆さんは、少しも顔の相を変えなかった。へへへへと笑いながら、枯れた手を延ばすかと思うと膝頭《ひざがしら》の火鉢の抽出《ひきだし》を引き出した。私は慄《ぞっ》として身に寒気を感じた。尚《な》お延《の》び上《あが》って、暗いランプの光りで抽出しを見詰《みつ》めた。婆さんは中から薄青い紙に包んだものを取出して、冷《つめ》たな調子でいった。

「私は持病が起《おこ》るとこれを飲むと骨節《ほねぶし》の痛むのが止《とま》る。これは病院にいる人がくれた毒薬じゃ。これを飲めば一思《ひとおも》いに楽になるからそうなさい。」と私の手に渡した。

よく見《みる》と、アヘンだ。私は頭から冷水《ひやみず》を浴びせられたよりも戦《ふる》い上《あが》ったが、此処《ここ》だと思って、度胸を据《す》えて、戦《ふる》える指頭《ゆびさき》で皺になった薄青い袋から小さな紙包《かみぶくろ》を摘《つま》み出《だ》して、包《つつみ》を開いて見ると中に白い粉薬が小指の頭程入っていた。私は其の白い粉薬を見詰《みつ》めて、何といってよいか。此時《このとき》こそ婆さんは落窪んだ眼を箒から放して、私の顔の上に落していた。

何？　戸棚の隅には鉄棒《かなぼう》が隠してあるんだ！　と心に幾たびか叫んで見たが、此の粉薬から眼を放してきっと老婆の顔を見返す勇気が出なかった。私は白い粉薬を見詰《みつめ》ていると、漸々《だんだん》気が変になって、意識が茫然《ぼんやり》として来て、此儘《このまま》この粉薬を自分の口に入れはしまいかと疑った。――此時私は敢《あえ》て顔を上げては見なかったが――。

老婆は私が何《ど》うするかと思って、冷《ひや》やかに睨《にら》んでいるのが瞭々《ありあり》と分《わか》った。

もう大分《だいぶ》夜が更けたらしい。

櫛

町から少し離《はな》れ家根《やね》が処々《ところどころ》に見える村だ。空は暗く曇っていた。お島《しま》という病婦《びょうふ》が織っている機《はた》の音が聞《きこ》える。其家《そのいえ》の前に鮮《あざや》かな紫陽花《あじさい》が咲いていて、小さな低い窓が見える。途《みち》の上に、二人の女房《かみさん》が立って話をしている。

「此頃《このごろ》は悪い風邪《かぜ》が流行《はやり》ますそうですよ。」

「そうだそうですよ、骨の節々《ふしぶし》が痛むんですって。」

陰気な、力なげな機の音がギィーシャン、コトン！　と聞《きこ》えて来る。全く此時《このとき》風が死んだ。また降り出しそうな空には、雲脚《くもあし》が乱れていた。

「お島さんの顔色は善《よ》くありませんね。」と一人の女房《かみさん》が眉を顰《ひそ》めた。

「産《うま》れるのかも知れませんよ。」と一人がいう。

「そうかも知れない、ああ顔色が悪くちゃ……。」

「吐瀉《もどしっ》ぽいといっていたから……。」

二人の女が話をしている処へ、頭髪《かみのけ》が沢山で、重々《おもおも》しそうに鍋でも被っているように見える、目尻の垂れ下った、鯰《なまず》の目附《めつき》に似ている神経質じみた脊《せ》の低い、紺《こん》ぽい木綿《もめん》衣物《きもの》を着た女が、横合《よこあい》から出て来た。二人は此女《このおんな》を見るとぎょっとして口を噤《つぐ》んだ。

「まった降《ふ》りだ。」と鍋を被ったような女が、重たらしい調子でいう。其声《そのこえ》がまたとなく陰気だ。

「悪いお天気で困ります。」と一人の女房《かみさん》がいった。

何《なん》の鳥とも知らず黒い小鳥が啼《な》いて、二三羽頭の上を廻っていた。傍《かたわら》の垣根の竹に蛞蝓《なめくじ》が銀色の縷《いと》を引いて止まっている。

「お洗濯が出来なくて。」と一人の女房《かみさん》がいって、我家《わがや》の方へ帰りかけた。

「私もまだすることがあるのですよ。」と一人の女房《かみさん》も下駄《げた》の歯をぎしりと砂地《すなじ》に喰い込ませて後《うしろ》を向いた。

鍋被《なべかぶり》の女だけ陰気な顔で、何処《どこ》を睨《にら》むというでなく立っていた。二人の女房《かみさん》は各自《てんで》に家《うち》へ入って、其場《そのば》にはただ一人鍋被の女だけ取り残された。この黒衣《こくい》の女は暫《しば》らく石の如く動かなかった。何時《いつ》しかお島の織っていた機の音が止んだ。

一段空が暗くなった。此時、今年十二歳になるお島の子供が、町から帰って来た。手に薬屋から買《かっ》て来た、キナエンの薬袋《くすりぶくろ》を持って家《うち》へ入った。――風が少し出て来た。間もなく、お島の家の低い窓から真青《まつさお》な烟《けむり》が上《のぼ》り始めた。此時《このとき》鍋被の女は重たそうな歩《あゆ》み付《つ》きで踵《きびす》を返して、自分の家に入りかけた。門口《かどぐち》の柱には蚫《あわび》の貝殻がかかっていて、それに「ささらさんばち宿《やど》」と書いてある。また白紙《はくし》の札《ふだ》に妙な梵字《ぼんじ》ような字で呪文《じゅもん》が書いて貼《はっ》てある。鍋被の女には歯というものがないようだ。何《いず》れも虫が食《く》ってしまったらしい。口中《こうちゅう》は暗い洞《うつろ》である。女は立止《たちどま》って、家の前にある一本《ひともと》のただ白く咲いた柿の木を見上げていた。すると其処《そこ》へお島の男《おとこ》の児《こ》が駆けて来た。

「これ、おばさんのでなくて、往来に落ちていたよ。」といって、一枚の黄楊《つげ》の櫛《くし》を鍋被の女の手に渡すと、後《あと》も振向《ふりむ》かずに一目散に逃げるように駆け出した。

「えッ。」と老女は鯰《なまず》のような目を見張って、子供の駆《か》けて行く後姿《うしろすがた》を睨《にら》んだ。

「櫛！　櫛！」といって唾《つば》を吐くと、暗い口を開けて、眼が異様に光った。手早《てばや》にその黄《き》

櫛《ぐし》を西隣《にしどなり》の家《いえ》の方へ投げ捨てて、

「あくむちゃく……うい、うい。」と同じい呪文を三度唱《とな》えて、また唾を西に向けてペッペッと吐いた。

「お島の阿魔《あま》め、悪戯《いたずら》をさせやがって、覚えていろ。」

といって、黒鍋を被ったような頭を振って、戸を閉めて入ってしまった。暗い空に、湿っぽい風が吹いて、彼方《あちら》であがあと烏《からす》が啼《な》いた。

抜　髪

ブリキ屋根の上に、糠《ぬか》のような雨が降っている。五月の緑は暗く丘《おか》に浮き出て、西と東の空を、くっきりと遮《さえぎ》った。ブリキ屋根は黒く塗ってある。家の壁板《したみ》も黒い。まだ新《あたら》しいけれど粗末な家であった。家の傍《そば》には、幹《みき》ばかりの青桐《あおぎり》が二本立《たっ》ている。若葉が、びらびらと湿っぽい風に揺れている。井戸《いど》が其《そ》の下にあって、汲手《くみて》もなく淋しい。やはり雨が降っている。此《こ》の家《うち》には若い女が一人で住んでいるのだ。

私は、この若い女を見たことがない。暮春《ぼしゅん》であるけれど、寒い日であった。私は、窓から頭を出して、黒い家を見た。ひょろひょろとした青桐が、木のように見えぬ。人の立っているようだ。此方向《こちらむき》の黒い壁板《したみ》には一つも窓がなかった。彼方《あちら》には窓があるかも知れない。私は、まだ其の家を廻って見たことがない。ただ、若い女が住んでいるということを聞いた。

「女は、どうしているだろう。」と思った。女は、琴《こと》を弾かない。また歌わない。いつもあの黒い家には音がなかった。私は、どうかして、井戸に水を汲みに出る姿でも見たいと思ったが、つい其の女の姿を見たことがない。

私は心で、いろいろその女を想像して見た。或時《あるとき》は、痩《や》せた青い顔の女だと思った。或時は、もう寡婦《かふ》で艶気《つやけ》のない、頭髪《かみのけ》の薄い、神経質な女だと思った。私は、女のことを考えているうちに、日が暮れた。

やはり雨が降っている。こう幾日もつづいて降ったら皆《みん》な物が腐れてしまうだろう。

「そうだ。皆《みん》な物が腐れてしまったら……。」と思った。

黒い夜だ。腐れて毒と化《なっ》たような夜だ。暗い色は漠《ばく》としているだけだ。黒い色には底に力がある。私は暗い夜でない黒い夜だと思った。私は、深い穴を覗くような気がした。冷《つめ》たな舌でなめるように風が当る。もう黒い家《うち》は分らぬ。あるけれど分《わか》らぬ。私は不安であった。けれどやはり私は窓から頭を出していた。

明《あ》くる日も雨だ。私の空想はもはや疲れた。朝から、青桐に来て烏《からす》が止っている。茫然《ぼんやり》と窓に凭《もた》れて、張り付けたような空を見ていると、烏が、時々頭を傾《かし》げて何物かに瞳を凝《こら》している。私は、手を上げて逐《お》うのも物憂《ものう》かった。自然に逃げて行くのを待《まつ》ていると、烏は昵《じつ》として動かなかった。

私は、窓を閉めた。急に室《へや》の中が暗く陰気となった。暫《しばら》くして、また窓を開けて見ると、まだ烏が青桐に止っていた。……とうとう日が暮れてしまう。

或晩《あるばん》ふと眼を醒《さま》すと、窓の障子が明るかった。戸を開けて見ると、雲が晴れて、空は暗碧《あんぺき》だ。古沼《ふるぬま》に浮いた鏡のように青い月が出た。銀光が戦《おのの》き戦き泳いで来る。幾万里《いくまんり》の間《あいだ》音が亡びて空は薄青い沈黙である。二本の青桐も目醒たように立っている。黒い家も其の儘《まま》だ。ただ湿《ぬ》れたブリキ屋根に青い光が落ちて、東《とう》、西《ざい》の黒い森にも青みを帯《お》んだ光《ひか》りは流れていた。

私は暫《しば》らく、窓に凭《よ》って青い月の光りを受けた黒い家を見ていたが、いうにいわれぬ悲しさがシミジミと胸に湧いた。

「若い女！　まだ見ぬ若い女！」ああ、其の若い女が恋しい。私はなぜ今迄其の女を見なかっただろう。私は余り考え過ぎた。考え過ぎているうちに春も過ぎてしまった。此《こ》の青い月の光り！　もう春でない。淡い夏が来たのでないか。夏？　そうだ夏だ。病的な、暗愁の多い春は去《さつ》て、淡々として白い夏が来たのだ！　しかし、もう遅い。春は去てしまった。私は、過去の邪推《じゃすい》、疑念、無駄な空想を呪《のろ》った！　後悔した！　私は始めて、若い女は唇《くちびる》の紅い、髪の緑の、眼の美しい、処女であったということ……そして其《そ》の女は、恥《はずか》しくて姿を隠していたのでないかということを考えた。

醒めよ。春は逝《ゆ》いてしまった！　といわんばかりに月の光《ひか》りは淡かった。

幾日か降った雨、それは恋しい、懐《なつか》しい、春の行くのを泣いた泣いた女の涙であっただろう……私は、其夜後悔と慚愧《ざんき》に悶えた。悶えた。

白い雲が、日の光りに輝く青葉の上を飛んでいる。緑葉《みどりば》は一夜のうちに黒ずんだ。青桐の葉は大きく延びた。其の蔭が地の上に落ち、はっきりと刻んだ。井戸の釣瓶《つるべ》の縄《なわ》はいつの間にか切れて、もはや水を上げる役にたたない。ブリキ屋根には赤い錆《さび》が出て、黒塗の壁板《したみ》には蛞蝓《なめくじ》の歩いた痕《あと》が縦横についていた。私は、黒い家の周囲《まわり》を廻った。果して窓があった。東向《ひがしむき》になっている窓が閉っていた。私は、窓の傍《そば》に近づいて、戸を開けて見た。裡《うち》は暗くて、人の住んでいる気《け》はいもない。物《もの》の腐れた臭いが激しく鼻を衝《つ》いて来る。僅かに射し込んだ日の光りで、狭い、室《へや》の中《なか》が見えたが、畳の上には、女の抜髪《ぬけがみ》が一握程《ひとつかみほど》落ちていた……。

若い女は、もはや此《こ》の家《うち》に住んでいなかった。

森の暗き夜

一

女はひとり室《へや》の中に坐って、仕事をしていた。赤い爛《ただ》れた眼のようなランプが、切れそうな細い針金に吊下《ぶらさが》っている。家の周囲には森林がある。夜は、次第にこの一つ家を襲って来た。

森には、黒い鳥が棲んでいる。よく枯れた木の枝などに止まっているのを見た。また白い毛の小さな獣物《けもの》が、藪に走って行くのを見た。枯木というのは、幾年か前に雷が落ちて、枯れた木である。頭が二つの股に裂けて、全く木の皮が剝げ落ちて、日光に白く光っていた。この枯木の周囲には、青い、青い、木立が深く立ち込めていた。しかし、この一本の木が枯れたため、森に一つの断れ目《き》が出来て、そこから、青い空を覗《うかが》うことが出来る。

女が、白い獣物を見たのは、円《まる》い形をした藪から、飛び出て、次の藪へ移るところであった。そこへ立ち寄ると、平地に倒れた草が、刎《は》ね返り、起きあがる所であった。鮮かな、眩《まぶ》しい朝日が、藪の青葉の上にも、平地にも、緑色の草の上にも流れている。

森から出た日は、また森の中に落ちて行く。ちょうど、重い鉄の丸《たま》が、赤く焼け切っているように奈落《ならく》へと沈んで行く。壁一重《ひとえ》隔てた、森が沈黙している。怖《おそろ》しい、暗い夜の翼が、すべての色彩を腐らし、滅《ほろぼ》して、翼たゆく垂れ下がって、森の頂《いただ》きと接吻《せっぷん》したらしい。

女は、やはり下を向いて仕事をしていた。

「今晩は!」……女は、手を止めて頭を上げた。三面は壁である。東の方だけ破れた障子が閉っている。ちょうど、鑿《のみ》で、地肌を剝《むし》り取ったように夜の色が露出していた。

女は、また下を向いて仕事に取りかかった。赤い爛れた目のようなランプが、油を吸い上げるので、ジ、ジー、ジ、ジー呻《うな》り出した。

二

片隅の埃に塗《まみ》れた棚の上に、白い色の土器《かわらけ》が乗っていた。いつそこに置かれたのか分らない。土器は、沈黙して、「時《タイム》」の流れから外に置かれたことを語っていた。気の抜けたような白色が、前の世の、人間が用いていた匂いがする。

女の、頭髪《かみのけ》が、赤茶けて見える、女は、東の方の破れた障子に向いて仕事をしている。

「今晩は。」……と力ない、頼むような声がした。

女は、前の仕事を押しのけて、熱心に耳を傾けた。壁の方を見て茫然とした。壁の一面は黄いろく、二面は灰色に塗ってあった。

女は、立って破れた障子を開けた。黒い幕を張り詰めて、金紙の花を附けたように、数えるほどの星が出ている。暗い森には風すらなかった。

「今晩は、私を泊めて下さい。」

と、一人の男が、女の前に立った。

赤い爛れた眼のような火影《ほかげ》が、女の薄紫色の厚い唇と、男の毛虫のような太い眉毛の上に泳ぎ付いた。

女は、また東を向いて仕事をしていた。三方の黄と灰色の壁が、見慣れぬ男が入ったので、茫然とした視力を見張った。ランプは、一層《いっそう》声を高く、ジ、ジーといって油の尽きるのを急ぐようだ。そうなれば、夜が明ける。今まで、変りのなかった家に、今夜、始めて変りのないようにと火影が、幾度か瞬《また》いた。ひとり、白い土器ばかりは、いつそこに置かれたかということを自分ながら、永遠の問題として考えている。

その他、家に、森に、何の変動もなかった。やはり、暁の光りは、心地よげに破れた障子の穴をくぐって来た。森の頂きは、美しく紅く染《そま》った。

三

あくる晩、女はいつものように東の障子に向って仕事をしていた。ほんのりと月の光りが射し込んで来る。森に吹く風の、かすかな音が聞える。小鳥が巣を求める夜啼《な》きの声がする。

いつも女は、下を向いていてそれらのものには気付かなかった。今宵、始めて女は、手を休めて耳を傾けた。

葉と葉の摺《す》れる音、そこには、今まで、聞えなかった柔《やさ》しみがある。どうして、樹はこんな美妙の音を出すであろうか。月が、深い、深い、葉の繁みを分けて奥深く入り込む、その また後を追いかけて第二の風が入って行く。それらの風が、この清新な葉の褥《しとね》の中に追い廻《めぐ》り、追い駆け、狂って、再び奥の繁みから、左に抜け右に抜け、ある者は、どっと森を突き貫けて、更に月の青白く照る野を掠《かす》めて、どこかに行ってしまう。その風の音が自分に接吻を求める叫びのように聞える。

女は、月を見て空想に耽《ふけ》った。青い月の光りは障子の破れから射して、棚に乗っている白い土器を晒《さら》していた。誰がいつ、そこに土器を置いたか？　ただ物を言わぬ土器が、青白く彩られて、黙っていた。

女は、慌《あわただ》しげに仕事に取り縋《すが》る。風の音、森の囁《ささや》き、小鳥の巣を求める声、月は、次第に明るくなった。女は、遠くで、水の流れる音を聞きつけた。その流れは、湧き出る泉の音である。月下に白く銀を砕いて、緑の草を分けて、走っている水の音である。女は、未だ嘗《か》つてかかる流れを、この森の中に見出したことがなかった。しばらくその水音に耳を傾けて、仕事をやめていた。心は、水音と共に連なり、流れに乗って暗い、森の下、赤い花、白い花の蔭をくぐって遂に森に出た。遥々《はるばる》と夢を見る気持で、どことなく流れて行く、高い塔、赤い煉瓦《れんが》造りの家、光る海……それらを見ることが出来た。……

女は、座に居堪《いたたま》らず立上って、障子を開けた。鎌のように冴えた月が、枯れた木の枝にかかっている。やがて、青葉を縫って、青い月光は地平線にかしいだ。

まだ、女は平日《ふだん》の半分だも仕事をしていなかった。赤い爛れた目のようなランプは、月のなくなると共に再び暗い室を占領した。女は昨夜のように、東に向って、下を向いて仕事にとりかかった。

四辺《あたり》は静かだ。暗い夜は、森の上に垂れ下がって、小鳥は夜の翼の下に隠れて眠ってしまったらしい。

「今晩は。」……女は、手を止めて頭を上げた。

ただ黒幕を張ったような室。金紙で作った花を貼り付けたように数えるばかりの星。森は黙って浮き出している。そこに恋しい人影がなかった。

四

あくる日、女は森に入って昨夜聞いた泉を探して歩いた。繁った青葉は、下の草を一層濃く青く染めた。

女の顔も、着物の色も、上の青葉の色が照り返って青かった。

女は、柔らかな夢を見ている草の上に坐って耳をそばだてた。微かな風の音。ひらひらと舞う青葉の光り。葉と葉とが摺れ合って、心地よい歌をうたっていた。

女は、男が来てから不思議のことが多い。聞かなかった泉の音を聞く。分らなかった風の色が見える。

この時、はたはたと聞き慣れぬ鳥の羽叩《はばた》きの音がした。振り向くと、赤い毛に紫の交《まじ》った大きな鳥が二羽、高い木の上に巣を作っていた。巣は、黒く、ある所は灰色に光りを帯《お》んで、枝と枝との間に懸《かか》っている。巣からは、黒い乱れた女の髪の毛のようなものが、中空に垂れ下がってなびいている。海の上に漂っている藻屑《もくず》に似ていた。女は、黒い髪の毛を見ると、この鳥が、どこから、それを啣《くわ》えて来たかと考えた。

この、深い森の奥には、他の女の死んだ死骸が捨てられているのではないか。肉が朽《く》ち、顔や、目や、鼻が腐《ただ》れ、崩れて、悪臭を放っている。そこへこの、赤と紫との混り毛の鳥が行って、腐れた頭から、これらの髪の毛を抜き取って来るのではないか？　この森のどこかで女が死んでいるのではないか？

　女は、訪ねて来た盗賊のことを思い出した。あの男は、他でも女を嚇《おど》かして、女を辱《はずか》しめて、殺して捨てて来たのだろう。そう考えると、傍《かたわら》に鬼あざみの花が毒々しく咲いている、その色合が、あの男の頬や唇の色によく似ていたと思った。

　けれど、鬼あざみを摘んで、それに熱い接吻をしている女の唇はもっと紫色であった。巴旦杏《はたんきょう》の熟したような色であった。女はじっとその鬼あざみを見て、華やかに笑ったのである。

　この時、巣を作っている鳥が、怪しな声で啼いた。尾は長く、垂れて、頭の上に届きそうだ。鳥の拡げた翼の紅は、柔らかな、つやつやしい、青葉の光りに映った。鳥の長い頸《くび》は、曲線的にS形に空を仰いで、思い切った、張り詰めた声で啼いた。女は、この啼声を聞いた時、自分の腹でも、怪しくそれと啼き合した声がある。

五

「今晩は。」……この声を、もう一度聞いて見たい。女は懐かしくて堪《たま》らなくなった。女は、あくる日も、その鳥の巣を作っているのを見た。そして、その怪しな啼声を聞いた。腹の中で、それと啼き合す、怪しな啼声を聞いた。

青と青とが摺れ、緑と緑とが蒸し合い、加えて紫の花の激しき香気。いずれもそれらは水を望んでいる。清らかな、日に輝いて、妙《たえ》なる歌をうたって流れている水に渇《かっ》している。唇の紫の女も水に渇している。女は、もはや、森を奥深く分けて進むに堪《た》えなかった。激しい日光《ひかり》は緑の葉に燃えている。草を踏むと身が蒸されるようにむうっとなった。青葉に輝く日光と風を見ると、眼が眩《くら》んで来た。白い花、紫の花、目を射るように、等しく日光に輝いていた。

ある日、女は、森に来て、かの怪しな鳥が、倦怠《だる》そうに大きな、光沢のある、柔らかな翼を、さも持てあまして、二羽が、互《たがい》に縺《もつ》れ合って巣を作っているのを見ていた。長い曲線的の頸は頸と絡み合っている、長い尾は、旗の如く風に翻《かえ》っている。ただそこに異った、険《けわ》しげな眼と、柔和の眼とが光っていた。今、下になって、さも疲れたように枝に摑まって、ぐったりとしている眼の柔和な鳥をば、雌鳥だと思った。雄鳥は、今、巣の下に仰向《あおむけ》になって、なにやらを巣の中に押し入れている。海の藻草のような、女の頭髪のような、ひらひらとしたものは、半分切れて、下の枝にかかっていた。なぜだか、鳥は、それをそのままにして拾い上げなかった。残りの半分は、僅《わずか》ばかり、もとのように風になびいていた。

空は、円《まる》く、悠然と垂れ下がっている。どこまで深さのあるものか、分らない。淡い、緑と青とが南と北とによって違っている。海鳥の胸毛のような、軽い、白い雲が、飛んでいる。巣を作っていた鳥は、けたたましく啼いた。女の腹の啼声も、けたたましくそれに応《こた》える。

女は、刺されるような痛みと、震いとを感じた。

枝の、緑色の芽を摘んで、じっとそれに見入って、女は涙ぐんだ。

六

森に、秋が来た。怪しな啼声のする、紫と赤の混毛《まじりげ》のある鳥はどこにか去った。この鳥の雛は、親鳥と共に南方の、赤い花の咲いている、温かな国を慕って飛び去った。葉の色が黄いろくなった。頭髪のような、黒い毛の垂れ下がっている鳥の巣は、青い、澄み渡った空の下にひらひらと懸っていた。雨の降るたびに黄色な葉が、はらはらと落ちた。中には茎の長い、黒く腐ったのが、ずるりずるりと抜髪のようになって枝から落ちた。

雷のために裂かれた木は、夕陽に赤く色どられて立っている。風は悲しく叫び、雨は女の涙をいくたびか誘った。いつの間にか、白い雪が降って来た。白いけものの、夜半に啼く声が聞えた。黒い鳥が、どんよりとした空の下に飛び廻って、林から林へ、白い雪の上にも、木の枝にも、止まっているのが見えた。

やがて、冬が去った。

女は、やはり東を向いて、下を向いて仕事をしている。障子は、鑿《のみ》で、上皮の薄膜を剝ぎ取って、中から夜の黒い地肌を露出したように無残に見えた。

森は、いつしかまた重い、青と緑に色どられた。夜の暗黒な翼が、次第に下へ下へと落ちて来た。いつしか黒い森の頂きと接吻《せつぷん》する。啼いていた小鳥は、夜の、黒色の翼の下に隠れて眠ってしまった。

今、赤い爛れた目のような、ランプの下に坐っている女は、一人でなかった。背に、小さな乳飲児《ちのみご》を負《おぶ》っていた。子供は、すやすやと眠っている。力なげなランプの光りが、ここまで達しなかった。

その児は痩せている。口が尖っている。呼吸をする毎に、胴腹の骨が、ぴくりぴくりと浮き出て、また引込んだ。眼は大きく、皿を篏《は》めたように飛び出ていた。頭髪は、幾十本か、数える位しか固まって生えていなかった。口は大きくて、開いている。この世界の空気が堅くて、吸うのが困難のように見受けられた。胴より、割合に大きな頭が、女の背に投げ出されている。

七

この貧弱な体を、黒い、強い縄で縛ったようだ。細い紐は母親の体に括《くく》り付けている。呼吸をするたびに、弱々しい胴骨がびくりびくりと暗《やみ》に浮き上るようだ。

女は、黙って下を向いて仕事をしている。後姿を見ると、赤茶けた頭髪が、ランプの光りを受けて、衰えた光りを反射していた。ランプの光りは、また紫色の唇にも達している。もはや昔のように厚くはない。眼も、しょんぼりとして頬の肉も削《そ》げてしまった。ただ、怪しな鳥の雄がちょうどこんな険しい眼付をしていた。

紫色の唇は、凋《しぼ》んだ花のようだ。削げた頬の感じは、秋の黄ばんだ色を想い出さした。女は、今眼ばかり働いている。眼ばかり活きている。

夜が更けた。風は、再び昔の如く女と無関係に吹いていた。泉の音は、女になんの反響も与えない。女は、耳を凝らして風の音を聞いている。そして、自然のすることを冷笑《あざわら》った。

青桐《あおぎり》の葉は、ばたばた鳴って女の坐っている窓の前で、黒い、大きな、掌と掌とが叩き合って夜の暗《やみ》を讃美する。黒い掌の鳴る方に当って、森の腐れから、孵化《ふか》した蚊が幾万となく合奏し始めた。蚊の一群は、青桐の中頃に集って歌った。「血に飢えた、血に飢えた、獣物の肌の臭いがする。肉に吸い付いて、腹が赤く、酸漿《ほおずき》のように腫れ上るまで生血を吸いたい。」……他の一群は青桐の下枝に集った。風が来て、葉が戦《おのの》くたびに固まった。一団は、鞠《まり》のようにあちらへ転じ、一団はこちらへと転って来る。そして彼等は歌った。

「生温い夜、赤味と紫色を帯びた夜の色。この世界が皆、血色に関聯《かんれん》する。赤錆の出た、平《たい》らな、一枚の鉄板《てっぱん》のような夜の世界、その色は、断頭台の血に錆びた鉄の色に似ている。惨《ざん》酷《こく》な料理をする……。吾らは、夜の色を讃美する。」

空の色が全く暗に塗られた時、彼らは勝手に分れた。ある者は森の野獣の血を吸おうと、青葉の下を潜《くぐ》って、森の中に入った。ある者は、一つ一つ障子の破れ目を、くぐり込んで、この瘦せた児と女の血を吸おうと入った。

赤い爛れた目の色に似ているランプは、この小さな侵入者を見張ることが出来なかった。疲れた、黄、灰色の壁は、漠然としていて、この侵入者の休み、止る所となった。蚊の腹からは血が滴《したた》りそうになって、灰色の壁に触れている。もはやこれらの壁は、威嚇する力も持たない。蚊の吸った血に汚されるに委《まか》した。

小さな侵入者は、女の身の周囲《まわり》を取巻いた。女は、仕事をせなければならぬ。蚊は、女の薄い着物の上から刺した。子供の瘦せた両足に黒くなるほど止った。競争して、この貧児の血を吸い尽くしてしまおうとした。

疲れた、物憂い眠りから醒めて子供が火のように泣き立てる。けれど、黒い縄は、子供の体をしっかりと結び付けていて、子供は足を動かすことすら出来なかった。飢えている蚊は、瞬間も血を吸うことを止めなかった。子供はもがこうとして動くことが出来ない。見る間に瘦せた両足は、藪で育った侵入者の貯えきっていた毒針で、太く、重く、淡紫色に腫れ上った。けれど、鋭い口は、肉と肉とを分けて、なお深く喰い込んでいた。子供は、火のように泣き立てている。その声は、力の弱いので、腹の飢えているので、体の病身なので、いつしか衰えて来た。

女は、やはり下を向いていた。両方の眼が子供の泣声と、蚊の襲撃とで、益々《ますます》険しく輝いた。怒り、恨み、悪《にく》み、それが一点に火となって輝いたのである。彼女は手を廻して、子供の病的な頭を打った。

八

柔らかな、潤《うるお》いの乏しい、大きく開いた子供の眼は、瞳々《とうとう》として上る朝日の光りを避けた。真昼の光りでさえ、この弱い子供の眼は、瞳に映るのを怖れている。昼の恐怖についで、怖しいものは夜の恐怖であった。

この児は、昼と夜とのいずれにも育たない児だ。更に深い夜、更に暗い世界でなければ、この児の弱い眼は、外光の刺戟に堪えられない程であった。けれど、生きているうちは、また饑《うえ》を感ぜずにはいられない。子供は女に乳をねだった。

「やかましいよ。お前にかまっていられるかい。」

女はこう言って、やはり下を向いている。子供の身の廻りには、黒い、細い、強い縄が取り払われた時がなかった。物を言い得ない子供は、ただ泣いて饑を訴えたのである。空しき努力であった。泣けば泣くほど饑を感じた。そして、声もいつしか涸《か》れてしまう。大きな頭が、その胴と釣合《つりあい》の取れぬ病的な重さのために、ぐたりと垂れて、柔らかな、弱々しい眼が瞬きもせずにぼんやりと開いている。子供は、たまたま、こんなに泣いて泣いて泣き疲れた揚句《あげく》に、棚の上に乗っている白い土器を見た。そして、微かな笑いを立てた。

子供は、しっかりと女の背に負わされていながら、手を伸ばして土器を取ろうとした。ある時、女は、児の差し出した手を邪魔だといって叩いた。

遂に子供は、棚にあった土器を持たずに死んだ。生れてから一年と経たぬ間にこの世を去ってしまった。

女がこの死児を森に葬った日は、風があった。湿気を含んだ空気は、沈鬱《ちんうつ》に四辺《あたり》を落着かせた。高く秀《ひい》でた木の枝が、風に撓《たわ》んで、伏しては、また起き上り、また打ち伏していた。他の低い木の枝は、右に泳ぎ、左に返っていた。雲は、白く、幾重にも重なっていた。

高い木のなびく、頂きには、青い空が綻《ほころ》びている。かの夕陽に赤く色づき、朝日に照り返って輝く、皮の剝げた枯木の老幹《ろうかん》は、白くなって、青々と繁った林の中から突き出て見えた。

女は、何の木とも知らぬ、白い花の咲いている木の下に穴を掘った。そこには黒い布に包まれた死児が草の上に横たえられた。女は、掘りかけて鍬《くわ》をそこに捨てて休んだ。湿《しめ》っぽい風は女の油気のない、赤茶けた髪をなぶって吹いた。木々の葉は、冷笑《あざわら》うように鳴っていた。

女は、頬の肉が落ち、唇は堅く黒く凋んでしまった。掘り返された土が濡れていた。穴には、日の光りすら覗かない。この湿った土の中に、この児は埋められてしまう。そして、湿った土は、遂に日の光りに晒されずに再び旧《もと》の如く隠されてしまう。死んだ児は、地を透して日の光りを見ることがない。湿気に埋まって自ずと腐って行くのだ。掘り返された時、青葉にかかった土は、ばらばらと葉をすべり落ちて、穴の中に帰った。

餓えた時に乳を求めた児である。それをやらずに叱った女である。白い土器が欲しいと笑って手を出した児である。その手を叩いた女である。児は、長《とこしな》えに眠ってしまった。再び泣きはしない。このまま静かに地の中に入って眠るのだ。女は、木の葉の動くのを見て別に涙も出さなかった。女は、鍬を採った。力を入れて三尺ばかり掘って、穴の中に黒い布で包んだ子供を入れた。子供の痩せた足が、布の外に露《む》き出た。足には、蚊の刺した痕が赤くなっている。ちょうど苺《いちご》のように紅く腫れていた。女は、子供を穴から摑み出した。南を枕にして入れて見た。穴が狭くて、のびのびと足を長くすることが出来ない。今一度、子供の死骸を取り出して西を枕にして足を縮めさせて押し込んだ。そして、頭から土をどっと掻き落した。

死んだ児は、遂に埋められた。女は森を出て家に帰った。

九

赤い爛れた目のようなランプの下で、女は東を向いて、仕事をしている。ランプはジ、ジー、ジ、ジーと鳴り出した。夜は、次第に深くなった。力のない目を見張ったような灰色の壁はぼんやりとしている。白い土器はいつ、そこに置かれたか永遠の問題として、みずから黙って時の外に超越していた。

森が、次第に垂れ下がった、厚い、縫目のない、黒い、重い、夜の大きな翼の下に押されて、無理に上を向いて接吻している。風は、折々、抜足《ぬきあし》して、窓の外を通るように破れた障子の紙が、ひらひらと動いた。女は、疲れた目を撫でた。この時、幽《かす》かな泣声が、遠くの遠くから聞えて来る。

その泣声は、耳についている泣声である。死んだ子供の泣声である。たしかに森のかなた、白い花の咲いている木の下から起って、木と木の間を通り、藪を抜けてここまで聞えて来る。

忽《たちま》ち、泣声が止んだと思った。遠くの、遠くに耳を傾けていると小さな足音が、ぱたぱたとしてこちらに歩いて来た。足音はすぐ窓の近くに来て止った。風は、森がする吐息のように断続的に吹いている。しばらくすると、また幽《かす》かに遠くの遠くで、聞き覚えのある子供の泣声がした。その泣声は、白い花の咲いている木の下から起って、木と木の間を避け、藪から藪の間を抜けてここまで達して来る。やっとの思いで、この家を探して来たような哀れな泣声だ。また、その声は、ここまで辿って来るには力いっぱいの声であった。ここまで、辿って来てその人の耳に入れば、ぷつりと消えてしまう。次には、物言わぬ霊魂が、歩いて来る。

女は、始めてせなければならぬ仕事をそこに投げ捨てた。一種の怖しさに手が戦《おのの》いた。解《げ》し難き不可思議に身の毛が慄《ふる》えた。

なおも耳を傾《かし》げている。断続的に吹く風がやんで、天地がしんとすると、遠くから歩いて来る小さな足音。とぼとぼとあちらにさまよい、こちらにさまよいながら、ふと、窓近くなるとぷつりと止った。誰かが、家の内を覗いていているらしい。立聞きをしているらしい。女は、一夜、泣声と足音に、苦しめられた。

薔薇色《ばらいろ》の、朝日の光りが、障子の破れ目から射し込んだ時、女は青い顔をして始めて、蘇《よみ》生《がえ》った思いがした。早速、森に行って見た。白い花の咲いている木を目標《めじるし》に近づいて見ると夜の間に、何の獣か知らないが、地中から死骸を掘り出そうとして、地を掻いた爪の痕が付いている。頭の上では、黒い鳥が木に止って女のするさまを見下ろしていた。

女は、家に帰って、白い土器を持って来た。それを土に埋めて、中に水を入れ、上の白い花の枝を手折《たお》って挿《さ》して、うずくまって、神に死児の冥福《めいふく》を祈った。

頃は、初夏である。白い雲が、森の上に湧き出た。

V　受難者たち

幽霊船

それは冬の、温《あたた》かな日である。自分は労働をし過《すぎ》た為《ため》に、頭がぼんやりとしていた。酒にでも酔うているような気持で、何を見ても、判然《はっきり》とした印象が眼《まなこ》に映らない。なんでも、車に積《つん》である、小石を何処《どこ》かで撒《まい》ている響《ひびき》が聞えた。その方を見ると人夫の影が五六人、曇っている空に、火を焚《た》いている青い烟《けむり》が、とろとろと上るのが見えた……少し来ると町の角で、甘酒を売る赤い提燈《ちょうちん》の附いた屋台車があって、向いを見ると柩《ひつぎ》を造っている家があった。白い布《きれ》のかかった榊《さかき》や、白い蓮の花が店に並べてある。黒い衣物《きもの》を着た男が、ガン、ガンと釘を打っているその音が鈍く幽《かすか》に聞かれた……その時に自分は何でも、だんだんと地底《ちそこ》の方へ滅入《めいる》ような、落ちて行くような気持がしたのである。

時ならぬ乳色の桜花《さくらのはな》が咲いている寺の境内に出ると、誰《だ》れ一人もいなくて、日が暮かかったので、黒ずんだ海辺の方へ歩いて行くと、世に所謂幽霊船《いわゆるゆうれいぶね》というのに乗《の》せられて、冷たい波の、とことんとことんと船縁《ふなべり》を叩く音を聞いて、沖の方へ出ると、夜目《よめ》にも裸体姿《はだかすがた》の男が、鉢巻をして目の先三尺ばかりの処で黙々《だんまり》で俯目《ふしめ》になって、櫂《かい》を操るのが見える。湿《しめ》っぽい風が、ひたひたと白帆に当って、帆の破れ目から、寒そうにきらきらと輝く星影が見えた。昵《じっ》と見詰《みつめ》ていると、紅い星が……だんだんと北の方へ行くと青光に見えた。自分は霧深い無人島に打《うち》上《あげ》られたのである。

霧が晴《はれ》た時には、幽霊船の影も見えなければ、暗い海辺の道を、何処《いずく》ともなく歩いて、夜もすがら島の周囲《めぐり》を巡っていた。だが誰人《たれひと》にも遇《あ》わなかった。偶々《たまたま》一人の脊《せ》の低い老人が、桶を車に乗《のせ》て、がたがたと来かかり自分と摺違《すれちが》い、寂しい自分の来た道の方へと消えてしまう。その姿は、はっきりと見えなかったが、下を向いて、みすぼらしい風をしていた。

自分は何時《いつ》か、頭を押え附《つけ》られるような、低い門の下に立って、壊れかかった、物凄い二階屋を覗いていた。一人の白髪《しらが》の老婆が、蠟燭《ろうそく》を点《とも》して、その傍に座って、ぷうぷうと糸をつむいで、糸車を廻している。見ているまにだんだんとその蠟燭が融《とけ》て減行《へりゆ》くので、……だが、老婆は知らずにいるよう。独り自分は心のうちで、この燈火《あかり》が消えたなら……とそればかりが不安でならなかった。もうもう見ているのが苦痛で、駆け出して山の中へ迷い入ったような。しかもその山は岩山であったらしい。彼方《あちら》へ行っても、此方《こちら》へ来ても鼻を衝《つ》くばかりに岩石が聳《そび》えていて、仰げば頭から、崩れかかるような岩石の割目が見える。其処《そこ》から逃出そうと道を探《たず》ねていると、脚下《あしもと》の暗《やみ》に仄白《ほのじろ》う星明《ほしあかり》に一筋の細い流《ながれ》が夢の国へ通うている。

自分はその流に添うて山蔭へ来た。

するど遠くで哀しい情ない歌の声が聞えたかと思うと、幽《かす》かに鶴嘴《つるはし》で石を破《わ》る音が聞える。又しても悲しげな歌の声が聞えて、テン、カン、テン、カンと響くのである。自分はその響きを聞いて、その方へ歩みを早めた。——人がいるらしい——と思って、……遽《たちま》ち大きな坑《あな》の、中へ身が隠れた。仰いでも星の光が見えなくなった。すると今迄見えていた青い星の光が恋しい。しかし自分は天の星影よりも、同類の人に遇《あわ》れると云う懐かしい気持がして、暫《しば》時《らく》は全くの黒闇《くらやみ》の中を辿った。ぱっと前に火の燃えたのが見えたかと思うと、青白い、痩せ衰えた男が五六人倒れている。ただ一人が歌をうたいながら、岩を砕いていた。火の燃えたつたびに横顔がまざまざとして見える。自分と彼等とは少なくも、二十間《けん》は隔《へだた》っていたであろう。昵《じつ》と目を前方に見据《みすえ》て、岩を砕く男は脇見もしない。倒れている男は死んだもののように身動《みうごき》もしなかった。とろとろと燃えている火勢は衰えて、折々《おりおり》消えかかるのである。

『坑《あな》っ風が異《おつ》うに寒《さぶ》い、幽霊船の来たのか知らん、明日は故郷へ帰りたい。』

と、陰気な調子でこの歌をうたう。自分は余り、沈痛な感じに堪《た》えかねて、其処《そこ》から歩みを返した。それからまた何処《どこ》というあてどもなく、大分歩くと、もう夜が明けたと見えて、東の空がだんだんと薄紅《うすあか》くなった。波の青い色を見るにつけ目が醒める気持がする。……自分は一《いっ》たい何処へ旅するつもりであろう……で、この島は何という島だと考え初めたのである。

その時、幽かに、彼方の沙原《すなはら》の方で、鋸《のこぎり》を引く音が聞えたのである。——薄靄《うすもや》の中から黒い大きな鬱然《こんもり》とした木影が見えて——その下で小さな人影の動くのが見えた。自分は早速その男の傍へ歩き寄った。


空を浸した緑色の海の彼方《あなた》から、灰色の雲が破れて、黄金色の朝日の光が、さわさわと朝風の戦《そよ》ぐ大きな欅《けやき》の木に照り輝いた。空の色はまだ眠《ねむり》から醒めないもののように刺激性の色合を持《もっ》た銀白色の雲が、処々《ところどころ》に眠と座を定《き》めていて、何だか身を刺されるように寒気がするのである。彼方の沙原を流れて海に注ぐ巾《はば》広い河の流れが、白く光って、その彼方に低い家《や》根《ね》の朽ちて潰れかかったような怪しげな小屋などが見られ、遥か湾をなして海に突出《つきで》た、岩石の山姿《やますがた》。奇怪《きっかい》なのは、昨夜見た金掘《かなほり》の男がいた坑のある処であるまいか……しっとりと湿っている沙の上に腰を据《すえ》て、疲れた脚を伸《のば》して、その一本の大きな欅の木を挽《ひい》ている、若者の顔貌《かおかたち》をつくづくと見守ったのである。初《はじめ》のうちは自分も無言であった。——勿論《もちろん》若者は傍に人の気はいするとも知らない風に——うつ伏勝《ぶしがち》に腰を屈《かが》めて、——胡座《あぐら》をかいたり、起《たち》上《あが》ったり、ぐるぐると木の周囲《まわり》を巡って見たりして、または、鋸《のこぎり》の歯を、鑢《やすり》で研《とい》で見たり、考えて見たり、仰いで頭の上の欅の葉風に耳傾けて見たり、また旧《もと》の座に付いて、熱心に太い幹を挽き初める。……で、自分の方へは目もくれなかった。

自分がその男の身形《みなり》を見ると、穢《きたな》らしい襤褸《つづれ》を身に纏《まと》うていて、頭髪《かみのけ》は長く額際《ひたいぎわ》まで掩《おお》い、顔の色は日に焼けて黒く、素跣《すあし》に草鞋《わらじ》を穿《は》いて、鼻汁《はなみず》を啜《すす》りながら、黙って木を挽くのである。

朝日は今や、沙上に満々《みちみち》て、若者も自分も温かな光を身に浴びたのである。空を仰ぐと、青空の色も見え出して来た。沖の方は薔薇色のいつしか波にうすれて、地平線に接する辺り、銀の如く輝き、渚《なぎさ》に近く寄するにつれて、黄金色の波は騒ぐのである。頭の上には、絶えずざわざわと葉風の音が聞える。……自分は余り男の物を言わぬのが腹立《はらだた》しくなって、眤と見《み》詰《つめ》ると、木綿縞の汚れたのに、日の光が滅入るよう……自分はまた、この男の身形を見て、寂しい気持がしたのである。

「この島の名は何というね。」

と、唐突《だしぬけ》に聞いて見た。若者はさまであわてた様子もなく、奇《く》しく光る眸《ひとみ》を此方《こなた》へ徐《おもむ》ろに向けて、手は尚《な》お止めないで、

「よくも、知らねえが、なんでも人無島《ひとなしじま》ということだ。」

この時、何の鳥か知らず、頻《しき》りに沖の方の空で、啼くのである。

「じゃ、お前さんも、この島の人ではないんだね。」

と、問い返した。若者は少し驚いたという風で、

「なんの、……」と、言いよどんで、またもとの姿に返って木を挽いている。

「じゃ、ひとつ、この島の来歴を聞《きか》して貰おう。」

と自分は腰を低うして、若者の傍に近く寄り添うた。

この時、沖の方で啼いていた、海鳥《かいちょう》が、頭の上をぐるぐる舞《まわ》って、またひらひらと欅の木の頭の辺《あたり》を飛んで啼く。

しかし、若者は熱心に木を挽いていて、黙ったまんまで答えない。

湿っぽい朝風が、またざわざわとひとしきり。木の葉が歯の根のうずくように身ぶるいす

る。見渡せば茫漠たる原頭《げんとう》にただ木というものは、この欅の木一本あるばかりである。目も遥かに荒れはてて乾燥《ひから》びた沙の小山がうねりうねり無意味につづいている、歩かないうちから、見て脚の加減もだるうなりそうな。

されば自分は思った、島を離るる小舟の目標《めじるし》はこの木の頂《いただき》であったろう。或る年、近海を通る舟が難破して、この島の海岸に打上られた時、命あったものは、悉《ことごと》くこの欅の木の下に集って、幾日《いくひ》となく、幾夜となく、この木の下で送ったであろう。で、其等《それら》の人々は波静かに日の入る空を眺め、雲の彼方を恋しがり、星晴《ほしはれ》のした晩に、火を焚《た》いて一同はその廻《まわり》に転《まろ》びつ、蹲踞《うずくまり》つ、光景《ながめ》荒々しき孤島の夜を更《ふか》したにちがいない。或は暴風《あらし》の夜に鳥の叫び声凄く、雨が横《よこさま》に降《ふり》しきって、物に怖狂《おじくる》い出したように起《た》ち騒ぐ葉風に、漂泊人《さすらえびと》の魂穏やかならず、彼方に二人、此方に三人、相抱《あいいだ》き合うて、墨を流したような沖の方を眤と見守って、立っている姿を見たであろう。……

また、夏の美しい、夕暮方に、銀毛《ぎんもう》の小山羊《こやぎ》が、誰《た》が吹き鳴《なら》すか知らぬけれど、あたり静かな木精《こだま》にひびく、哀れな草笛の音色に導かれて、この木の下に集《つど》うたのを見たであろう。

……

また、秋の末から冬にかけて、沖の巨浪《おおなみ》が狂うて、愁えと悲《かなし》みとがその儘固《ままかたま》って、転がっているような砂の小山を、灰色の地平線が、沈み勝《がち》に低う垂れて接吻する。彼方の遠い、風の吹き来る方の、枯れ草の一二本砂路に生えて、目を遮《さえ》ぎる雲井《くもい》から、重たそうな空気に、鈍い羽音を立てて来たり、乱岩《いわ》を見下《みおろ》し、大海を見下して旅する荒鷲が、この欅の木に留《とま》って息《いこ》うのが常であったろう。……

いずれ歴史多かったこの欅の木の歴史を考えて、風に梳《くしけず》られ、雨に襲われ、荒鷲を梢に宿《と》め、木蔭《こかげ》に漂泊人を介護《かば》い、山羊追う牧童《わらんべ》を息《いこわ》しめたであろうと思った。で、老いたる木自《みず》からも霜を浴び、白い月光に晒されて幾千年の昔から、寂しげにこの野原に聳《そび》えているのだと思った。

若者は、再び此方を見向きもせんで一生懸命に木を挽いている。……やー不思議な……幾何《いくら》挽いても幾何挽いても、木の幹が少しも斬られていないことだ……自分は暫時《しばらく》、目を放さずに鋸の歯の進《すすむ》のを眺めていた。……若者の額には汗ばんでいる。彼は一生懸命になって挽いているのだ。もはや幾十年の昔から挽いているのかも知れない。またこつこつと鑢で鋸の目を直して、挽き始める。しかし、少しも斬れて行く跡が見えぬ。自分は気味悪くなった。で、何時までこの男はこの木を挽いていなければならない運命を荷《にの》うているのであろう。

怨霊じゃ！　怨霊じゃ！　何かの怨霊じゃ！　そうかと思うて見上《みあぐ》ると欅の木の葉の色も一種凄味を帯びていた。自分は気が気でなく、どうかして気づかれないように逃出《にげだ》そうと苦心した。しかし斯《こ》う気づいた時には何だか、もはや自分は魔物の係蹄《わな》に陥入《おちいっ》ていたような気持がした。で、一刻も猶予することが出来なくなったのである。

成《なる》たけ自分は気付《きづか》れないものと、若者の目を盗んで起上《たちあが》った。やおら踵《きびす》を返しにかかると、哀しい歌の声に殆《ほとん》ど魂も消えかかる。

『海つ風が巽《おっ》うに寒い、幽霊船の来るのか知らん。故郷恋しや、帰りたや……』

もう何もかも忘れて夢中になって逃出すと、バタバタと後から従《つい》て来る足音が耳に入った。自分は一生懸命に海辺を指して走った。すると、幽霊船の影が見えたのである。自分は昨夜のことを想像して、身の毛がよだって、もうもう決して乗らないものと、薄青い、か弱な燐《りん》の火の燃え上る波間に躍り込んだ！　躍り込んだかと思うと、またいつの間にか幽霊船に乗《のせ》られていたのである。……

思う、蒼茫《そうぼう》たる絶海の無人島に、難船から打ち上られた漂浪者の、古来から、果して幾人の幽魂《ゆうこん》は斯《か》くの如くにして、未だに帰ることも出来ず、故郷《ふるさと》の空を恋しがり、遠く来る祖国の船の、見えるを待っているのであろう。……

暗い空

一

太い、黒い烟突《えんとつ》が二本空に、突立《つきたっ》ていた。其《そ》の烟突は太くて赤錆《あかさび》が出ているばかりでなく、大分《だいぶ》破れて孔《あな》が処々《ところどころ》にあいている。ちょうど烟突は船の風取《かざとり》のようだ――私が曾《かつ》て日清戦争や日露戦争に行って来た軍艦の砲弾に当《あた》って破れた風取や捕獲した敵艦の風取だというものを見たことがあるが、其《そ》れとちょうど同じように破れている、其《そ》の隙間から青空が洩れて見える。しかも二本の烟突は五六間位《けんぐらい》離れて相並《あいなら》んで石油《せきゆ》鑵《かん》のブリキ板で葺《ふ》いた平《ひら》たい小屋の頭からにょきりと突出《つきで》ていた。其《そ》の小屋というのも大分壊れた粗屋《あばらや》で壁の代りに立て廻した亜鉛《あえん》板《ばん》などが倒れている場所もある。しかし此辺《このへん》は沖から吹《ふ》き付《つけ》る北風《きたかぜ》が烈しいと見えて、家が稍々《やや》南に傾いていた。また大きな黒い太い烟突に目が止るのだが、烟突を四方《ほう》から針線《はりがね》で引張《ひっぱ》ってある。其《そ》の針線も烟突が新しく出来始めの頃に張ったもので、糸のように瘦《や》せて是《これ》すら中には一筋二筋《ひとすじふたすじ》切れ離れていた。で風の吹くたびに微《かす》かに揺れている。其の小屋は十五六間もあるような低い長屋であった。

其小屋の周囲に大きな赤黒く汚れた桶が三ツ四ツ散ばって青田《あおた》の中にある。此辺《このへん》は一面に青田になっている。私は一見して石油《せきゆ》井《いど》だということが分《わか》った。其《それ》でなくても、彼方《あちら》には空に三角形の櫓《やぐら》が三ツも四ツも連《つらな》っている。彼方《あちら》の烟突からは黒い烟《けむり》が上《あが》って青田の上に影を落《おと》して遠く町の方へと靡《なび》いているのが見える。して見ると此処《ここ》は廃井《はいせい》に相違ない。きっと此《こ》の小屋の辺《あたり》も以前にはあのような櫓が立っていたのだ。此の黒い太い破れた二本の烟突から盛《さかん》に彼《あ》のような黒い烟が上《あが》って、やはり青田の上に影を落《おと》して町の方へと靡いたのであろう。其《そ》れが今はもう石油が出なくなったので、人々は此方《こちら》の小屋を見捨てて、彼処《かしこ》に移ってしまったのだろう。此《こ》の桶も、もう箍《たが》が腐って、石油を容《い》れる役には立たないので捨《す》てあるものと見える。何《なに》にしろ殺風景なものだと思って見ていた。

北の方の空は青く澄《すん》でいる。遠くに連《つらな》っている町の頭が犇々《ひしひし》と重《かさな》って固《かたま》っている。ぎらぎらとするのは瓦家根《かわらやね》が多いからであろう。飜々《ひらひら》と赤い旗も見える。長い竿《さお》の先に白い旗の翻《ひるがえ》るのも見える。其等《それら》は多分宿屋《やどや》の目標《めじるし》であるなと思った。

此町《このまち》は荒海《あらうみ》の辺《ほと》りにある。石油が出《でる》ので斯様辺鄙《こんなへんぴ》な処《ところ》にも小さな町が出来たのだ。北の空の冴《さ》え冴《ざ》えしいのは見《み》落《おろ》す下には真青《まつさお》な海があるからのせいもある。北風《きたかぜ》の強いのも海が近いからである。

二

烟突の破間《やれま》からは、北海《ほくかい》の青空が見えた。空には真白《まつしろ》な雲が飛《とん》でいた。私は青田の中に突き立った黒い、太い二本の烟突を見守っていた。

石炭交《まじ》りの、細道《ほそみち》には車の轍《わだち》が喰い込んで其《そ》の跡に水が溜っている。其《そ》の水に音なき空の雲の影が映っている。私は青田の中に幾つも並んで、もはや用にたたない赤黒い油の穢《よごれ》が附いた桶《おけ》の間を歩いて、風や、雨に晒《さら》されている二本の黒い烟突が、錆《さび》たブリキ家根《やね》の上に突き出ているのを見返るものも自分独りあるのみだと思って、更に烟《けむり》の上《あが》っている製造所の方へ歩いて来た。

私は此時一種の暗愁《あんしゅう》の湧《わ》くを感じた。黒い烟は、遅々《ちち》として這《は》うように黄色を帯《お》んだ豆圃《まめばたけ》の上に影を映《えい》じている。其の影は絶えず騒がしそうに乱れていた。私の瞳は其《そ》の影を追うて暫《しば》らく佇《たたず》んでいたのである。仰《あお》ぐと先刻見たより太い高い、黒い二本の烟突が私の頭の上に立っていた――私は此《こ》の烟突を先刻見た烟突の子供のように考えた――親の烟突はもう衰えている。もう廃物《はいぶつ》となってしまった。然《しか》るに其《そ》の子供は親よりも肥《ふと》って、丈《せい》も高く、また脂《あぶら》ぎって艶々《つやつや》として色も真黒《まっくろ》く、今を盛りに毒々しい黒烟《くろけむり》を吐いているのだと思った。また下に建てられた平屋《ひらや》も大きかった。やはり家根《やね》はブリキで葺《ふ》いてある。周囲《まわり》には大きな、黒い桶が沢山並んでいた。しかし箍《たが》は堅固《けんご》で赤黒く腐ってはいなかった。ブリキ家根の小屋も外《ほか》に二ツ三ツあったが、何《いず》れも日の光りが眩《まぶ》しい程照り付けている。桶の中には、どろどろした原油が溢れていると見えて、黒い周囲《まわり》に垂れ下った漆のような濃汁《こいしる》が滴《したた》っていた。一種の青臭《あおくさ》い気が鼻に浸《し》みて、其《それ》が為《た》めに咽喉《のんど》の乾《ひから》びるのを感じた。私は頭から、大きな黒い手で押え付けられるような気持《きもち》がした。二本の真黒《まっくろ》い、太い、烟突の周囲《まわり》は幾尺《いくしゃく》あるか分《わか》らない。其《そ》の空虚《うつろ》には人が二三人も並んで通られる位だ。すべての普請《ふしん》は荒普請《あらぶしん》である。此《こ》の殺風景なうちに人を殺しても構わぬというような手合《てあい》が住んでいる処だ。真黒《まっくろ》な烟が、もくらもくらと烟突から湧出《わきで》ている。其《そ》の下に曽て見たことのない、高さ五六丈《じょう》もあるかと思われる青塗の桶が別にあって、其に長い長い梯子《はしご》が懸《かか》っているのを見た。其《そ》の梯子は鉄で出来ている、極めて幅の狭い、やっと一人が漸《ようや》くにして登れるかと思う程の梯子であった。其《それ》が中空《なかぞら》に急な傾斜で、二本の長い竿を並行して立てかけたように懸っていた。

私は此の何だか落付《おちつき》のない、地底の呼吸を聞き取れるように覚える製造場の中へ入って見たくなった。其《そ》の入口らしい処にはただ粗末な二本の杙《くい》が建っているばかりで内《なか》の様子を覗いたけれど、ただ一人の土方等《どかたら》の姿すら見えなかった。

三

まだ日は西に傾《かたむい》たばかりだ。製造場の裡《うち》には、土方等の使っている鶴嘴《つるはし》や、土掘《つちほ》る道具が置《おか》れてある。赤い火はとこんとこんと厚い鉄の戸口の隙間から見えて、ドドー、ドーンという車の廻るたびに地底を穿《うが》っている機械の響《ひびき》が聞き取られる。其《そ》の響きは胸に応えて、地底の秘密というようなことを考えさせた。

私は何の気なしに一歩礦場《ひとあしこうじょう》の中へ踏込《ふみこ》んだ。やはり四辺《あたり》に人の気はいがせなかった。私は不思議に思って怖《おそ》る怖《おそ》る誰かに怒鳴《どな》られはせぬかと心に不安を感じながら二歩《ふたあし》、三歩《みあし》中へ入って行った。けれど何処《どこ》を見ても、一人の姿すら見えなかった。きっとあの火の燃えている処には人がいようと思って、怖る怖る足音を忍んで鉄の戸の側に近寄って私《そっ》と隙間から内を覗いたが、ぼうっと火気《かき》の熱《ほて》り気《が》を感じたのみで何にも目に入らなかった。是《これ》は益々《ますます》不思議だと考えて、私は此度《こんど》は自由勝手に四辺《あたり》を歩いて見た。けれど一人の人影すら見えなかった。しかも其辺《そのへん》には、油の詰《つま》った石油罐が幾万となく積み重ねてあるのだ。若《も》し賊が来て其《そ》れを盗んで行っても分《わか》らない筈だが、其様《そんな》手ぬかりをする礦場ではないと思った。して見ると何処《どこ》にかきっと人が隠れて私のする様子を見守っているに相違《ちがい》ない。若《も》し私が何も別に悪いことをせなければ、入って四辺《あたり》を見物する位のことだけは見逃して置いて若《も》し悪いことをすれば直《すぐ》に捕《とら》えて殺してしまうという考えかも知れない。殺す？　然《しか》り殺す！　此《こ》のあたりにいる土方《どかた》などは、決して其《そ》れ位のことをやりかねない。其《それ》にしても何《どう》して私が此処《ここ》へ来るということを彼等が知って隠れていよう。やはり人がいないのだ。全く居ないのだ！　して見《みる》とやはり、此処《ここ》も廃井ではあるまいか？　いや其様《そんな》筈がない。烟突から黒烟が上《のぼ》っている。彼様《あんな》に熾《さかん》に火が燃えている。彼様《あんな》に機械が運転している。人のいない筈がない。きっと皆《み》んな何処《どこ》へか出た留守でないか。其《それ》にしても一人も残っていないという筈がない。私は全く分《わか》らなくなった。

其様《そんな》ことが如何にも不思議に思《おも》われて、四辺《あたり》を見物するというよりか人を探ねて、歩き廻ったという方がよかったろう。けれど戸を開けてまで中へ入り込む勇気がなかった。若《も》し人のいるのも知らずに戸を開けたならきっと、自分を賊と思うだろう。また疑われても其時《そのとき》は弁解が出来ないと考えたからだ。私は礦場の裡《なか》を彼処此処《かしこここ》と見廻ったけれど不思議に一人の影すら見えなかった。

四

ああ、全く不思議！　私はいつしか例の長い梯子の下に来て立《たっ》ていたのである。私は此時《このとき》また、二本の頭の上に突き立った黒い、太い烟突を見上《みあげ》た。きっと彼《あ》の烟突に触れて見たら熱いだろう。あの中には火が吹《ふ》き上《あが》っている。きっと彼の烟突の鉄は焼けていて、手を焼くに相違《そうい》ないなどと思った。――次に青塗の大きな桶に目を移すと何かあの桶の中に入れてあるか其《そ》の中を覗いて見たくなった。

再び四辺《あたり》を見廻した。けれどやはり一人の姿を認めなかった。私は急に梯子を上《あが》って覗いて見《みよ》うかと思った——若《も》し人に見付《みつけ》られたら何《ど》うしよう。ただ覗いて見る位のことなら其時《そのとき》に言い訳すれば済むだろう。兎《と》に角此《かくこ》の梯子を上《あが》って覗いて来る迄なら十分《ぶん》と経たないだろう。其間《そのあいだ》きっと人に見付《みつか》らずに済むであろうと思った。

そう思うと頻《しき》りに梯子を上《あが》って、青塗の桶の中が覗《のぞき》たくなった。で、長い梯子を見上《みあげ》ていると何んでも猿のように自分が敏捷《すばしこ》く走って上《のぼ》って行って桶の裡《なか》を覗いて見て、また敏捷く走って下りて来る時の様子がありありと目に浮んだ。

私はまた四辺《あたり》に人気はないかと注意した。やはり一人の姿すら見《みえ》なかった。私は此時《このとき》こう思った。若《も》し人が何処かに隠れていて私の様子に注意しているものなら私が此の梯子に上《のぼ》りかける様子を見たならきっと、怒《ど》鳴付《なりつ》けるであろうと、私はわざと二三度梯子に足を踏みかけて、上《のぼ》って見るような真似をやって見た。けれど誰れも声をば掛けなければ怒鳴付けるものがなかった。

私は遽《にわか》に上《のぼっ》て見ようと決心した。で、最初の一歩《ひとあし》、三歩《みあし》は試みの考えで踏《ふ》み上《のぼ》って見たが、いつしか五段、六段と上《あが》るにつれて「何《ど》うせ此処まで上《あが》った位なら上《あが》って見届けて来よう。」

という冒険的の考えが萌《きざ》して遂に私は上《のぼ》って行った。なかなか空想で、猿のように早く上《あが》れると思ったが、それどころでない。非常に梯子の幅が狭くて、二本の足を並べて立つことも容易でない程に、且《か》つ甚《はなは》だ勾配《こうばい》が急である。加えて鉄の角が堅くて、掌《て》が痛くなった。次第に高く上《のぼ》るにつれて目が眩《くら》んで来る。

五

もはや下を向《むい》て見る勇気が出なくなった。何《な》んだか上《のぼ》るたびに梯子がぐらぐらと揺れるようだ。大分《だいぶ》上《のぼ》った。ふと下から人が見て居やしまいかと思って見下《みおろ》した時には自分は幾十尺という空中に揺《ぶ》ら下《さが》っている気持がして、もう眼が昏《くら》んで何も見定《みさだめ》が付かなかった。今更《いまさら》私は後悔したけれど、仕方がない。上《うえ》を見ると、もう十段か二十段で、桶《おけ》の端《はし》に達する位迄上《のぼ》ったのである……やっと桶の彼方《あちら》の端が見え出した。思ったより倍も倍も大きな桶だ。直径幾十尺あるかと疑われた……また一段上《のぼ》ると桶の縁が一分《ぶ》程《ほど》見え出した。また桶の真中《まんなか》を幅の狭い鉄板が差し渡してあることだけが分《わか》った。其《そ》の鉄板の端は此方《こちら》にも出ているのだが、能《よ》く見ると二三寸位《ずんくらい》しか出ていないので、下から見上《みあげ》た時には目に入らなかったのである。

厚みも見ただけでは二三寸位もあるらしい。私は若《も》しも下から追われたなら、此《こ》の鉄板の上を渡らなければならぬのだと心配した。また一段上《のぼ》った。やっと彼方《あちら》の縁《ふち》が三分《ぶ》ばかり見え出した。段々上《のぼ》るにつれて私は強烈な石油の臭《におい》を嗅《か》いだ。また一段上《のぼ》ると私の息は止《とま》るように其《そ》の臭が強くなった。桶に手の届く位の処まで来て中を覗くと真青《まつさお》な石油の溜池《ためいけ》である。鉄板から五六寸ばかり下の処まで青々として澄んでいる。さながらしんとして幾千尋《いくじん》の淵に臨んだ気持がする。私は驚きと怖れに魂消《たまげ》て、覚えず激烈な臭いのため顔を背《そむ》けた。町や、沙山《すなやま》は目の下になっている。海が足許《あしもと》まで来ているように真蒼《まつさお》な日本海を左手に見落《みおろ》した。下の製造場を眺めると、家根《やね》が低く、平たく、白くなっていて自分の上《のぼ》って来た細い梯子は中程から霞んで消えて下の方は見えなかった。

始《はじめ》て私は幾十尺上《のぼ》って来たかと驚いた。右を見るとまたしても、太い、高い、黒い二本の烟突が目につく。私は飽迄《あくまで》この烟突に圧迫せられている感《かんじ》がする。此時《このとき》下の方で頻《しき》りと叫《わめ》く声が耳に入る——何しろ沖から吹く風の強いのと、石油の臭いが烈しいので気が気でなく、目が昏《くら》んで空耳《そらみみ》のようにも思われた。

「ヤーイ。」という声が微かに聞《きこ》えた。危うく梯子に捉《つか》まって——まだ上《のぼ》り切《き》るまでには三四段残っている——怖る怖る下を見ると黒く見えるのは人のようだ。其《そ》の黒いものはだんだん梯子を上《のぼ》って来るように見えた。

失策《しまっ》たな！　と思ったが今は其《そ》れどころでない、全く私の身は行《ゆ》き詰《つま》っていたので、最後に何《ど》うなるか考える余地もなかった。……

もう私は気が気でなかった。

梯子を上《のぼ》って来る人の姿は黒く、小さく、豆のようで、まだ其顔《そのかお》すら見えるには暇があったが、私の目にはありありと、顔色の土黒い、眼の険《さか》しい、瞼《まぶた》の赤い、口の大きな唇《くちびる》の厚い、出歯《でっぱ》の黄色い頭髪《かみのけ》の鳥の巣のように絡《から》んだ汚れたシャツを着て、黒いズボンを穿《は》いて、太い腕に鉄槌《てっつい》を携《さ》げてぎょろっと冷笑《あざわら》って私を見詰《みつ》めた有様《ありさま》が目に浮んだ。

折《おり》しも沖を見ると、ちょうど真赤《まっか》な入日《いりひ》が不安な色に凶兆《きょうちょう》を示して重たい鉄弾《てつだん》の焼けたのが落ちるように深蒼《しんそう》の日本海に沈む処であった！

私は殺されるのだなと思った。

捕われ人

　山奥である。右にも左にも山が聳《そび》えている。谷底に三人の異様な風をした男が一人の男を連《つれ》て来て、両手を縛って、荒莚《あらむしろ》の上に坐らせて殺そうとしている。三人の悪者《わるもの》の眼《め》球《だま》は光っていた。莚の上に坐らせられた男は汚れた破れた着物を着て顔には髭が延びて頭髪《かみのけ》の長い痩せた男だ。悪者は強盗であって、捕われた男は何《な》んでも猟師か何かであるらしい。山奥で吹く渓風《たにかぜ》が身に浸みる。

　季節は秋だ。岩間には木の葉が血を滴《したた》らした様に紅葉していた。薄暗い谷間を白い渓川が流れている。見上げると四面の高い山の巓《いただき》が赤く禿げて、日暮方の秋の日が当っているが、もう谷底は日蔭となって湿《しめ》っぽい気が満ち満ちていた。恐らく一日中この谷底には、日の光が落ちぬのであろう。

眼の光る三人の悪者は、殺す用意に取りかかった。捕われた男の顔は、土色と変って昵《じっ》と眸《め》を据えて下を向いている――此所《ここ》には文明の手が届いていない。警察の権利が及んでいない。全く暗黒の山奥で、人の知らぬ秘密が演ぜられる。いわば別天地である。悪者の一人は褐色のシャツを着ていた。他の二人は黒い洋服のようなものを身に纏《まと》っている。各自ともチャカチャカと光る鋭利な鉈《なた》を腰に挟んでいた。――捕われた猟師？　は手に無一物《むいちぶつ》で、しかも両手は後方《うしろ》に廻されている。けれど捕えられた間際には余程抵抗したものと見えて、地上に折れたままの鉄砲が投げ捨てられてあった。二人の悪者は、黒い桶のようなものを二つばかり持ち運んで来た。何に使用するのか……多分血を容《い》れるのと、斬ったら落ちる生首とを入れるのであろう。傍《かたわら》には大きな箱がある。この中に死骸を容れるのだ。

悪者は金を取るのが目的でないらしい。さらば何のためにか？

きっと生胆《いきぎも》を引抜き、骨を砕いて……血潮で何か造るのだ。――人間の生血と生胆と白骨で丸薬か何か造るのだ。彼方《あちら》に大きく土を盛って火を焚《た》く処が出来ている。一人は其処《そこ》へ行って火を焚き始めた。青い烟《けむり》が上った。また彼方に黒い家根《やね》の頂《いただき》が見えている。何か小屋があるらしい。此処《ここ》の小屋は山漆を掻《か》いて黒土と砂利で固めたのだ。

彼方の谷に赤々と、山漆の木が繁っていた。火を焚《た》いている青い烟は微かに棚曳《たなび》いて深山《みやま》の谷に沈んでいる。一人の悪者は、捕われた男の前に立って両腕を組んでいる。この間互《たがい》に一言も言い交わさなかった。火を焚いている一人は頻《しき》りと枯れた小枝や青い松葉を折って来て大きな土竈《どがま》の下を燃《もや》している。褐色のシャツを着た悪者は、小屋の方へ行ったがやがて襤褸《ぼろ》片《きれ》で刃をぐるぐると巻き附けた大きな鉞《まさかり》を持ち出して来た。黒い襤褸には何だか腥《なまぐさ》い血の染みが附着しているようだ。――幾人この山奥でこの鉞にかかって命を落した人があるか知れない。そういえば捕われ人の前に置《お》かれた桶の赤黒いのも人の血潮で染《そま》った色に相違ないと思った。今迄下を向いて、眤と一所《ひとところ》を見詰《みつめ》ていた捕われた男は真青に血の気の失せた顔を上げて、ドシンと大地に下《おろ》した鉞の方を見遣《みや》った。が直様《すぐさま》また下を向いて自分の膝のあたりを見詰めていた。――もう自分の殺される時が近づいたと覚悟をしたのであろう。捕われた男の眼からは別に涙が流れて落ちなかった。悪者の一人は片足で地面《じびた》に折れたままの鉄砲が捨てられていたのを蹴って除《の》けた。鉞を持ち出して来た男は其処《そこ》に手強く鉞を置くとまた小屋の方に立去った。今迄男の前に立って両腕を組んで、足で折れた鉄砲を蹴やった一番丈《せい》の高い獰悪《どうあく》な面構《つらがまえ》をした眼の怪しく光る黒い洋服を着た男はこの時頻《しきり》と気を揉むように四辺《あたり》を歩き廻り始めた。

しかし口には何事も言わずにただ身形《みなり》や容子《ようす》で——もう日が暮れて時刻が遅くなるぞ。早くやっつけてしまわねえかと催促するように忙《せわ》しげに動き始めた。

白く谷川がさらさらと流《ながれ》ている。その辺は一面に小石や、砂利で、森《しん》然として山に生い茂った木立が四境《あたり》を深く鎖《とざ》している。仰ぐと眼の前に聳えた高い山の頂の赤く禿げたあたりに暮れかかった日影が映っていたがだんだんその光りも衰えて来た、小屋に立去った褐色の悪者は、大きな砥石《といし》を持ち出した。この時火を焚き付けていた悪者は、もう火が燃え上ったので此方《こちら》に歩いて来たが男の前にあった桶を一つ持って渓川へ水を汲《くみ》に行った。やがて砥石の傍に水の入った桶が置《おか》れて、小舎《こや》に行った男が土の上に蹲踞《うずくま》って大きな鉞を磨《と》ぎ始める。

けれどこの悪者は未《ま》だ一言も互に話し合わなかった。

総《すべ》ての行動は、皆な沈黙の裡《うち》にやられた。

脊《せ》の高い黒い服を着た、この中《うち》での隊長とも見える男は一枝後方に紅葉の枝の垂れ下った岩の上に腰を下して此方を見ている。先刻火を焚き付けて、今渓川の水を汲んで来た悪者は砥石で鉞を磨ぐ男の傍に立っている、この男の面《つら》は間が抜けたように茫然《ぼんやり》として鼻筋が太かった。けれど腕が太くて力のありそうなガッシリとした身体だ。今砥石で鉞を磨いでいる男は脊が低くて、痩せているが鼻先の尖った険《さか》しそうな男だ。この三人の悪者の眼は等しく異様に光って、絶えず物に注意して、大きく飛び出ているように見えた。で、何《ど》の顔も垢《あか》と日に焼けて黒く光って鉛色をしている。黒い服を着た隊長らしい男だけ頭に何か古ぼけた羅紗《ラシャ》の破れた帽子を被っている。褐色の服も、今一人の黒い服を着た鼻筋の太い悪者も帽子を被っていなかった。やはり三人は無言である。ただゴシゴシと砥石に鉞の刃の喰い込んで磨《す》れる音が耳に入った。今三人の悪者の眼は等しく砥石と鉞の上に集められた。等しく三人の心は砥石の上に向けられている。この時全く忘られて一人、後方の土の上に湿っぽい荒莚の上に坐らせられて、両手を縛られた男は淋しく頼りなく見られた。

たとえ鏈《くさり》で縛《しばら》れていないにせよ、三人の悪者が此方に注意していないにせよ――何うしても逃げ出されないのだ。四面とも切り落したような峻嶺《しゅんれい》である。とてもこれを攀《よじのぼ》って逃《にげ》ることは六ケ敷《むずかし》い。今他から突如として援《たす》けに来る人がなくては、とても援《たす》からぬ命である。この男が何処《どこ》かで捕われて、此処《ここ》まで連て来られた間には、いろんな嶮《けわ》しい処を通って来たであろう――普通の人の歩《あゆ》めぬ処へ来た時に――何うしても足の踏み出せない処へ来た時に三人の悪者が無理にこの男を引摺《ひきず》って後方から追立《おったて》て、それでも歩めない時には小言《こごと》をいいながら、荷物か何か運ぶように担《かつ》いで持って来たことであろう。――また男はこの場合にこういうことを思い出したであろう。——家の者は今頃自分が斯様《こんな》山奥で悪者に命を取られるということなどは知るまい。——この山奥に悪者が住んでいるという噂は聞いたことがあるが誰でも真実《ほんとう》にしたものがなかった。またこういう噂は聞いたことがある。悪者等《ら》が人の生血を絞って、染物をやり、その染物を海の上で売買するということも聞いた。また人間の脳味噌と骨を砕いて丸めた薬を造ると聞いた。また生胆を売りに出るということも聞いた。——其等《それら》の薬は何でも遠くへ行って、旅へ出て売るということだ。けれど人の噂に聞いていたことで、実際にあることだとは思われなかった。

猟に出かけて、途《みち》を違えて、この山奥に迷い込んで二日も木の根を枕にして宿《やど》って、今朝の暁《あかつき》、この悪者等《ら》に捕えられたまでは、全く夢のような話だと思っていた。

捕われ人の頭には、いろいろと捕われた当時の有様などが彷彿《ほうふつ》として浮き出た……。

ゴシリゴシリと鉞を磨ぐ音が耳に入る。若者は空想から破《やぶれ》た。この時悲哀な声で研手《とぎて》の悪者が歌い出した——その声は寂然《ひっそり》とした山谷《さんこく》に響く。

海が光るぞよ　血染の帆風　黄色い筈だ　月が出る

その歌は、浮世で聞ける歌でない。けれどその歌の調子は懐しい耳に聞き覚えのある調子である。よく里に聞き、海に聞き、また山に聞くことの出来る調子である。捕われた男はこの警察権も行届かない、人の知らない、山奥に独り坐って僅《わず》かにこの歌の調子を聞いて、そぞろに人の住む村里を恋いしく思った。ただ思うより他、再び帰ることが出来ぬ身である。若《も》しこの歌が止んだなら全く浮世と繋がる一筋の糸も断ち切られてしまうので、悪《にく》むべき敵ながら、その歌う歌の調子に涙ぐまれた。かくて物憂い眸《ひとみ》を地上から上げて見ると、小男は鉞を磨ぎながら歌いつづけている。

岩に腰を下した羅紗帽は、谷の彼岸を茫然と見詰ていた。石が転がって、木々が紅葉している。鉞を研ぐ前に立った鼻筋の太いのは熱心に鉞の物凄く光るのを見守っていた——晩方《ばんがた》の冷気が膚《はだ》に浸みて、鼻から出る息が白く凝《こご》った。この際は三人とも等しく歌に心を取られていたらしい。小男はつづけて歌った。

冬の霜よりしんしん浸みる　利刃《はがね》に凝った月の影　触《さわ》りゃ手頸《てくび》が落ちそうに　色もなけりゃ味もなく……

と細く、物哀れに引いて消えたかと思うと力なげに情《なさけ》の籠った節でつづける。

刃金《はがね》の上に身を委《まか》す

と歌った。刃金の上に身を委す。それは独り月ばかりでない。やがて我身の果《はて》であるのだ。三人の悪者は、この歌をうたって、暗然として何等か涙を催すようなことがあろうか。たとえ涙を催すようなことがあっても、決して折角《せっかく》捕えて来たこの男を許すようなことはなかろう。捕われた男はしみじみと悲しくなって、束の間の我が命を考えた。

病葉《わくらば》が彼方《あちら》にも此方《こちら》にもはらはらと散《ちっ》ている。青い煙は一面に渓の隅々を鎖《とざ》した。黒く頭の見えた小屋も黄昏《たそがれ》となって分らなくなった。日はいつしか落ちて、大空は青々と澄み渡った。禿山に照り映えていた夕日もいつしか消えて、星の光りが閃《きら》めいた。切り落されたような谷間から仰いでも空は広い。而《そ》して限りなく深い深い奥に運命の通る穴がある。それが星とも天の花とも見えるのだろう。……それとも天魔が青い底から蠟燭《ろうそく》を点《とも》して下界を窺《うかが》っているのかも知れない。

いよいよ殺されるべき時刻が来た。紺碧の空に星が輝いている。破《やぶれ》た羅紗帽を被った悪者は、岩から腰を放した。磨ぎ澄された鉞には星の光りが映じた。鼻筋の太いのが死骸を入れる箱の蓋を開けて、血を汲む桶を二つ捕われ人の前に並べた。彼方の山の隅では大きな土竈《どがま》の下にとろとろと赤い火が燃えている。三人は訳の分らぬ符号で何事か示し合った。小男から羅紗帽の隊長が、鉞を受取るとぐるりと捕われ人の後方に廻った。……

空が暗くなるにつれて、深山の奥で熾《さかん》に火の手が燃え上って、その焰の周囲《まわり》に三つの黒い影が動くのが瞭然《はっきり》と分ったが、いつしか火手《ひのて》が漸次《ぜんじ》に衰えて、赤かった焰の力が弱って黄色くなって見えた。いつしか黄色いのが白くなって見えた。

「ハハハハハ。」と厭《いや》らしい笑い声がすると、天上の星は微かに身震いした。

再び沈黙に返って、さらさらと谷川の音が淋しそうに聞える。冷たい渓風が吹き渡って全く焔が消えかかった。折々《おりおり》ぴしりぴしりと生木の刎返《はねかえ》る音がして、その毎《たび》に赤い火花が散った。

血の車輪

都会を去ること僅かに五六里でしかなかったけれど、老婆は、まだ汽車すら見たことがなかった。一度都へ行って見たいと思っていた。

ある日孫につれられて歩いて行ったのであった。

「なにも、そんな賑《にぎや》かなところを見たくはないけれど、みんなが死ぬまでに一度行って見て置けと言うから、見て来ようと思います。この年になっては、この村が、一番いいにきまっているけれど。」と、婆さんは、立つ前の日、知った人に向って言った。

うす曇った、静かな、歩くにはまことにいい日であった。少年と老婆の二人は、村を出て、都の方へと野原やいくつかの森や、水車場のある村を過ぎた。また鉄橋の上などを渡って、婆さんには、この年になるまで、見なかったような珍らしい景色を眺めて、だんだんと都会の方に近づいたのであった。

「こう行って、道を間違いないかや。」と、道が二筋に分れている処へ来ると、祖母は、注意深く立止って、孫に言うのであった。

「ああ分ってるだよ。」

「誰か、人様に聞いて見なくてもいいかや。」と、祖母は、安心が出来ないという風であった。少年は、こうしつこく言われるのをうるさがっていた。

「俺は、学校の運動会の時にも来たし、叔父さんに連れられても行ったし、よく分ってるだよ。」と、祖母に向って怒りぽく言った。

婆さんは、これを聞いてやっと安心したという様子であった。それからは、黙って孫に従《つ》いて歩いて行った。いよいよペ市に入ってからは、二人は、あまり話もしなかったのであった。二人は、あたりの雑沓《ざっとう》する有様や宏荘な建物や、奇麗な店飾りなどに見とれていた。そして、婆さんは、孫に案内されて、始めて停車場に行って汽車を見たのであった。其処《そこ》には、何処からともなく、思い思いの風をした男や、女が集って来る。大きな立派な停車場の中には、其等《それら》の人達でゴタゴタしていた。

「なあ、あの人達は、何処へ何用あって、ああして行かしゃるだか。」と、祖母は、孫に向ってたずねていた。

「おらあ、そんなこと知らねえ、なんでも遠方の町へ行くんだろう。」と、少年は、眼を輝やかして答えた。

其時、構内には、汽車が止っていた。そして、太い、短かい煙突から、赭《あかつち》色の煙を吐いて、うなっていた。赭色の煙はちょうど唐もろこしの毛のように縺《もつ》れ合って空に上っていた。

「あれが、汽車ちゅうのかや。」と婆さんは、眼を円《まる》くしながら眺めていた、四角な真黒い、いかにも頑丈そうな汽罐車には、金文字で1362という番号が浮き出してあった。そして、貨車には、何やらいっぱいに荷物が積まれ、その後方には幾台かの客車が繋がっていたのであった。婆さんの眼には、この文明が産出した機械が、さながら生きている魔物になって見えたことになんの不思議はなかった。

「お前、誰が、こんなに怖《おそろ》しげな魔物を造ったのか知っているか。」と、祖母は、たずねたのであった。

「人間が造ったのさ。」と、少年は、眼を汽車の方に向けながら答えた。

「人間ちゅうものは、何というう身の程を知らねえ馬鹿だかのう。いんまに、自分の造った、この魔物に命を取られるということが分かんねえだかのう。」と、祖母は嘆息していた。

この独り言をきくと、流石《さすが》に少年は、くすくす笑い出した。

「なあ、おばあや、そんなことはねえだよ。安心さっしゃい。叔父さんとこの水車場に据え付けてある製粉機も道理は変らねえだよ、人間が造ったのだもの、やはり人間の方が偉いにきまっている。」と、少年は、諭すように言った。

しかし、老婆は、この時、頻《しき》りに白い湯気を吐いて唸りつつあった、真黒な汽罐車から注意を他へ転じなかった。

「おらあ、気のせえか、この魔物が沢山（いかい）こと人間を食い殺すような気がしてなんねえだが……。」と、言ったのであった。

鼠色の労働服を着た男が、汽罐車内から外を覗いたり、出たり、また入ったりしていた。その男の体や、手が煤煙に染《そま》って、眼ばかり光っていた。

少年は、レールの上に、ガッシリと乗っている鋼鉄製の油で光っている車輪を神経質な眼付で眺めていた。たとえ人間の力がこれを造ったにしても、もはや、この大きな物体を一人や、二人や、三人の力でどうすることもできないと考えると、言い知れぬ圧迫を感じて、自然と憂鬱な気分に引入れられるのであった。

「よく、この汽車を覚えて置けや、沢山こと人間を轢殺《ひきころ》すような気がしてならぬ。」と、祖母が言った。

「おばあ……あっちへ行こうよ。」と、少年は何んとなく堪《たま》り兼ねたように、停車場の柵から離れようとした。

"1362" 少年は、汽罐車に刻み出してある数字を心の中で幾たびも読んだ。この時、太い、短い煙突からは、赭色のもろこしの毛のような煙が、溜息の声といっしょに吐き出されていた。

それから、二人は、市中を歩き廻わったのであった。

「あのぴかぴかと光る建物は、何んというお役所だか知っていねえか。」と、老婆は、少年にたずねた。

「あれは、お寺じゃねえかい。おばあには、あの光る十字架が見えねえのか。」と、少年は眼を高い屋根の上に注いで言った。

すると老婆は、慌てたように路上に立止って、十字を切った。

「どうか私達みんなの者の上に、幸福を恵んで下さいまし。」と、老婆は、熱心に祈《いのり》を捧げた。そして、それが終ると、安心したように、またとぼとぼと路《みち》を歩き出した。

けれど、少年は、もう沈鬱であった。

「あの大きな建物も人間が造ったのだ。しかし、一人の力や、二人の力で、動かすこともどうすることも出来やしない。もしあの大きな建物が倒れた時には、其の下になって、どれ程、沢山の人が死ななければならぬだろう。」

こう考えると、何を見ても彼の目の前に聳《そび》えたものは、自身の力では、どうすることも出来ない、圧迫を感ずるのである。そして、彼の心に沈鬱な感じを与えたのであった。

「あの立派な建物は何だや。」と、祖母は、また、立止って、時々、宏荘な建築物を指しては聞くのであった。

「おらあ知らん。」と少年は、気のない返事をした。そして、心の中で、あの汽車を魔物と言いながら、どうして、あの見上げるような、威嚇するような、怖しげな建物を見て、祖母はなぜ美しがったり、魂消《たまげ》たりしているのだろうと不審を抱かずには、いられなかったのである。

こうして、二人は、ここ、かしこ、ぺ市を見物して歩るいて、やがて村へと帰って行った。

それから、幾年目か、後のことであった。

あの時の壮麗な教会堂からは、野獣の吠えるような鳴音を立て、朝から夜になるまで鐘が鳴り響いていた。

恐怖は、人々の胸から胸に波打つ如く伝わり、異常な空気が国内を包んでいた日のことであった。そこに、村から、町から、子供や、老人や、女は、一列をなして、ペ市の停車場の方へと押寄せるのであった。

「私の息子をどうか渡して下さい。あの子は、平常《へいぜい》から病身なのです。たとえ戦場に行っても何にも役には立たないでしょう。あの子は、おとなしい子ですから、きっと驚きのために死んでしまいます。どうか、私の息子を帰して下さい。私は、どうしても、あの子を死から救わなければならない。」と、母親は、髪を振り乱して気狂いのようになって、叫んで行った。

「どうか、私共の大事なお父さんを帰して下さい。私共は、お父さんがいなくては、明日から何も食べないで餓死しなければなりません。」と、子供が泣きながら走って行った。

「妾《わたし》の可愛い、また妾を可愛がってくれた夫を戦地にやらないで下さい。」と、若い女が叫んでいた。そして、その女は、何かヒステリに口の中でつぶやきながら、其群集の中に混って行った。

「祖国を救え!」という言葉で宣伝をして、手足の立つ働き盛りのものは、こんど悉く召集された。その男達は汽車に押詰められて、すぐに戦地の国境に向って出発させられようとしたのであった。

停車場には、女、子供、老人がうようよとしていた。そして、出発しようとする汽車を取囲んでいた。

「私の息子を返して下さい。」

「お父さんを帰して下さい。」

「妾の夫を渡して下さい。」

群集は、口々に哀訴し、また、訳の分らぬことを言って、怒鳴りつづけていた。

その時、汽車は忙《せ》わしそうに煙を上げていたのである。一秒、一秒は、容捨《ようしゃ》なく経って、いよいよ出発の時刻が迫りつつあったことが、みんなの胸に意識されたけれど、権力で召集されたために、自分達の父でありながら、息子でありながら、愛する夫でありながら、自由に、自分等の手に帰ってくることが出来ないのであった。

剣を下げた、まだ年若い士官が、将校のいる控室に早足で報告に行った。老将校は、胸にいっぱい金銀で造られた勲章を下げていた。既に髪の半分白い、眼の落窪《おちくぼ》んだ、やはり剣を下げているこの指揮官の前にその士官は進み寄って、群集が汽車の進路を塞いでいるが、どうしたらいいのだということを告げた。

「どうしたら、いいでしょうか?」と、年の若い士官は言った。

老将校の眼は、急に輝きを帯びたのであった。そして、彼は、髯をひねって、しばらく遠くを見るような眼付で沈黙をしていたが、

「仕方がない、汽車を出せ!」と、言った。

「幾十人、幾百人を轢殺すかも知れませんが……。」と、年若い、士官は、ためらいながら言ったのであった。

「それは運命というものだ。祖国の危急には換えられない!」

この時、老将校の顔には、底気味の悪い感激の炎が走った。

「汽車を出してもいいでしょうか?」と士官は、なおためらいながら聞いた。

「出してもいい。」と、老将校は、怒りと焦立《いらだ》たしさに卓を叩いて、叱る如くに命令を下した。

いよいよ汽車が出発を知らせる汽笛が鳴り響いた。けれども群集は、汽車の周囲から去ろうとはしなかった。

汽車は動きはじめた。其時、老人は、汽車の窓に掴まったままぶら下《さが》って引摺られた。息子に別れるなら、このまま自分も此処《ここ》で死んでしまった方がいいと言って、飽迄動く汽車に捉《つか》まっていた。

子供は、「お父さん！　お父さん！」と、声を限りに呼んでいた。この切なる叫びを聞いたなら、たとえ彼等がいかに冷酷で、非情で自分達の手から、父を奪い去ろうとするものであっても思い止《とど》まって、汽車を停めるにちがいないと子供心にも思ったのであった。

また、女は、さながら、白い、柔らかな両腕で其の夫を抱く時のように、汽車の正面に立って両手を拡げて、熱苦《あつく》るしい、鋼鉄の汽罐車に飛び付いた。其の瞬間に、忽《たちま》ち重い車輪の下敷に彼女の小さな体はなって、骨の砕ける音がして、血は、線路の上に流れたばかりでなく、車輪を染めた。

この時、何者か、低い、しかし鋭い透る声で叫んだものがあった。

「もう俺達のなすべき手段は尽きたのだ。俺達は、人間自からの手で造った機械にも、また、築いた権力にも、抵抗することは出来なくなったのだ。仕方がない、俺達の体でこの汽車の進行を止めよう！」

みんなは、この言葉が終るか、終らないうちに、我れも、我れもと身を躍らして線路の上に自身の体を投げ付けた。忽ち、汽車の正面に人間の枕木が進路を塞いだ。

霊魂も、感情も有しない、ただ鉄と火で出来上がっている機械の暴力は果して、この幾百人幾千人の人間の骨と肉とを砕き尽して目的の地に向って進むであろうか？

この時、この群集の中に一人の青年があった。彼は、病身のために戦地には送られなかったが、そして、兄の後を慕ってやって来たのであったが、彼は、レールの上に身を投げかけて、死を待つべく瞑目していた。

ふと眼を開くと、空には、薔薇色《ばらいろ》の雲が花片《かへん》を撒き散らしたように飛んでいた。忽ち少年時代のことが思い出された。そして、祖母といっしょに長い田舎道を歩いて、ペ市から帰った時の光景などが浮んだのであった。

彼には、いま死を待つものにあるような心の動乱がなかった。何か夢を見ているような、沈んだ、悲しい、そしていかなるものに対しても同情深い心掛《こころがけ》であった。この時、女の鋭い悲鳴が、耳の鼓膜を破ろうとした。見ると、真黒な汽罐車が、長い長い陰気な箱を引摺って、人間の枕木を片端から轢き砕いて、喘ぎながら血の車輪を運転して、すぐに数間の彼方に来かかっていた。

其処からは、悲鳴の渦巻きが起った。この渦巻きの裡から“1362”のぴかぴか光る番号を見た時に、彼は、急に、恐怖と混乱とから気が遠くなるのを感じた。

しかし、彼の魂は、飛び上って死から逃れようと焦ったけれど、体は重く疲れきったもののように動かなかった。

彼は、この時、悪夢に魘《うな》されたような感じがした。一生を顧みて頭に残ったものは、僅かにこれだけであった。

Ⅵ　マレビトたち

悪　魔

一

道の上が白く乾いて、風が音を立てずに木を揺《ゆす》っていた。家々の前に立っている人は、何か怖《おそろ》しい気持に襲われているように眼をきょときょとしながら、耳を立てて、爪先で音を立てぬように、互《たがい》に寄り添って、耳から耳へと語り合っていた。

頃は四月であった。暗い曇った日の午後である。杉の木の闇には、羽の白い虫が上下に飛んでいる、ちょうど機《はた》を織っているようだ。沈黙の中に、何物かを待ち受けているように四辺《あたり》が静かだ。

「あなたは黒い男を……。」

と、顔の青腫《あおぶく》れのした爺さんが、四十二三の痩せた男に言った。

「いや、見ません。」といって、反身《そりみ》になった。青腫れのした爺さんは、爪先で歩いて、次の家の前へと進む。雪もないのに冷たい気が人々の肌に浸み込むようだ。訊かれた男は、盗むように爺さんを見て、

「見てたまるものか!」と、小声でいった。隣の家の前では、ヒステリー風の女が、爺さんに訊かれていた。

「お前さんは、黒い男を見ましたか?」といって、青腫れのした底から光る鋭い眼をきらつかせた。

「黒い男をですかえ。」と、ヒステリー風の女は眉毛のあたりに青い波を打たせて脅《おび》えるような声でいった。

「シッ、静かに、その黒い男を見ましたな。」と、青腫れのした爺さんは威《い》丈高《たけだか》になって、女を捕えようとした。

「見ません。見やしませんよ。」

「お前、それはほんとかい。」と爺さんは、極めて力の籠った、重い調子で言う。

「ほんとですとも……。」

爺さんは、その隣の家へと歩みを移す。ヒステリー風の女は怪しな笑いを洩《もら》した。

「気味の悪いこった。妾《わたし》は、盗みなんかしやしないよ。」と小声でいった。

爺さんは、耳の遠い、白髪《しらが》の婆さんを捕えてやはり同じいことを繰返《くりかえ》していた。

「黒い男。丈《せ》の高い、頭から黒い男だ。」

婆さんには、爺さんの言うことが分らぬらしい。爺さんも、これには弱っているようだ。

「なに、お前はもう好い加減の年寄だ。大丈夫だろう……。」といって、隣へと歩いた。

女も、男も、子供も、若い者も、年寄も、この爺さんの質問を受けた。中には、

「御苦労様です。」と、四辺を憚《はばか》りながらいったものもあった。爺さんには、この些細のことが嬉しく聞えたか、聞えぬか、それとも腹立たしく思われたか分らないが、知らぬ風で、家から家へと歩いた。

家数が五十に満たない、爺さんは、この村の村長であった。

「黒い男を見たものがあるというそうだ。」と、かのヒステリー風の女は、爺さんの姿が、

どこかに隠れて見えなくなった時分、ちょうど爺さんが、聞いて歩いたように次から次へと歩いて行った。

「黒い男を見た！」と、みんなが、口々に言い触らした。

「誰が？」

「誰だか知らない。あの女が言ったのだ。」

女は、髪が壊れていた。着物が汚れていた。帯は破れていた。色は白いが、歯は黄色かった。

「オイ、お前さんが見たのかい。」

と、例の四十男が、後から、これも足音を立てぬように従《つ》いて来て女に問うた。

女は、また例の怪しげな凄い笑いを見せた。

「嘘だよ。」と白々しく言った。

「なんで嘘なぞ言うのだ。人を吃驚《びっくり》させやがって。」

傍に聞いていた男も、

「なに、嘘だ、この阿魔《あま》め、人を驚《おど》かしやがる。」

と言うと、みんなは、駆け集って来て、ヒステリー風の女を擲《なぐ》った。

「この阿魔め！」

「この阿魔めが！」

二

青ぶくれのした爺さんは、そこここと歩いて、村中、一人残らず聞いて歩いていた。空は、次第に灰色を帯びて来た。

「厭《いや》な空じゃないか。」

「悪いことの起きる時は、こんなものだ。」と、家の前に立っていた人々が言っている。

「見たら、どうなるんだい。」と、心配そうに一人が聞く。

「オイ、見たのかい。」

「己《おれ》は見ないが、心配だから聞くんだ。」と臆病らしい若者が言う。

「隣村には三人とか見たものがあったということだ。他の者は、みな家に入って中から錠《じょう》を掛けて外へ出ないようにしていた、その三人の者は、村から外へ追いやられたということだ。」

「ヘイ、そんなら、三人はどうしただろう、のう?」

「多分、今頃は黒い男の餌食になったということだ。」

「殺されるもない。逢えば、体が、二日と経たぬうちに焼けて黒くなるということだ。」

「他《ひと》に移る病気かい。」

「知れたこっさ。顔を見ただけでも、影を見ただけでも死んじまうだから、ああやって、村長さんが聞いて歩いているのだよ。」と一人がいう。

この村に入る道は二筋しかない。東から入るのと、北から入るのとの二つである。どっちの道も曲折《きよくせつ》していて、真直《まつすぐ》に端《はず》れを望み得るものはない。どの方を見ても、こんもりとした杉の林が空に魔物が立っているように黒くなって見えた。

なんらかの不安が待ち構えているように、揺れていた木の枝まで動かなくなった。けれど白い羽虫は、上下に機を織っていた。

「オイ、この道から来るかも知れない。」

と一人が声を潜《ひそ》めて、仲間のものを見返る。仲間のものは、各自《めいめい》に竹槍と、山刀《なた》とを持っていた。今、物を言った一人は、本籠《もとごめ》の二連発銃を持っていた。

「顔を見られたら最後だ、なにか、先方が気の付かぬ工夫はないか知らん。」と相談した。

すると山刀を磨《と》いでいた男は、研石《といし》を下に置いて、

「黒い布で顔を包んではどうだ。」といった。

「なに？　自分も黒い男に化けるのかい？」

と、銃を持っている男が、それも一理があると言わぬばかりに問い返した。

「そうでないのだ。ただ、こっちの顔を隠すばかりなのだ。」

「じゃ、黒い布でなくともいいのだな。それは駄目だ、近寄って、触《さわ》りゃそれまでではないか。」

「そんなら、竹槍や、山刀では危険だね。」

「勿論《もちろん》、自分も死んで、その代り先方を殺す覚悟ならいいが、とても自分は助からない。」

「じゃ、貴方《あなた》一人に頼みます。銃は一挺《ちょう》しかないから……。」

と一人がいう。

「宜《よろ》しい、引受《ひきう》けた。ただ、どうして見張りをしようかと言うのだ？」各自は腕を組んで考えた。誰も、名案が浮ばなかった。すると四十男が、手を叩いて、

「好い思い付きがあった！」と声を低めた。

「ここで話することは悪魔に聞かれよう筈がない。さあ言いなさい。」四十男は、前の家を

指さした。そして、他には分らぬ手真似ですべて語った。ちょうどこの男は唖《おし》のようであった。そして、青ぶくれのした爺さんがするように最後に耳から、耳へと語り伝えた。

「それは面白い。」と銃を持った男が賛成した。

三

ちょうどミイラを黒い布で巻いて放り出したように、村の両端の、灰色の屋根に身動きをしない男が銃の筒先を出してあちらの森の方を覗いていた。村中は申し合せたように戸を閉めてしまった。ただ杉の木の闇に羽の白い虫が、倦《う》まずに上下へと機を織っていた。

道は白く乾いていた。屈折した道は白蛇の這うように、黒い黙った森へとつづいている。黒い森は笑っているように見えた。白い道は媚《こ》びているように動いて見えた。けれど、森も、道も、気味悪いなにものかに使われている悪魔の同類のように思われて、この白い道にも油断がならない。

沈黙は、夜までつづいた。次第に灰色が濃くなって来た。いつしか空の色が鼠色となった。そして重く下がって森の後に垂れた。次第にその幕《とばり》は、こちらへとなにものかの手によって運ばれた。やがてその灰色の幕は森の頭を撫でて、後方《うしろ》から前へと持って来られた。やがて森も隠れた。白い道を、一寸二寸と幕の歩みはこちらへと近づいた。幕の裾《すそ》の触れた後には、すべての色が死んで、一色の黒となった。

天地はいつしか黒色の勝利に帰した。

この夜、空には星の光が見えなかった。

四

赤錆の出たブリキ屋根の上には、生温《なまぬる》い日の光も当らない。鈍色《にびいろ》を放った雲が、その上を見下ろしながら過ぎた。煙突から出た煙は、何に憧れて行くやら、五寸ばかり一つの棒となって、煙突の口から突進したかと思うと、それが四方に散ってしまう。一片《ひとひら》は北に向って、一片は東に向って、見る間に、それらが影も形もなくなってしまう。その果敢《はか》ない煙の姿を上に映して、遅鈍《ちどん》なブリキ屋根は、悲しみもしなければ、憂えもしないようだ。

ちょうど悪質の石炭が燃えた時、赤ちゃけた煙が出たが、その煙の色をした赤い髪の少女《おとめ》が窓際で機を織りながら、遠くの空を眺めていた。一日たったたって、晴れもしない陰気な空でも、夕暮近くなると、北から風が出て、折々わずかばかり、雲切れがして、青い色を見ることがある。

青い色を、今日も当《あて》にして窓から見ているのであった。少女の傍には、他の少女が働いている。いずれも栄養不足で、色艶の好い女はない。手足を機械的に動かしている。瞳は一《ひと》所《ところ》にじっと坐って、青みを帯《お》んだ太い腕は力なげに動いていた。杉の木の闇で上下に飛んでいる羽虫のそれより無意味に、無気力に思われた。鼻が低くて丈が低い。顔は円《まる》い。申し合せたように無縹緻《ぶきりよう》の女ばかりだ。女の手足は、朝の七時に動き初まると、夜の十時にならなけりゃ止まない。汽笛が鳴ってばたりと止んだ時は、さながら、時計の螺旋《ねじ》が弛《ゆる》みきって、止まった刹那《せつな》のように気味悪く音もない。

窓を見ている女の瞳は、空の一所に止ったぎり動かなかった。そこから、灰色の雲が破れて、息の吹き通るような穴の出来るのを待っているようだ。折々、平常《へいぜい》聞きなれている、歌が耳に響いた。その歌は、気の抜けた石油のように火の付かない恋歌であった。

「お前さんの顔色は大変に悪いよ。」

と、白い腕を無意味に動かしている、顔の円い女は、窓を見た友に向って、極めて同情のない、だるい調子で言った。けれど、窓を見ている女は答えなかった。二十分も経ってから、

後にいた女が、窓を見ている女の横顔を覗いて、

「お前さん、気分が悪くないの。監督が先刻《さっき》から見ているよ。」その女の顔を見なくも、声で、顔の平らな、唇の薄い、眼の小さい、眼と眉毛の間の狭い女だということが判った。

窓を見ている女は、この女の問いに答えなかったが、監督がこっちを見ていると聞いたので、急に下を向いて激しく手を振り出した。死物狂《しにものぐる》いであることが判った。

五

三十分の後、女は暗い下の室《へや》の隅に竦《すく》んでいた。破れた煤《すす》けた障子が西向に、閉《しま》っていて、床は汚れた三畳敷の室であった。敷物も別になくてただ女は片隅に竦んだまま身動きをしなかった。これは先刻、窓を見ていた女である。いつも、青い雲切れのした空を見ると、身の苦痛を忘れてしまう。そして故郷の波の寄せる小松原の景色を想い浮べる。小松原で、小児《こども》の時分遊んだ日の光景《ありさま》などが活々《いきいき》と現われて来て、つらい、今の身を慰めてくれる。それを楽しみに、今日も空を見ていたのであった。つい三十分前までは……。

雪の深い、虚《うつろ》な渓底《たにぞこ》へ、吊されて下りたように悪寒《おかん》が身を襲って来た。頭の中で鉛を煮る

ように、熱く、重く、苦しくなった。手足の脈々《みゃくみゃく》は、飛び上るようにずきりずきり打ち初めた。耳は早鐘のように声高く乱打して、足は刎《は》ね上るように軽く、気味悪く宙へ浮き立つようだ。

「ああ、苦しい。」と、女は悶《もだ》え始めた。ガランガランと石炭を機関の下に投げ込む音がする。平常《ふだん》気に留めなかった機関の呻吟声《うめきごえ》が腸《はらわた》の底に響くように耳に附く。火が盛《さかん》に燃えて、釜の中で熱湯が煮えたぎる音と、釜の啼く音とが。女の苦しんでいると否とに拘わらず、傾《かし》がった煙突からは烟《けむり》が出て、それが思い思いに北に行き、南に行った。ある物は憧れて行くように巻き上り、ある物は空想を追って、這うように拡がってしまう。それらの異った考えを持った烟は、果敢なく永劫に消え失せてしまう。また烟の影を上に映す、鈍色のブリキ屋根は、永劫に冴えぬ顔をして遅鈍でいるのだ。

女は、もはや、こうやって居られなくなった。転がって苦しんだ、けれど誰も来てくれる者がない。あちらで石炭を投げ入れている若者のけはいがするが、こちらに来る筈がない。二階で、絶えず織っている機の響《ひびき》。こればかりは聞き慣れているが、時々、この響の聞えぬ静かな所に行って見たくなる。もうこの響に聞き飽きた。眼が醒めるとこの響を聞くが、眼を閉《つむ》る時までこの響を聞かなければならぬ……。死んでしまって静かな所へ行ったなら、この響は聞えぬだろう。……

女は、せめてこの苦しみを慰めてくれるものは、あの青空よりないと思った。青空を見るたび、しばし胸の苦痛を忘れて、昔の夢を見るのが習《ならい》となった。今、この苦しみを忘れるものは、青空を見るより他にない。けれどこの身体の例えようなき苦しみが果して、あの青空で慰められるか否か分らない。女はいくたびか立って障子に縋《すが》ろうとした。足がふらついて立てなかった。

心で、青空を見た時の心持を想像して見た。白い綿のような軽い雲が黒い重い雲の下を行く。見ていると次第に重い黒い雲が薄くなる。すると二つに裂けて、青い所が現れる。……故郷の、青い波の寄せる小松原を思い出す。松原の端《はずれ》には、一条の鉄道線路が通っている。その線路には踏切番の小舎《こや》がある。小舎には爺さんがいて、汽車が通るたびに白い旗を出す。……四辺の景色が目に見えるようだ。

女は、三たび立ち上ろうとして下に倒れた。もはや空想することも出来なくなった。眼が眩《くら》んで来た。頭の中が乱れて来た。咽喉《のど》が乾いて酸《す》い物を飲みたいと気が焦り出した。障子も見えなくなれば、畳も見えなくなった。四方から、鼠色の壁が倒れかかって自分を圧《お》し潰《つぶ》そうとしているように思われた。もう石炭を投げ入れる音も、機関の呻吟も、青い空も小松原もなにもない、ただ苦しまぎれに室の中を転げ廻った。顔の色は、黒くなって、身体は火の付いたように燃え始めた。

煤《すす》けた破れた障子と、外側に廻《めぐ》らした亜鉛《トタン》の垣との間はわずかに三尺ばかりしかなかった。女の苦しみ悶える声が途《みち》の上に聞えた。

暗い、静かな午後、村は人通りが杜《と》絶《だ》えて、黒い男の横行を怖れて戸を閉めてしまった。

……

烏は、寺の林で悲しげに啼いている。

六

強度の石炭酸と、石灰と、他に劇薬の入った罎《びん》を持った、医者と、警官と人夫と先に立ち、後から青ぶくれのした村長が考え顔をしながら織物会社へやって来た。

黒く目の潰れた畳を、苦しまぎれに引掻《ひっか》いた、女の爪からは血が流れていた。髪は乱れて、瞳は開いて大きく、歯が折れるほど噛み鳴らした、歯茎からは血を噴き出していた。

人夫は、暗い室の壁に石灰水と石炭酸を撒《ま》き散らした。警官は閾《しきい》の上に靴のまま突っ立っ

ていた。監督の男は女の黒髪を摑んで、室から引き摺り出して、手を石炭酸で洗った。医者は、一寸《ちよつと》女の眼瞼《まぶた》を引返《ひつくりかえ》して見て、

「これは、直《す》ぐ避病院《ひびよういん》へやらなけりゃならん。」と言った。

眼の三角形な険《けわ》しい顔付《かおつき》の監督は、憎々《にくにく》しそうに女を横目で睨んだ。

「いよいよ三週間ばかり休まなけりゃならなくなった。」

と、傍にいた青ぶくれのした村長に向って言った。

重苦しい機関の響が聞えて来る。鼻を劈《つんざ》く石炭酸の臭いは、室の中に込み上った。障子に浸みた消毒水の痕《あと》は、外の暗くなりかかった灰色の空の色を染《にじ》ませていた。暗いランプが二階に点《とも》った時分女は戸板に乗せられてこの会社の門を出た。二階からは、鼻の低い女、薄ぺらな唇の女、円い青い顔の女らが顔を出して見送っていた。中の一人が、なにやら甲高《かんだか》な声で言った。すると二三人の女の顔が、崩れて笑った。

監督が叱ったと見えて、一時に女共の顔は引込んだ。そして硝子戸《ガラスど》が落ちた。ランプの輝きが見えた。

女は白い毛布を頭から掛けられて、亜鉛の垣に添うて、寺の方へと道を行った。先に警官と医者が立ち、傍に村長が付いて行った。女は毛布を払って、空を見ようともしなかった。

ちょうど、その時、寺の栗の木の頂《いただ》きが破れて、青い空が見えていたのに。

村長は、黙って女の傍に付いて、下を向きながら考えて歩いた。警官と医者とは、時々話をした。戸板が村を出て、広い田圃《たんぼ》の細道にかかった時、女はわずかに眼を見開いた。もう、人の顔がわずかに分った頃であった。荒涼たる雑木林が悲しみの色に薄黒く浮き出ていた。

村長は、女に向って、

「お前さんは、黒い男を見たろう。」と聞いた。

女は、体を揺られながら、聞いたので、或いは聞き違いでないかと思って、村長の問いに答えなかった。青ぶくれのした村長は、少し前屈みになって、同じことを小声で聞いた。

「お前は、黒い男を見たろう。」

女の耳には、そういったことが聞かれたのだ。けれど、意味が分らなかった。女はやはり聞き違いでないかと思って答えなかった。女はなぜ、臥《ね》ている自分に、耳に口を当てて訊いてくれないものかと思ったけれど、村長は前へ少し屈むのも、またこうやって傍に付いているのも危険に思ったから、耳へ口を付けるなどは思いも寄らぬことであった。

それぎり、村長はこのことを女に訊かなかった。

女は、苦しみながら、村長の言ったこと、「黒い男を見なかったか。」といったように、思われた意味について考えた。自分が、窓を見ていた時、途を歩いて来た黒い男を見たようなことはなかったかと心に問い返して見た。はっきりと眼に浮ぶものは、雲切れのした青い空の色！　その下を通じた白い道のかなたから、黒い男の歩いて来たようなことはなかったか？

風に晒《さら》された石灰が壁板《したみ》の下に固まって落ちていた。家の中はひっそりとして冷たい気が領していた。避病院が、今頃、戸が開けられて人の入ったことは例がなかった。

七

今まで石の下に隠れていた古来からの迷信が復活《よみがえ》った。家々の門《かど》の柱に赤い紙や、鮑《あわび》の殻《から》などを吊した。まだ花の咲くに間のある北国の、曇った空の下に吹く風が寒かった。赤い紙を頼りなげに吹いていた。

「お前さんは、黒い男を見なかったか。黒い男が歩いているそうだ。」

と、いう恐怖は、村から村へと口やかましく言い触らされた。

勿論《むろん》、余り開けていない、山と山との間の村の出来事であった。黒い男を殺してしまうという考えもなくなってしまった。とても、その男は殺されるものでない。むしろなにかの祟《たた》りででもあろうかと言うので、今日は、村で……祈禱があるという。

悪疫《あくえき》の版図《はんと》は五十村に渡った。疱瘡《ほうそう》のように細かな腫物《はれもの》が全身に吹き出ると、焼けるように身体が燃えて、始めは赤くなった。終《つい》には黒くなって死ぬといった。

患者は、あの村でも死んだ、今日この村でも死んだという風にあった。避病院へは後から後からと送られた。

道が白く乾いて、空は曇っていた。村の石屋の前には角な石が重ねられたり、立てかけたりしてあった。石の上に、早咲《はやざき》の梅が散って、一片《ひとひら》、二片、附いているのが、春らしくもない、つまらなそうに見えた。

風が吹くと、門に差してあった枯れた笹の葉が鳴る。葉の色は全く枯れて白ちゃけていた。

寺の鐘が、枕に附いている病人を揺起《ゆりおこ》すような調子で鳴っている。厭な、鈍い、死ということを思わせる音であった。

恐怖と不安と、迷信とが村を占領した。

「お前さんは、黒い男を見ましたか……。」

鐘の音が、まだ鳴っている。

僧

何処《どこ》からともなく一人の僧侶が、此村《このむら》に入って来た。色の褪《あ》せた茶色の衣《ころも》を着て、草鞋《わらじ》を穿《は》いていた。小さな磬《かね》を鳴らして、片手に黒塗《くろぬり》の椀《わん》を持《もっ》て、戸毎《こごと》、戸毎に立って、経《きょう》を唱え托鉢《たくはつ》をして歩いた。

其《そ》の僧は、物穏かな五十余りの年格好であった。静かな調子で経を唱える。伏目になって経を唱えている間も、何事をか深く考えている様子であった。眉毛は、白く長く延びていた。頭にはもはや、幾たびか、雨に当《あた》り、風に晒《さら》されて色づいた笠を被っている。短かい秋の日でも落付《おちつ》いて、戸毎、戸毎に立って家の者が挨拶をするまでは去らなかった。羽子《はね》の衰えた蜻蛉《とんぼ》は、赤く色づいた柿の葉に止《とま》っては立《た》ち上《あが》り、また下《お》りて来て止《とま》っている。磬《かね》の音は穏かに、風のない静かな昼に響いた。昵《じっ》と僧は立止《たちどま》って、お経を唱えている。

此《こ》の僧を見た人は、「またお坊さんが村へお出《いで》なさった。」といった。家《いえ》の中《うち》からは、「お通り。」という声がする時もあった。其時《そのとき》には、僧は静かに其《そ》の家の前を立去《たちさ》った。また或《ある》時《とき》は「出ない。」と、子供の声で怒鳴《どな》る時もあった。其時《そのとき》にも僧は静かに其《そ》の家の前を立《たち》去《さ》った。また或時《あるとき》は、若者の声で「通れ。」と叱《しか》り付《つ》けるように言う時もあった。其時《そのとき》にも僧は、やはり穏かに其家《そのいえ》の前を立去《たちさ》った。一軒の家を立去《たちさ》れば其《そ》の隣の家へと行って、同じ穏かな調子で経文《きょうもん》を唱えた。磬《かね》の音はゆるやかに響いた。何事をか考え、何事をか、其家《そのいえ》に祈っているように、白い長い眉は、瞑黙した眼の上に見られた。圃《はたけ》には、赤く枯れたかぼちゃの蔓《つる》や、枯れ残った草の葉に、薄い、秋の日が照る時もあった。

一時、此村《このむら》には、隔《へだた》った町から移って来た人などもあって、其等《それら》の人々の中には、病身《びょうしん》勝《がち》な者や、気の狂っている者もあった。秋も末になると寒い風が吹く。村の木立《こだち》は、何《いず》れも西北《にしきた》の風に、葉が振《ふる》い落ちて、村の中《うち》が何となく淋《さび》れて来た。藁屋の、今迄、圃《はたけ》の繁りや、木の枝に隠れて見えなかったのが、急に圃《はたけ》も、森も、裸となって、灰色の家根《やね》が現われ、其《そ》の家の前で物を乾したり、働いている人の姿などが見えた。

弱い日の光りが、雲に浸《にじ》んで、其等《それら》の景色をほんのりと明るく見せていたかと思うと、急に風が変って、雨が降って来る。晩方《ばんがた》にかけては、空は暗くなって、霰《あられ》や、霙《みぞれ》なども混《まじ》って降って来た。圃《はたけ》の畦《うね》には白く溜《たま》って、枯れた草の上も白くなった。風は、益々《ますます》加わって、家々は、早く戸を閉めてしまう。此時《このとき》、僧は何処《どこ》へ去るであろうかと思わしめた。

明る日《あくひ》は、外は白くなっていた。空は不安に、雲が乱れていて、もはや雪の来る始めの日であることが分った。昼時分《ひるじぶん》、やはり何処からともなく僧は村に入って来た。或長屋《あるながや》の角に立って、磬《かね》を鳴らして、霙混りの泥途《ぬかるみ》の中に立って、やはり眼を閉《つぶ》って経を唱えていた。

家の中から、女房《かみさん》の声がして、

「さあ、上《あげ》ますぜね。」といって、つづいてぱらぱらと穴銭《あなせん》の、黒い托鉢《たくはつ》の中に落ちる音がした。やがて、女房《にょうぼう》の姿は、家の中に隠れてしまう。外は、寒い、荒風が吹いて、西北《にしきた》の方から黒雲《くろくも》が押し寄せて来た。僧は、落付《おちつ》いて、何時《いつ》までも立って、経を唱えていたが、やがて其家《そのいえ》の前を去ったのである。

斯様風《こんなふう》に、此《こ》の僧は、毎日、毎日、村を歩き廻った。十日も続いたかと思うと、何時《いつ》しか何処《いずこ》にか去って村へ来なくなった。村の人は何時から此の僧が来なくなったかを知る者がない。多分、他を廻っていて、此村《このむら》へは来ないのだろうと思った。其《それ》から、一年経って来る時もあった。また二三年経って来る時もあった。

誰も、此《こ》の僧の年を取ったのを見分《みわけ》るものがなかった。何時《いつ》、見る時も、曾《かつ》て、此村《このむら》に来た時と同じい年頃に見受けた。其《そ》ればかりでなく、身形《みなり》も余り変《かわ》っていると思った者がない。或時《あるとき》は、秋から冬にかけて、僧は此《こ》の村に入って来た。或時《あるとき》は、春の初めに入って来た。其《そ》の来る時は定《きま》っていなかった。

然《しか》るに、或年《あるとし》のこと村に斯様《こんな》噂が立った。

「あの僧侶《おしょうさま》は年を取らない。あの坊さんが来ると、きっと此村《このむら》で一人ずつ死ぬ。誰か死ぬ時に、あの坊さんが来る。」……

誰も、此の噂を信じたものがなかった。

春の初め、何処《どこ》からともなく此《こ》の僧が村に入って来た。其時《そのとき》、再び此の噂が持上《もちあが》った。この噂からして、村の或者《あるもの》は、来るたびに僧に銭をやったものがある。或者《あるもの》は、僧が来ると戸を閉めて留守を装《よそお》っていた。十日《とおか》許《ばかり》すると僧は、何処《どこ》にか此村《このむら》を去ってしまった。

村の者は言い合った。

「坊さんは来なくなった。昨日も来なかった。一昨日《おとつい》も来なかった。」

「ちょうど今日で五日来ない。」

此時分《このじぶん》から、始めて僧の来たり、去ったりするのが村人の注意に上《のぼ》った。僧が去ってから、十日経たぬうちに村に事件が起《おこ》った。村端《むらはずれ》に住んでいた年若い男の狂人《きちがい》と母親の二人が同時に死んだことだ。此の二人は其筋《そのすじ》から僅《わず》かばかりの給助《きゅうじょ》を得て日を送って来た。村の人々も此の母親を憫《あわれ》んで物品《ぶっぴん》を恵んだ。昔は、武士で殿様から碌《ろく》を貰っていたが、後《のち》になって公債《こうさい》の金で細く暮している内、狂人《きちがい》の父親は死に、息子は十五の時発狂して今日迄其儘《そのまま》となっている。何時《いつ》しか公債は費《つか》い果《はた》してしまった。母親の親戚は町にあるというが、来て顧《かえり》みてくれる者もなかった。気狂《きちがい》は、時々、檻《おり》を破って外に逃げ出した。頭髪《かみのけ》は垢染《あかじみ》て肌色の分《わか》らぬ程黒くなった顔に垂《た》れ下《さが》って、肩の破れた衣物《きもの》を着て、縄の帯を締《し》めて裸跣《はだし》で、口の中《うち》で何をか囁《つぶや》きながら、何処《いずこ》ともなく歩き廻り、外に遊んでいる子供を驚かした。

雪のまだ降らない、秋の末の日であった。子供等《こどもら》の群《むれ》は、寺の墓場に近い、大きな胡桃《くるみ》の木の下で遊んでいた。十五六を頭《かしら》に八九歳を下に鬼事《おにごと》をやっていると、彼方《あっち》から、

「オイ、英語を知っているか、己《おれ》が教えてやる。」と叫《わめ》きながら、とぼとぼと来かかったものがあった。見ると、長い頭髪《かみのけ》は肩に垂れて、手に細い杖《つえ》を鳴しながら、鋭い眼を見廻して

来るのは、村で知らぬ者がない狂人《きちがい》であった。是迄《これまで》、幾度となく刃物を持出《もちだ》したということ、自分の母に斬り付けようとして、母が、戸の外に逃出したことを見たり、聞いたりして知っている子供等は声を上げて我れ先にと逃げ出した。中には後《おく》れて泣《な》き叫《さけ》んだものがあった。此事《このこと》が村に広《ひろま》った時、四五人の者は、母を憐《あわ》れんで、この狂人《きちがい》の捜索に出た。其夜《そのよ》、寺の林で取り押えて再び檻を修繕して裡《うち》に入れたという。

西の夕焼《ゆうやけ》が紅く、寺の墓畔《ぼはん》に立つ胡桃の木の枝を染める時、此《こ》の景色を見た子供等は、きっと狂人《きちがい》のことを思い出して話し合った。

村の人が、此《こ》の狂人《きちがい》親子の惨死《ざんし》を遂《と》げているのを発見した時、短刀で、我が児の咽喉《のど》を突《つき》貫《とお》して、自分が其《そ》の死骸の上に折《お》り合《かさな》って自殺を遂げていた母を見た。外には、吹雪《ふぶき》がしていた。陰気な光線は戸の隙間を洩《も》れて、此《こ》の火の気すらなかった家《うち》を悲しげに照していた。何一つ道具らしいものはなかった。死ぬ時まで、内職をしていた燈心《とうしん》が、黒い、傷の付いた板の辺《ほとり》に散っているのを見た。

其《そ》の血は青い色をしていた。其《そ》の燈心の白は、色を抜き取った色の如く、見る人の心を茫《ぼう》然《ぜん》たらしめた。

或《あ》る一人はこういった。一昨日《おとつい》の大吹雪に傘も差さずに急いで町の方から、狂人《きちがい》の母親が帰って来るのを見た。鼻緒の弛《ゆ》るんだ下駄《げた》は雪に埋《うま》って、指は紅く凍《こご》えて、見るからに血の枯れた白髪は風に吹かれて傷ましげであった。

村の人々は、何故《なぜ》、母が子を殺して自殺したかを疑った。此上《このうえ》他人に迷惑をかけまいと思ってか？　饑《うえ》と寒さに堪《た》え兼《かね》てか？　中にはこう言ったものがあった。昔は武士の家庭に育った娘だ。是位《これくらい》の決心はあるだろうと。其《そ》の者の言った言葉は、其処《そこ》に立会《たちあ》っていた者に、花の時代を思わしめた。曾て二十、十八九の時分《じぶん》、此《こ》の老婆は……と様々《さまざま》の幻想を描かしめた。其《それ》も束の間であった。今、目の前に、見るに堪えぬ死態《しにざま》をしている。衣物《きもの》は、薄い単衣《ひとえ》で、其《それ》すら、破れた肩を幾度となく継いであった。

他《た》の一人は、やや違った解釈をした。其《そ》れは、何時《いつ》、年老《としと》って自分が死ぬか分《わか》らない。自分が死んだ後、誰が此《こ》の狂人《きちがい》の世話をしてくれる者があろうか。其《それ》より、自分の手にかけて殺し、自分も直《すぐ》に其後《そのあと》を追ってやはり、死んでからも親子であるという考えからやったことだといった。

何故かこの一言は、其処《そこ》に居た一同を涙ぐませた。村の人は丁寧に二人の死骸を埋葬してやった。

或年《あるとし》の夏、何処《いずこ》からとなく、僧が此村《このむら》に入って来た。

今は、此《こ》の僧が来ると、誰か一人此村《このむら》で死ぬのでないかという疑《うたがい》を抱かぬ者はなかった。

曽て誰やら言った噂を気にせない者はないようになった。

「また、あの坊さんが来た。」と人々は気味悪い眼で僧を眺めた。

子供等は群《ぐん》をなして、僧の後《あと》に従《つ》いた。其《それ》も二三間《げん》隔って互《たがい》にひそひそと話合《はなしあ》った。

「あの坊さんが来ると人が死ぬんだと。」七ツ許《ばか》りの女《おんな》の児《こ》が言うと、

「あの坊主に石を投げてやればいい。」と乳飲児《ちのみご》を負《おぶ》っていた子守《こもり》が言った。

斯様風《こんなふう》に、村の人は、此《こ》の僧を遠ざけようとして、或《あ》る者は、村の家々を一軒毎《ごと》に言い触れて歩いた。物をやるから此村《このむら》に入って来るのだ。何もやらなけりゃ、此村《このむら》に入って来ない。決して物をやってはならないと言い触れた。中には迷信的に坊さんを有難《ありがた》がっている家もあったが、物をやって、却《かえ》って村の者から悪《にく》まれるようでは馬鹿《ばか》らしいと言って、坊さんが来ても知らぬ振《ふり》をしていた。僧は、常の如く、家の前に立って穏かな口調で経を唱えた。磬《かね》の音はゆるやかに響いた。戸の隙から、一寸《ちよつと》覗いて見ると、やはり眼を閉《つぶ》って何事をか念じているように、太い、白い眉は、何処《どこ》か、普通《なみ》の僧でないという感じを抱かせた。知らぬ振《ふり》をしていても僧は何時《いつ》までも此家《このいえ》の前を去らなかった。迷信家の女は、胸を躍《おど》らせ

て、極めて小さな声で、

「お通り下さい。」と言った。赫《かっ》と顔が熱《ほて》って、心臓がどきどきした。何となく、女は済まぬような気がした。

この極めて小さな言葉も、僧の耳には、はっきりと入ったが如く思われた。僧は静かに此《この》家《いえ》の前を去った。

此時《このとき》は、村では僧に何も与えたものがなかった。けれど僧は毎日此村《このむら》を歩いた。一軒残らず家の前に立って、常の如く経を唱え、磬《かね》を鳴《なら》した。物をやる者はなかったが、僧は務めの如く毎日村を托鉢し歩いた。其《そ》れが十日もつづくと、飄然何処《ひょうぜんいずこ》ともなく姿を隠してしまった。

村の人は、誰しも僧が来なくなったと思い、此後《このご》が暫《しば》らく不安だと感じないものはなかった。

「やっと坊さんは来なくなった。」と心の上に置《おか》れた重い石を取《と》り除《の》けられたような気持《きもち》で一人がいった。

「暫らく、不安心だ。」と一人は、噂に、動かし難い力のあることを感じて言った。

「文明《ぶんめい》の世《よ》の中《なか》に其様《そんな》ことはない。」と、強《し》いて文明は、何物をも怖しく見せるものでないと、自分の心を文明の二字でまぎらわせようとした。

此《こ》の三人の会話は、

「暫らく経《た》ちゃ分《わか》る。」という落着に終《おわ》った。

誰が最初、斯様《こんな》噂をし始めたのかと詮義《せんぎ》した。けれど此《こ》の噂は出所が分《わか》らずにしまった。

僧が去って、五日と経《たた》ぬうちに此村《このむら》で不幸があった。

人々は今更の如く顔を見合った。

死んだ人は、五十五の男だ。彼は長らく踏切番《ふみきりばん》を務めていた。北の海岸から走って来た電信柱は高低《たかひく》に南へと連《つらな》っている。彼は、鈍色《にぶいろ》の光線が照り返っているレールに添うて淋しい野中《のなか》の細道を見廻った時、彼の水腫《みずぶくれ》のした体は、紺《こん》の褪《さ》めた洋服を着て、とぼとぼと歩くたびに力の入っていない両手は、無意識に動揺した。

怪物が叫《わめ》いて、静かな、広い野を地響《じひびき》を打《うっ》て来た時、眠っている草、木、家は眼醒《めざ》めた。黄色な窓から頭を出している者で、踏切番の小舎《こや》の前に立《たっ》て白い旗を出していた此《こ》の男に眼を止めたものがあろう、或者《あるもの》は、黙って見て過ぎた。或者は唾を吐いて過ぎた。中には哀《あわれ》な老人だ。何様《どんな》暮《くら》しをしているものだろうと考えながら過ぎたものもあろう。

男は、余り口数をきかぬ性質《たち》であった。長らく中風《ちゅうふう》に罹《かか》っていて左の手と耳が能《よ》く働《はた》らかなかった。家《うち》に居ると、何という木か知らぬが、赤い実の生《な》っている植木鉢を日当《ひあたり》に出して水をやっていた。此《こ》の男の死ぬ前の日も此《こ》の赤い実の生っている木に水をやっていたのを見たものがある。

男は、どんよりと曇った朝、近傍《きんぼう》の川に釣《つり》に出かけた。青い水は足の許《ところ》まで浮き上っていた。其《それ》を見詰《みつ》めているうちにぐらぐらと眼が暈《まわ》って来始《きはじ》めた。此処《ここ》は河だと考えたが、急に畳の上にでも居るような弛んだ気持になって、其儘、倒れると水を呑んで悶掻《もがい》たが、死んでしまった。

村人が、男を引上《ひきあげ》に行った時、草の繁っている蔭に、手足を縮めて、円《まる》くなって、溺《おぼ》れている男を見た。顔は青白く、短かい髭が顎《あご》に生えている。生きている時と、色艶の悪いのには格別の変《かわ》りがなかった。

其《そ》れからというもの、此僧《このそう》の来るたび毎《ごと》に必ず村に人の死ぬことにきまっていた。

月日は水の流るる如く過ぎた。其《そ》れも今では昔の話となった。此村《このむら》にも幾たびか変遷があった。或年《あるとし》の大水に田畑が荒らされてから村を出て他《ほか》に移った者が多い。或《ある》は、町へ出、或は他の村へ行った。

今は僅かに三軒の家が此村《このむら》に残っているばかりである。此村《このむら》は、小さな村で一方は河に遮《さえぎ》られ、往還から遠く隔っていて、暗い、淋しい、陰気な村である。古い大きな杉は村の周囲に繁っている。少し明るくなっている圃《はたけ》には、桑が一面に黒い、大きな掌《たなごころ》のような葉を日に輝かしている。

三軒の家は、二軒は並んで此《こ》の桑圃《くわばたけ》の中《うち》に立っていた。一軒は暗い森の中に建っていた。二軒の家には貧しい人が住んでいる。他《ほか》の者が町へ出たり、他《た》へ移ってしまったのに、自分《じぶん》等《ら》は其《そ》の力がないといって、まだ此村《このむら》に止まっているのだ。森の中の家は、昔から、此村《このむら》での財産家であった。家は古く、大きく、屋敷には幾百年も経った古木《こぼく》が繁っている。此家《このや》の人は如何《いか》なることがあっても、其の屋敷から移るようなことがなかった。

窓の余り沢山付いていない大きな家の内は湿気に満ちていた。日の光りを透さずに、枝と枝とが交《まじ》えて、空を塞《ふさ》いでいる。白い幹が赤い幹と交って突立《つったっ》ているのが目に入った。此《こ》の家に出入《でいり》する者は、或《あるい》は、大きな蛇が、枝に絡み付いて、雀《すずめ》を的《ねら》っているのを見たといった。また、此《こ》の森の奥にある家へ入って行くまでには、森の下を歩いて種々《いろいろ》な見慣ぬ虫を見たといった。家に入って、此家《このいえ》の人に話をする時は、此《こ》の家の人の顔が青白く見えて気味が悪いと言った。また此《こ》の家には、代々《だいだい》病人が絶えたことがないと言った。

此家《このいえ》には、三十二になってまだ嫁にやらずにいる娘がある。娘は子供の時分から、此《こ》の暗い家から外に出されずにしまった。ただ森に当る風の音を聞いたばかり。音なく降る雨を見たばかり。雲が切れて、青い空が僅かに森を透《とお》して見えることがあった。夕暮《ゆうぐれ》になると何処《どこ》からともなく鳥が此《こ》の森に集《あつま》って来て啼《な》いた。其《そ》の啼声《なきごえ》を聞いたばかり。娘は自分の家に使っている黄銅《おうどう》の湯沸《ゆわかし》や、青い銹《さび》の出た昔の鏡や、其他《そのた》、総《すべ》て古くから伝わっていた器物以外《いがい》に眼を娯《たのし》ましたような、鮮かな緑、活々《いきいき》とした紅、冴《さ》え冴《ざ》えしい青、其他《そのた》美しい色のついた品物を持って見なかった。

金があるというばかりで、家の内は陰気であった。古《ふるく》からあった一挺《ちょう》の三味線は、娘の子供の時分までは、よく母親の弾いた音を聞いたが、或年《あるとし》の梅雨の頃、其の三味線の胴皮《どうかわ》が、ぼこぼこに弛《たる》んで音が出なくなってから何処《どこ》へか隠されてしまった。勿論《もちろん》、張《は》り換《かえ》るような処が此の近傍《きんぼう》になかったからでもあろう。其《それ》からというものは、家の内は常に寂然《ひっそり》としていて笑い声すら洩れなかった。最も其《そ》の三味線を弾く時、母親の歌った声は、まだ娘の耳に残っている。其《そ》の歌は、其頃《そのころ》、よく分《わか》らなかったから覚えている筈がない。ただ歌の調子が、いかにも哀れっぽい、怨《うら》めしい、陰気な、形容が出来ないが、調子は忘れ難い印象をとどめている。何《な》んでも母が、まだ若くて頭髪《かみ》も黒く、艶《つや》かで、白い顔を少し横に向けて、三味線を抱えて庭の方を見ながら歌った。青い木の葉が、ぼんやりと夕暮の空気の中に浮き出ていた。

娘は、まだ十八九の頃は、物思《ものおも》いに沈んだことが多かった。其頃《そのころ》は、赤い色を懐かしく思った。また折々《おりおり》子供の時分に聞いた三味線の調子を思い出して、耳に、戦《ふる》い付《つ》く其《そ》の怨めしいような歌の声を考えた。

「何処《どこ》へ、あの三味線は行ったろう。」と探して見た。けれど遂に見付けられなかった。其頃《そのころ》は、晩方《ばんがた》、森に来て啼《な》く鳥の声を聞き、青い空を見、月の光りを見ると、海を見たいと思ったこともあった。また或時《あるとき》は誰人《たれびと》かに待たれるような心地がした。

今は、身に白と黒の色があるばかりで、赤も青も、紫もない。もはや昔のように黒い家の窓から外を覗いて、虚空《こくう》に細かな縞《しま》を織るように風に動いている森を見て空想《おもい》に耽《ふけ》るようなことがない。心は冷《つめ》たい石となってしまったかと思われる程、身形《みなり》に構わなくなった。色の青白い顔に根の弛んだ髪は解けて肩のあたりまで散りかかっている。身には女らしい赤や、紫の色は着いていなかった。女は稀《ま》れに窓から顔を出して夕空《ゆうぞら》を覗うことがあるけれど、其《そ》れがために何物をか恋い、憧がれてほっと顔を赤くするようなことがない。ただ冷《ひや》やかに笑った。其《そ》の笑いは世を嘲笑《あざわら》い、人を嘲笑うのでないかと思われるような冷《つめ》たな、白々《しらじら》しい笑いであった。

娘の母は、もはや白髪の老婆《ろうば》となっている。この老母《ろうぼ》は、出入する者に言った。

「娘は病気だから、そう大きな声を出したり、笑っておくれでない。」と、して見るとこの女は病気であるのかも知れなかった。

黒く空に聳《そび》えた森は、この家を隠している。さながら、此《こ》の家を守っているように見えた。稀にしか此《こ》の家へ出入するものがなかった。森に居る小鳥の他何《ど》うして家の内の其等《それら》の人はいるかを知らなかった。


二軒並んでいる一軒は、平常戸《へいぜい》を閉めて女房《かみさん》は畑に出ていない。夫《おっと》というのは旅商人で、海岸を歩いて隣の国の方まで旅をして多くは家にいなかった。山の多い国を旅する者は、海に従《つい》て行《ゆ》かねばならなかった。海に臨んだ処には村がある、町がある。其等《それら》の潮風の吹く町や、村に入って、魚の臭《におい》、磯の香《かおり》を嗅いで商《あきな》いする。町には白い旗が、青い海を背景に飜《ひるがえ》っているものもあった。裸体《はだか》で赤銅色《あかがねいろ》に日に焼けた男や女を相手にして、次の村から村へ、町から町へと歩き、いつしか国境を越えて隣の国へ入った。其様風《そんなふう》で夫の留守の間、女房《にょうぼう》は畑に出て野菜を耕《たが》やしている。此《こ》の小さな、軒《のき》の傾いた家の前を通った者は、いつも此《こ》の家の戸が閉っていたのを見た。別に訪ねて来る人もない。夏の盛りに、真黄《まつき》に咲いた日廻草《ひまわりそう》は、脊《せ》高《たか》く延びて、朝日が、まだ東の空をほんのりと染めた間際に東を向いて開いたかと思うと、日が漸々上《ずんずんのぼ》って、南へ南へと廻る時分には、此《こ》の大きな黄色の花輪《かりん》は、中の太い蕊《しべ》を見せて、日を追い始める。日輪《にちりん》が正午に近づいた頃には、花は緑色の葉を日光に輝かして、さながら汗ばんだように銀色の光を反射して、ぐんなりと頭を日に向《むか》って垂れている。曈々《とうとう》たる日輪はたるんでいる大空を揺《ゆれ》つつ動いた。長い真昼の間、花の咲いている家は戸が閉っていた。やがて日輪が桑畑に傾いて地平線が血のように紅く色づき黒く聳えている森に赤色《せきしょく》の光線が映《えい》ずる頃になると日廻草の一部は蔭って、花は尚《なお》も執念《しゅうね》く奈落に落ちた日を見ようと、地を向いて突立《つった》っていた。

北国《ほっこく》の夏の空は、暮るると間もなく濃紺に澄み渡る。星は千年も二千年も前に輝いた光と同じく、今宵始めて、此世《このよ》を照すように新しく、鮮やかに、湿《しめ》っぽい光は草の葉の上や、藁家《わらや》の上に流れた。

虫の啼く、粗壁《あらかべ》の出た、今一軒の家には老夫婦が住んでいた。爺《じい》は老耄《ろうもう》して、媼《ばあ》は頭が真白《まつしろ》であった。一人の息子が、町の時計屋に奉公していて、毎月、少しばかりの金を送って寄来《よこ》した。其《それ》を頼りに細い烟《けむり》を上げていた。老夫婦は家の周囲《まわり》には少しばかりの野菜を植えていた。別に売る程の物を取るのでない、ただ其《それ》を取って暮《くら》していた。初秋の風が吹いて、唐辛《とうがらし》が赤くなると、昼間でも、枯枝《かれえだ》の落ちた蔭で虫が啼いた。空は水のように青く冴えて、北へと雁《かり》が飛んで行くのが見えた。

朝起きて、取り残した赤い唐辛の傍《そば》に行って見ると、昨夜《ゆうべ》、霜が下りたと見えて、僅かばかり出た青い葉が白く凍えていた。

弱い日の光りが、薄赤い荒壁《あらかべ》に当っているのを見ると此の村の盛衰が思い出された。

毎年のように、他国から薬売《くすりうり》が此村《このむら》に入って来たものだ。まだ此《こ》の小さな村が洪水《おおみず》で荒されない前、此《こ》の桑畑に人家《じんか》が幾軒もあった頃、まだ此《こ》の村の人が町や、他《ほか》へ移って行かなかった前までは、人家も可《か》なりあったので、其《そ》の薬売は、毎年夏になるとやって来た。彼等は、日本国中、何様《どんな》小さな村でも見舞わずに通り過ぎることがなかった。今年、或家《あるうち》に黄色な薬袋《くすりぶくろ》を置《お》いて去ると、来年、忘れずに其《そ》の家を見舞って、古いのを新しいのと取り換えて行った。立去《たちさ》る時に、家の人に振向《ふりむ》いて、

「また来年《らいねんき》来ますから。」と言った。

其《そ》の薬売が、来年になって其《そ》の家《うち》へ来た時、昨年取次《とりつぎ》に出た婆《ばあ》さんは、昨年の秋死んでしまって、居なかったこともあった。

然《しか》るに其《そ》の薬売は、何《ど》うしたか、はや二三年も前から此《こ》の村を訪れなかった。其《そ》の他《た》、毎《まい》年《ねん》のようにきまって此《こ》の村に入って来た繭買《まゆかい》や、余《ほか》の物売《ものうり》なども来なくなった。其等《それら》のものが来なくなったと同時に、いつしか毎年のように来た、彼《か》の僧も来なくなった。この村に長らく住んでいる老夫婦のものは、今でも彼《か》の僧を記憶している。色の褪《さ》めた衣《ころも》を着て、笠を目深《まぶか》に被って家々の前に立って、経を唱え、磬を鳴らし托鉢に歩いた姿を忘れはしない。また、

「あの坊さんが、村に入って来ると、きっと誰か死ぬる。」と云噂《いううわさ》のあった事をも忘れはしなかった。

風が吹き、雨が降り、雪となって、年は暮れ、此村《このむら》が、今の有様《ありさま》となるまでに十余年の月日は流れた。中風症《ちゆうふうしよう》の、踏切番人《ふみきりばんにん》が溺死《できし》してから、此村《このむら》に幾たびの変遷はあったが其《そ》れ以来、彼《か》の僧は稀に此村《このむら》に入って来て托鉢をして歩いたが、人々が少《すく》なくなって村が衰微《すいび》してから全く来なくなった。もはや幾年となく来ないので、漸《ようや》く昔話となった。或《あるい》は何処《どこ》かで此《こ》の僧は横死《おうし》を遂げたのでないかと思われた。而《そ》して再び此《こ》の僧が、此村《このむら》に入って来るなどとは考え

られなかった。

然るに突然十年目で此僧《このそう》が托鉢にやって来た。

中にも老夫婦の者は眼を白黒して驚いた。もはや自分等の死ななければならない時が来たのかと悲《かな》しんだ。二人は、一夜《や》、こういって語り合った。今では此村《このむら》に住んでいる者は、暗い森の中の家《うち》と私共と、隣の女房《かみさん》の家《うち》ばかりだ。たった此《こ》の三軒を当《あて》にして、坊さんが此村《このむら》に入って来なさるとは合点が行《ゆ》かない。やはり今日来た坊さんは昔来た坊さんだろうかと婆《ばばあ》が言った。

既に老耄している爺は、此《こ》の時ばかり気が確かであった。而《そ》して断言した。

「十年前に来た坊さんだ。同じい坊さんだ。」夜は暗く、小舎《こや》の軒に迫っていた。耳を傾げて家《うち》の中の様子を立聞《たちぎき》しているようだ。

「あの時分の坊さんなら、もっと年を取っている筈だ。」と婆がいった。

爺は、少しも変《かわ》った処がない。身形《みなり》から、様子から、その時の儘《まま》であると語った。

婆さんは悲しんで、次のようなことを小声で物語った。

きっと今度死ぬのは私等《わたしら》でない、あの森の中の家《うち》の娘さんだと思う。先頃、一寸見《ちょっとみ》た時に真青《まつさお》な顔をしていた。私は、死人の形相だと思った。漆《うるし》のような髪は顔にかかって眼が落ち窪んで、手足が瘦せて、其の姿を見た時戦慄《ぞつ》とした。私は、もはや長くないと思った。きっと坊さんのお出《いで》なされたのは、彼《あ》の娘を迎いに来られたのだと思う。

静かな、暗い夜であった。白髪の婆さんと向《むか》い合って、歯の抜けた頭の禿《は》げた爺《じい》さんが坐っていた。暗いランプは、家の内を心もとなく照《てら》していた。

バラバラと窓に当る音がした。けれど婆さんは聞き付けずに尚《な》お語り出した。

「彼大水《あのおおみず》のあった時より、あの悪病《わるびょう》の流行《はやっ》た時が怖《おそろ》しかった。どうして此村《このむら》は、人が長く落付《おちつ》かないだろう。私共も早く悴《せがれ》が一人前となって、店でも出すようになったら、町へ越して行きたいものだ。」

「あ、雨が降って来たな。」と耳を傾けていた爺が言った。

「暮方《くれがた》西の方が、大変に暗かった。静かな晩だから降るかも知れない。」と婆《ばばあ》が言った。

暫らく爺《じじい》と婆《ばばあ》と対《むか》い合《あ》って黙っていたが、外で雨の降る音がしとしとと聞えた。

「なんで坊さんは、此村《このむら》にばかり来るんでしょう。」と不審に堪えぬという風で、婆《ばばあ》が言った。

「何、此《こ》の村の者が死に絶えてしまうまでやって来るだろう。」

といって、爺《じじい》は眼を瞑《つぶ》ったまま下を向いて言った。

僧侶は二三日此村《このむら》を托鉢して歩いたが何時《いつ》しか何処《どか》にか去った。老夫婦は、暗い森の方を見るたびに、近いうちに柩《ひつぎ》があの森の中から出るだろうと語り合った。独り留守をしている女房《かみさん》は、遠く、海の鳴音《なりおと》の聞《きこ》える北の方《ほう》に思いをやって、夫の身の上を案じていた。土の色は白く乾いて、木の葉は大抵落ちた。圃《はたけ》に残った桑の葉は、黒く凋《しぼ》んだ。天地は終日《ひねもす》音もなく、死んだように静かであった。


「雪が、間近に来る。」

と爺《じじい》は戸口に出て、物を取り片づけながら言った。

空にはただ白い、昵《じっ》として動かない雲が張り詰めていた。森も、家も、圃《はたけ》も、頭から経《きょう》帷子《かたびら》を被ったように黙って、陰気であった。

この総《す》べて音の死んだような極めて静かな日に老夫婦に知らせが来た。町の時計屋に奉公している息子が急病に死んだ――と。

日没の幻影

人　物

第一の見慣れぬ旅人
第二の見慣れぬ旅人
第三の見慣れぬ旅人
第四の見慣れぬ旅人
第五の見慣れぬ旅人
第六の見慣れぬ旅人

第七の見慣れぬ旅人
白い衣物《きもの》を着た女

時　代
現

遥かに地平線が見える。広い灰色の原には処々に黄色い、白い、赤い花が固《かたま》って、砂地に白い葉を這って、地面から、浮き出たように、古沼に浮いているように一固り宛《ずつ》、其処此処《そここ》に咲いている。少し傾斜して一軒の小舎が此の広い野原の左手に建っている。ちょうど赤錆の出た箱のようで、其れに付いている蓋の錠が錆び付いて鍵はいつしか失われたもののように、一つの窓があるが、閉《しま》っている。夕日はその閉った窓の上に、其の赤黒い小舎の上に落ちている。

第一の見慣れぬ旅人　この広い、果しのない沙原。疲れているように、物憂いように、あのゆるい波の如く、病的の発作のように波動をしている地平線を見よ。ああ曲線の果なくつづいている地平線の彼方へ、私は歩いて行くのだ。幾日も、幾日も、ただ独りで話しするものもなければ、また眼を楽しますものもない。（足許を見廻して）此の黄色な花、何という色の褪《あ》せたような花だろう、此の白ちゃけた沙原に咲いて、沈黙の裡に花を開いて、やがては萎《しぼ》んでしまう花だもの、誰が此の花を心して見るものがあろうか。空を飛ぶ鳥も、稀に小さな黒い影を此の沙原に落すことがあっても何等の音もしない。ああ、この白い花、硫黄に晒《さら》されて、すべての色の死んでしまった後の白い抜殻のようだ。ああ、この紅い花、私は、鶏の肝臓を切った時に出る血の色を思うような赤い色をしている。或時は、全く是等の草花も咲いていない、沙原ばかりを歩いて来た。

第二の見慣れぬ旅人　私もやはり、そうであった。而《そ》して、遥かに黒い物を見た時は、其れが何んであるか分らなかった。日の光りが弱って、沙原の上を黄色く染めていた。ちょうど熱病を患った時、セメンを飲んで、天地が黄色く見える其の時のように、悩ましげに見えた。其の弱い日の光りの中に黒い物を認めた時、最初私は木立であるかと思った。

第三の見慣れぬ旅人　木立……あの、夢のように立っている黒い杉の木か……いや杉の木か何んだか分らない。まあ杉の木のように、もっと葉の軟《やわら》かなような、色の緑色の箒を立てたように鬱《こん》然《もり》とした、而して日の弱い光りを浴びて蠟のような、燐の燃えるような、或時は尼が立っているとも見え、或時は、人が立って黙想に耽っているとも思われ、或時は、薄気味悪い杉の木の立っているようにも思われた……（第二の旅人の顔を覗く。力なげな様子である。）

第二の見慣れぬ旅人　そうであった。私も、其のような木立を見た。筆を立てたような、さながら魂《たまし》いでもあって、此の疲れた沙漠を歩いている魔物のような、しかし、静かに、音を立てずに抜足して歩いているような木立であるかと思った。

第一の見慣れぬ旅人　私も其のような木立を見た。（頭を廻《めぐ》らして）あ、日が大分遠くなった。此処では、其のような黒い木立を認めることも出来ない。

第三の見慣れぬ旅人　然し此処は窪地である。少し高い処へ上がったら、きっとあのような黒い杉の木が、うねりうねって緩やかな波をうっているような沙漠の中に処々立っているのが見えるだろう……（足先にて立って）こうやったら見えるか知らん……。

第二の見慣れぬ旅人　ハハハハ。（と笑う。その声も広い沙漠の中で時ならぬ沈黙を破るように聞えた。）其様なことで、此の沙原の遠方が見えると思われるのか……。

第三の見慣れぬ旅人　こういう沙漠にあっては三寸の高さでも余程《よほど》違うものだ。たとえて見れば（彼方を指して）あの沙の小高くなっている蔭になって一寸《ちょっと》、黒い木立の頭が覗いていたとする。吾等は、何とも思っていない。其が一足高い処に上ると、はっきりと木立の根許まで見えるようなことがある。誰でもこういう沙原を旅した人の経験する所である。

だから、変化のないようで、やはり此の疲れた沙原にも変化を求めれば、何等か求められるものだ。けれど、こういうような変化を求めても、人は黙って心のうちで頷《うなず》き、承知しているばかりで口に出して言うものでない。何となれば言うのが物憂いのだ。

第二の見慣れぬ旅人　そういうことは誰にもある。心に思っていて、どうしても口に出して言うには、余りに物憂過るようなこともあるものだ。殊《こと》にこうやって毎日単調な旅をつづけている吾等には……。

第一の見慣れぬ旅人　（第二の旅人に向って）まあ、其の話は、それとして、あなたは、其の黒い物が木立であるまいかと思ったといわれた……それが……。

第二の見慣れぬ旅人　ああ、私は、まさしく地平線に日の光りを浴びながら、憂鬱の色を更《あらた》めずにいる黒い木立であると思いました。而して其れを目標に疲れた足を早めました。すると黒い物が漸々《だんだん》近づいて、其れがやはり人間であるように思われた。私は、其で、先ず大声を立てて呼んで見る気になった。其処で呼んで見た。（第一の旅人の顔を見守って）あなたも随分疲れている。……あなたは、大海原に向って呼んで見たことがありますか。波が岩を打つ音と石を転《ころが》して、引き退る潮の音とが不断に響いている海岸に立って、大声で叫んで見たことがありますか。

第一の見慣れぬ旅人　あります。而して胸の苦悶を晴《はら》そうとしたことがあります。
第二の見慣れぬ旅人　其の声は大きく立ちましたか。
第一の見慣れぬ旅人　海というものは盲目ですね。無神経ですね。私は、其の時そう思いました。小さな人間の努力が何になりましょう。私は腹立しくなりました。而して海を罵ってやりました。けれどまた其が何の役に立ったとも思いません。ただ私の咽喉が痛んで、声が立たなくなったに過ぎません。
第二の見慣れぬ旅人　やはり、此の大きな広い沙原に対しても其の通りです。海は、動いて、轟いて、騒々しくて、人間の叫ぶ声が聞えませんが、此の広い沙漠の裡にあっては、沈黙が人間の声を吸い取ってしまうのです。怖しい沈黙！
第三の見慣れぬ旅人　ああ、吾等は何処へ行くのだろう……。（溜息す。）
第二の見慣れぬ旅人　（第一の旅人を見て）あなたは私の声を聞き付けずにいられた。
第一の見慣れぬ旅人　けれど遂にいっしょになった。
第三の見慣れぬ旅人　私は、あなた方が休んでいる間に追い付くことが出来た。
第一の見慣れぬ旅人　三人は何等の約束もなしにこの沙原で出遇った。
第二の見慣れぬ旅人　そして此の不思議な窓の閉《しま》っている小舎の前に立った。

第一の見慣れぬ旅人　ああ日が暮れる。地平線が黒くなって、空が黄色くなった。
（何となく、一帯に日暮方の景色となる。）
第二の見慣れぬ旅人　（進み寄って、小舎の壁板を叩く。）何の応えもしない。此の小舎の裡には、闇が鎖《とざ》している。其の闇は、腐れている。其の闇の底に死骸が横《よこた》わっている。死骸は、自分の上を掩《おお》うた此の小舎が壊れて、落ちて、自分を沙原の中に埋めてくれるのを待っている。何故というに空虚の中に横わっているのを不安に思っているからだ。死骸が土に埋《うま》った時、時間から、空間から全く逃れたのである。腐れた死骸が、空気に晒《さ》されて空間を占め、時の流れに横わっている間は、死骸も亦《また》不安を感ぜずにはいられないのだ。
第一の見慣れぬ旅人　あなたは、此の小舎に人が死んでいると言われるのですか。
第二の見慣れぬ旅人　人の死骸があるばかりでない。毒草が腐れた床から、壁の間から延びて闇の中に黒い厚い葉を拡げているのだ。
第一の見慣れぬ旅人　私は、そう思わない。此の小舎の中には何もない。もはや此の家に住んでいた人が此の寂寥の小舎を見捨ててから長い間経ったと思う。ただこの小舎の中にあるものは冷えた空気ばかりである。音のない隙間を洩るる光線の戦《おのの》きばかりである。而して、床の上に其等の人々が使っていた瓶や、罎や、食器が転っているばかりだと思う。

第三の見慣れぬ旅人　私は、今夜此の小舎の軒に泊る。而して疲れた足を休めたいと思う。
第一の見慣れぬ旅人　どうせ果しのない旅だ。私は、昼となく夜となく歩いて行こう。
第二の見慣れぬ旅人　大空に穴の明いたように、瞬きのしない眼のように怪しく闇に洩るる星の光りが、ちょうど此の単調な沙原の上に降る時、（第三の旅人の顔を覗き込んで）あなたは淋しいとも、怖しいとも思いなさらぬか。この、窓の永遠に閉った小舎の軒下に寝ていて……そうじゃ、若《も》し窓が開いたら、あなたは死ぬのじゃ……。
第三の見慣れぬ旅人　窓が開いたら、死ぬって？　……
第二の見慣れぬ旅人　窓が開いたら、死ぬって？（第一の旅人の顔を見る。）
第一の見慣れぬ旅人　開かぬ。決して開かぬ。開いたら奇蹟じゃ。（第三の旅人の顔を見る。）而して真夜中の沙原を吹く風が氷のように肌を冷すと思っている。（眼を転じて第二の見慣れぬ旅人を見て）私等二人は、兎に角歩きましょう、こうやって昵《じっ》としているのが堪えられぬ怖しさを覚える。昵としていると沈黙が息を止めるように覚える。歩いているうちがまだしも心が休まるような気がする。
第二の見慣れぬ旅人　私も、そう思う。ただ、考えたくない。何とか手足を動かして気がまぎれるようにしたい。

第三の見慣れぬ旅人　私は、この小舎の軒で静かに寝て夢を見たい。眼が醒めたら、星を見て未来を考えたい。――死骸が横わっているという――古い瓶や、壜が転っているという――私は昔の古い夢を見たい。怖しい悪魔の夢を見たい。

第一の見慣れぬ旅人　何故、怖しい夢を――懐かしい夢を見たいと言われぬのか……。

第三の見慣れぬ旅人　どちらも見たい。私は詩人である。

第一の見慣れぬ旅人　あなたは詩人ですか。（驚いた風にて、第三の旅人の顔を見る。）

第三の見慣れぬ旅人　（得意な面持にて）詩も作れば、楽器に合せて歌もうたいます。

第二の見慣れぬ旅人　詩人には怖しいものも、柔《やさ》しく見えるということだ。吾等の怖れている自然力、不思議な運命、悪魔も、さだめし柔和な笑を顔に浮べて近づいて接吻することだろう。（別れを告げんとし、第三の旅人に向い）今夜を平和に送りなさい。

第一の見慣れぬ旅人　私共は、先へ参ります。御機嫌よう。

（第一の見慣れぬ旅人、第二の見慣れぬ旅人、相顧みて沙原を歩いて、地平線を望んで行く、日は既に奈落に沈んで、ただ淋しげに紅く微笑む黄昏の空の色。）

第三の見慣れぬ旅人　（小舎の窓に歩み寄って叩く。）古い記憶にあるような古びた小舎。私だ。私だ。どうか窓を開けてくれ。而して、私に中を覗かせてくれ。……悪魔！　悪魔！

私は、暗い奥を見たいのだ。私は秘密を知りたいのだ。而して、窓が開いて、中から黒い毒気が洩れ出で、私の息を止めて、死んでも私は満足である。懐しい追懐！　懐しい追懐！　どうか此の秘密の窓を開いてくれ。中に洩れる明るい鮮かな光線の戦いてるのを見せてくれ。怖しい闇の力でも、柔しい追懐の匂いでも、私は、兎に角此の窓の戸を開けて見たいものだ。（けれど、小舎の中から何の応えもなかった。）

第三の見慣れぬ旅人　もう全く日が暮れてしまった。ほんの仄白く沙原が見えるようになった。夜が地平線から、頭を出して此方を覗いている。赤い夕焼は次第に彼方に、追いやられてしまった。夜が、漸々此方に歩いて来る。（背中の包を下《おろ》して、袋の中から、マンドリンを取り出す。）自分の弾くマンドリンで自からを慰めて来たが……（指で撫でて見て微かな音を立てる。）私が、今悲哀の一曲を奏でたら、誰か聞くだろうか。やはり、聞くものは自分ばかりである。（マンドリンを弾くことを止めて、小舎の壁板に立てかけて）ああ、暫らく眠るとしよう。（旅人体を窓下の沙上に横えて眠る。）

……（間）……

（天地全く薄明となって、旅人の顔がほんのりと白く見えるばかり。此時、窓が、さながら秘密の口の開くように次第に開きかかる。見ている間に、漸々開いて、小舎の片隅に四角な暗い穴が出来た。此時、白い衣物を着た女が窓の際に現われる。胸より下は隠れて、胸より上が現われる。頭髪を長く後に垂れて、僅かに顔の白いのと衣物の白いのとが薄暗の裡にほんのりと見えるばかりだ。）

白い衣物を着た女　（白い花弁を撒き散す。雪のように白い花弁は眠っている旅人の上にかかる。）よく旅人は眠ってしまった。楽器を捨てて、手を投げ出して、あの疲れた心臓から洩れる息の音が、此の静かな薄暗に鼓動をうって聞きとれるようだ。（間）日も奈落へ沈んでしまった。此の旅人は、再び沈んだ日の登るのを見ない。永遠に此の旅人は眠りから醒めない。昔から、此の窓の下を通る者で、此の窓を開けようと試みたもの、また覗いて秘密を見ようと思ったものは、皆な命を落してしまう。……この小舎を古びた腐れたものと思い、誰も住んでいないと思うもの程、愚かなものはない。まあ、この小舎は、ちょうど此の沙原を通る旅人の命を取るために長《とこし》えに解《わか》らない謎となって、この沙漠に建てられた小舎だということを知らない。私の、いつまでも姿の若いのは、生きた旅人の命を吸い取るからである。私の、頭髪のいつまでもこう長く、黒いのは、生きた旅人の血をすするからである。私の顔の、いつまでも美しいのは、旅人の中の詩人に恋いせられ、慕われるからである。空を過る星も私の顔の美しいのに見惚れた。何という私の性質は残忍であろう。其の慕い、恋する詩人の命も手を触れるとすれば取ってしまう。これが私の生れつきだから仕方がない。（白い衣物を着た女は、また窓から、白い花弁を眠れる旅人の上にふり撒く。）心地よく、冷かに、此の旅人は眠るだろう。（白い衣物を着た女姿を隠す。暗い窓は、また音なく次第に閉って、もとのままとなる。）

……（暫らく死せる如き沈黙）……

（此時、数人の旅人の一群、各々手に裸蠟燭を点して来かかる。）

第四の見慣れぬ旅人　ここに倒れている者がある。

第五の見慣れぬ旅人　この小舎は気味の悪い小舎だ。

第六の見慣れぬ旅人　窓が閉っている。窓の下に倒れているのは、眠っているのだろう。

第四の見慣れぬ旅人　何んだか見覚えのあるような小舎だ。（蠟燭を翳《かざ》して）けれど、誰も住んでいないと見える。

第七の見慣れぬ旅人　（蠟燭にて倒れたる旅人の顔を照して）この歌うたいは、何処かで見たように覚えている。

第六の見慣れぬ旅人　(手にて倒れたる旅人を揺り起す。) や、(驚いて) 此の歌うたいは冷《つめた》いぞ。

第四の見慣れぬ旅人　死んでいるのか。

第七の見慣れぬ旅人　この歌うたいは、Xの町を幾年前かに通ったことがある歌うたいに似ている。(蠟燭にて死せる人の顔を照して) たしかに此の男だ。毎日、Xの町を歌をうたってマンドリンを弾いて歩いた。其のうち、或る家の寡婦と恋に陥った。なんでも此の歌うたいのうたって歩いた歌を覚えている。(少し考えて) なんでも……或る古物商の丁稚は色白だ。古い、紅と青に色彩《いろど》った瓶を落して破《わ》って泣いている。というようなあどけない歌であった。其のうち此の歌うたいの姿が見えなくなった。

第五の見慣れぬ旅人　其の歌うたいに相違ないか。

第七の見慣れぬ旅人　保証は出来ぬが、その歌うたいによく似ている。

第六の見慣れぬ旅人　毒でも飲んで死んだのだろうか。

第五の見慣れぬ旅人　頓死したものとも思える。

第四の見慣れぬ旅人　よくあることだ。

第六の見慣れぬ旅人　また、今夜も夢見がよくない。

第五の見慣れぬ旅人　夜が、長くなった。
第七の見慣れぬ旅人　此の旅人を葬ってやりたいものだ。
（旅人の一群は倒れたる歌うたいを取り巻いて暫時思いに沈む。此時、日の沈んだと反対の地平線から、赤い月が上った。その色は地震があるか、風が出るか、悪いことのある前兆と見えて、頭痛のするように悩ましげな赤い不安な色であった。）
第五の見慣れぬ旅人　あの、月の色を見い。
第四、第五の見慣れぬ旅人　あの、月の色は……。
（一同月の方を振向いて不安の思いに眉を顰《ひそ》む……沈黙……。）

（幕）

薔薇と巫女

一

家の前に柿の木があって、光沢《つや》のない白い花が咲いた。裏に一本の柘榴《ざくろ》の木があって、不安な紅い花を点した。其頃から母が病気であった。

村には熱病で頭髪《かみのけ》の脱けた女の人が歩いている。僧侶の黒い衣を被《き》たような沈鬱な木立がある。墓石を造っている石屋があれば、今年八十歳の高齢だからというので、他に頼まれて盲目縞の財布を朝から晩まで縫っている頭巾を被った老婆が住んでいる。

彼は、多少学問をしたので迷信などに取り付かれなかった。腐れた古沼には頭も尾もない黒い虫が化殖《ふよけ》るように迷信の苔が此村の木々に蒸しても、年の若い彼は頓着しなかった。

然るに或夜、夢を見て今迄になかった重い暗愁を感じて不快な気持から眼醒めた。


曾て来たことのない沙地の原へ出た。朧ろに月は空に霞んでうねうねとした丘が幾つも幾つもある。

全く道に迷うたのである。月の光りに地平線を望むと、行手に雲が滞っていて動かなかった。尚おも歩いて行った。月の光りは一様に灰色な沙原の上を照らしていて、凹凸さえ分らない。幾たびか踏み損ねて窪地に転げた。けれど勇気を出して起きては歩いて行った。ただ行く手には、同じいような形の円い沙の丘が連っていた。足許を見ると其処、此処に一個宛《ずつ》夢のように色の褪めた花が咲いている。白でもない。青でもない。薄黄色な倦み疲れた感を催させるような花であった。其の黄色な花の咲いている草の葉は沙地に裏を着けていた。葉の色さえ鮮かでない。

単に葉は漠然として薄墨色に見えた。其の花は、何の花であるか名を知らないが、海の辺《あたり》に咲いている花の種類であると思った。

此の沙原の先は海ではあるまいか。

暫らく、道の上に立って、遠くに響く波音を聞き取ろうとした……何の音も聞えて来ない。人も来なければ、犬の啼声もしないのである。

けれど彼は、足に委《まか》せて行ける処まで行こうと思った。いつしか細い道は、何処にか消えて、自分は道のない沙原を歩いている。

二

ふと、彼は、此時清水の湧き出る音を聞き付けた。此の沙原に清水のあることが解った。水の音は何方からともなく聞えて来る。耳を左に傾ければ左の方に当って聞えた。其の方へと歩んで見ると、水の音は、どうやら右の方に当って聞える。地底から湧き出て、沙を吹き上げる泡立つ音は、さながら手に取るように聞えて来る。其時右の方に歩みを変えた。すると水の音は、後方になって、次第に遠ざかるようにも思われた。

彼はただ此の泉を見出しさえすれば、また自分の行くべき道が其処から見出されると考えたのである。必ず此の泉の辺りに来た人は自分が始《はじめ》てな訳ではない。既に幾人も此の泉を汲んだであろう。其等の人々の踏んで来、踏んで去った足跡は、自然、微かな道となって、此の仄白い月の下に認めることが出来るだろう。

此時、月は雲に掩われた。一面に沙原は薄暗くなった。而して月を隠した雲の色は、黒と黄色に色彩《いろど》られて、黒い鳥の翼の下に月が隠れたやうに見えた。

身に悪痛《(いた)》みを感ずるような寒気が沙原に降る。怖《おそ》れと愕《おどろ》きに何れの方角を撰ぶという余裕がなかった。彼は闇の中に幾たびか躓《つまず》いた。そのたびに柔かな沙地に跪《ひざまず》いた。最後に、急な崖から転倒した。刹那に冷汗が脊に流れた。自分では深い、深い谷に落ち行くような気がしたが、不思議に怪我もせずに沙の中に倒れた。

彼は、倒れたまま空を仰ぐと、月は、黒雲を出て以前と同じように沙原を照らしている。其処も同じく沙地であったが、丘が見えない。平な沙地が、地平線の遠くにまで接している。南の方と思われた。雲の裾が明るく断《き》れて、上は濃い墨を流したように厚みのある黒い線を引《ひい》ている。

さながら、其の地平線に咲き出た花のように、一輪の花が眼の前に頭を擡《もた》げている。

彼は、十歩余りで、其の花に近づくことが出来た。其れは病めるような此の朧ろ月の下に咲いた黄色な薔薇の花であった。

此時、水を探《たず》ねたように香を嗅ごうと焦った。而して花に鼻を触れて見たけれど、花には何の香というものもない。

誰か造り花を此の沙原に来て挿したのではあるまいか。

急に、南の風が吹いて来た。明るく一直線に雲断れのした空は物凄かった。南の風は、人間若《も》しくは、是に類した死ぬべき運命を持った生物の、吐く息のように生温かであった。急に頭が重くなって眼が暈《まわ》るように感じた時、眼前に咲いた黄色な薔薇の花は、歯の抜けるように音なく花弁が朽ちて落ちた。

三

この夢の与えた印象を忘れることが出来ない。

何となれば、母は間もなく死んだ。

彼は、此時から「前兆」ということを考えた。今迄迷信と思って居た世の中の不思議な話が事実あり得べきことのようにも思われる。而して終《つい》には霊魂の不滅というようなことも信ぜぬ訳には行かなくなった。彼は寺の傍を通る時は、きっと何か考えて歩いた。夜、独り戸外に出る時は、きっと或る一種の不安に心が曇るのを覚えた。而して眠る時も、枕を東にするか西にするかと惑うようになった。

而して、人に遇うたびに不思議な怖しい話を知らないかと聞いて迫った。人が其様な怪談をする時には、きっと彼の顔は青ざめて、窓の外に誰か自分を待っているように体をもじもじさせながら怪しく眼が輝くのが常であった。

彼の友達は、彼を神経病だと言い始めた。

或年の夏もやがて過ぎんとする時、此の青葉に繁った村へ一人の若い巫女が入って来た。自からは其の女を見なかったが人々の噂によれば、眼が黒く大きくて、頭髪が鳶色《とび》に縮れていて頬が紅かったという。けれど此村の人で其の巫女を見た者は真に僅かばかりに過ぎなかった。

子供等が桑圃《くわばたけ》の中で、入日を見ながら遊んでいると黒い人影が、真紅《まっか》に色づいた彼方の細道を歩いて来た。其れが此の巫女であった。巫女は子供等に向って隣村へ出る道を聞いたそうだ。

ちょうど此時、村の或る一軒の家で、娘が大病に罹《かか》っていた。命がとても助《たすか》らないと知って親類の人々が此家に集っていた。一室の裡は簷《のき》に垂れかかった青葉の蔭で薄暗かった。何となくしんめりとして水を打ったようであった。病める娘は、痩せ衰えて、床の中から顔を出していた。もはや、眼を見開いて、人々の顔を探ねる程の気力もなかった。既に意識は遠くなって、霊魂は此の現実の世界から、彼の夢の世界へ歩いていた。

人々は、心配そうな顔付をして互に黙って独り此の世を離れて行く、娘の臨終の有様を見守るばかりであった。


巫女は、脊に小さな箱を負って村を通った。娘の叔母がこれを見付けて家に連て来た。其時は、もはや娘は眼を閉じて最後の脈が打ち収めた時であった。一室の裡には、母親が泣き、妹が泣き、親類の人々も泣いて、娘の枕許には香が焚かれて、香りが冷かな夕暮方の空気に染み渡って、青い蠟燭の焰が風もないのに揺れるように思われた。

窓からは、木々の青々とした梢を透して夕焼の色が橙色《オレンジ》に褪めかかっている。

巫女は、死んだ娘を呼び戻すと言った。而して枕許に坐って呪文《じゆもん》を唱えた。人の魂いまでも引付けるような巫女の顔は、物凄くなって、見ている人々は顔を反《そむ》けたという。刹那、地震が地球を襲って家を揺った。人々は驚きの瞳《め》を見張ると死んだ娘は、深い溜息を吐き返した。而して閉じた眼を大きく見開いて、床の上に起き直って昵《じっ》と母親の顔を見て物を言おうとした。母親は、喜んで娘に抱き付いた。而して、

「オオ、息を返してくれたか。助《たす》かったか。」といって、余りの嬉しさに娘の顔を見てしみじみと泣いた。

涙は、娘の瘦せた頰の上に落ちた。眼を見開いて、母親の顔をさも懐しげに眺めていた娘は、再び静かに眼を閉じてしまった。もはや、口を耳許に当て娘の名を呼んだけれど何の応えもなかった。

四

人々は、巫女の魔術に驚かされた。中には娘の死んでからの行先を聞いたものがある。巫女は死んでからは、何《ど》の人も平等に同じい幸福を受けるものだ。而して其の幸福の国は、何の人も経験するのであるから知ろうと思う必要がないということを告げたのである。

この娘の母は、奇蹟を行う巫女は此の世界に稀に現われて来る魔神の使であるといった。而して、人間の身の上に関することで此の女に聞いて分らないものはない。若し疑う人があるなら是から五十里許《ばかり》ある南方のXの町へ行って巫女に遇って聞いて見れ、巫女は過去、未来、現在のことを言い当てると言った。巫女は其のXの町に住んでいる……。

彼は、やはり娘の母親に遇って此の話を聞かされた。其ればかりでないXの町へ行って見れと勧められたのであった。

彼はX町へ旅立しようか、何うしようと惑っていた。人間が死んでしまってから、果して国というような名のつくものがあるだろうか。霊魂はどういうように生活するものだろうか。死んだ母と、見た凶夢とに関係があっただろうか……などといろいろ目に見えない心の疑問があった。

彼は、遂にXの町へ旅立することに決心した。燕が南の国に帰りかけた頃、彼も亦《また》南の方を指して旅をつづけていた。

余程旅した後であった。道を行く人にXの町を聞いた。或者は、まだ遠いと言った。或者は曾て聞いたことのない町だといった。彼は、或る町で老婆にXの町を聞いた。其の老婆は彼を家に泊めてくれた。其夜、老婆はXの町について教えてくれた。

此処からまだ三十里南にある町だ。而して若い巫女のことも話したのである。其の町に昔からの豪家があった。其家に一人の娘がある。生れた時から蛇や、鳥の啼声を聞き分け、よく人の生死を判じたのである。家の周囲は繁った深林であって、青い鳥や、赤い鳥が常に枝から枝へと飛び渡っていた。娘は、また生れつき蛙を食べたり、蛇を食うことが好きであった。家の人は、此の娘が普通の人間でないのを怖れて、世間にこのことを秘《かく》そうとした。而して外に出して、勝手に生きた蛇や、蛙を食うのを止めようと思った。けれど娘は人の目を盗んで外の林や森の中に入って、鳥に物を言ったり、蛇を見て笑ったり、蛙を掌の上に載せて面白がったり、さながら狂人のような真似をしたのである。

其の家では、世間の人が娘の噂を立てるのを怖れた。また此家には余程いろいろの秘密が隠されているものと見えて、他人の家に入ることを怖れた。

其れで一人の老翁を日夜、家の門に立たせて護らせている。此の老翁は利巧な老人であった。智識にかけては此の町の人の誰れよりも優って困難な問いを考え、また複雑な謎を解した。老人は長い月日の間にいろいろの経験をしたのである。だから忍耐強くて、物の悟りが速かった。

老翁は、一日眠として門を護っていたのである。しかし体の衰えは争われなかった。門に立っていて折々居眠りをすることもあった。けれど決して鼠一疋といえども其処を通ったものは覚らずにはいない。其れ程、彼の霊魂は聡《さと》くあった。老人自身でもよくいうのに、肉体が衰えれば精神はそれだけ敏《さと》くなるものだと。……。而して老人は常に手に太い棒を持っていた。けれど其れは何の役にも立つものでない。何となれば若かった昔は強力で容易に其の棒を振り廻わすことが出来たけれど、今は、其れを振り廻すだけの力がないのである。ただ、其の棒を持って立っているのが老人にとって漸《ようや》くの力といってもよかったのである。

彼は、老婆から此の話を聞いているうちに、幼い時分に聞いた昔の物語りを思い出した。其の不思議な寓意の物語りの筋が、ちょうどこのようなものであった。勿論筋の大体は違っているようだけれど、やはり斯様な老人が出て来るように覚えている。こう思って、彼は、老婆を眺めた。燈火の光りが当って老婆の白い頭髪は銀のように輝いている。老婆は、下を向いて眼を細く閉《つぶ》って、尚おも語りつづけている。

然るに或日のこと、此の豪家の娘は門を逃げ出した。其の夜は非常な嵐が吹いて、雨が降りしきった。家の周囲に繁っている林の木は悉《ことごと》く呻いた。雨は草木の葉を洗って、風は小枝を揉んで荒々しく揺った。暗い夜の天地は、さながら雨と風と草木との戦場のように思われた。

森の梢に棲《すみか》を造っている小鳥は、夢を驚かされて、雌鳥は雛鳥を慰《いた》わって巣の上にしがみ付いた。雄鳥は、慌しく巣の周囲を飛び廻って叫び立てた。是等幾百の小鳥は、森と林の中に飛び廻り、雨と嵐を突き破って行衛もなく駆け騒いでいる。此時、娘は雨戸を繰って身を縮めて庭の闇の中に飛び下りた。

「鳥よ、もっと喧ましく啼き立てておくれ。妾の足音が聞えぬように。鳥よ、鳥よ、けれどあんまり啼き立てて家の人の眼を醒《さま》してくれては厭《いや》だよ。」

と言った。而して其の姿は、何処にか消え失せてしまった。


其夜に限って此の利巧な老人は、決して油断したのでない。また安心して居眠りしたのでもない。彼は常の如く落付いて門を見張っていた。しかしなぜ娘の足音を聞き付けなかったろうか。必ず聞き付けたに相違ない。けれど此足音を犬の足音と聞違《ききちが》えたのかも知れなかった。また立騒ぐ小鳥の翼の音と聞違えたのかも知れなかった。気まぐれに森を離れて飛び来った小鳥が門の前を過ぎたのかとも思ったのであろう……。

其の娘は、なんでも諸国を巫女になって歩いているといい、また、家に連れ帰されて座敷牢の中に入れられてあるともいう。何《いず》れにせよXの町の此の豪家には、必ず老人の番人がいるに相違ない。而して誰が訪ねて行くとも決して其の大きな青い門から中へ入れない。いかなる強情な人でも、此の老人の智識あることに怖れて、其の命令に背いて入るものがないということだ……。

と、或る老婆は語って聞かせたのであった。

五

彼は、秋の末に南方のXの町に着いたのである。

白壁造の家は夢のように流れの淵に並んでいた。水は崖の下に咽《むせ》んでいた。水色の夜の空は、白い建物の間から露《あらわ》れ出て、星は穿たれた河原の小石のように散っている。瓦や亜鉛の家根の上を月の光りが白く照した。

彼は、此の白い静かな町の中をあてなく歩く小犬のように、白い乾いた往来の上に、みすぼらしい影を落してさ迷った。而して巫女の家を見舞おうと思った。

或日、遂に其の旧家を見出すことが出来た。町から程隔った小高かな処にある。彼は、月の冴えた晩に其の家の門に辿り着いた。

もはや、話に聞いた彼の利巧な老人は死んでしまったという。幾年前に死んでしまったのか分らない。何んでも或日、老人は門の扉に倚《よ》りかかって、横木に手をかけた儘《まま》、堅く死固っていたということだ。今は、誰も門を護る人がないと見える。半ば朽ちた大きな灰色の門は左右に明け放された儘、空しく青い月の光りを通していた。奥深く繁った木立は、今や葉が落ち尽している。黒く悪魔のように立っているのは常磐木《ときわぎ》の森であった。

最初Xの町の人に聞くと、「幽霊家敷」を問うのだと言った。其時、彼は心のうちで年若い巫女のことをいうのであろうと思った。何となれば巫女は、奇蹟を行って人を驚かしたからだ。彼は其様な女を見たいと思った。而して其様な女に愛されたいと思った。此の好奇心は、彼を臆せずに秘密の門の中に導いた。ただ巫女の黒い大きな瞳で眤と見詰められたい。魔女の手に抱かれて、其の鳶色の縮れた長い頭髪の下に顔を埋めたい。而して紅い頬と熱い唇に触れて見たいと胸の血潮が躍った。

彼は、百人の普通の人に愛せられなくても、異常な力を持った悪魔に可愛がられたならば、もはや、自身は此世に於て孤独な人でない。

微かな細い道は、奥の方へ縷々としてつづいている。いつ此の道を人が歩いたか、余程久しい前から、足跡が絶えたと見える。草が生えて、全く道を消そうとしていた。独りとぼとぼと月の光りを頼りに覚束なげな道を辿った。天地は寂然《ひっそり》として、草木も息を潜めている。ただ青い輝く月光が雨のように降って来るのを眺めた。月光はすべての森や林を神秘の色に染めている。彼は遂に道の消えた処まで歩いて来た。其処には大きな礎石があった。古い大きな建物のあった跡であった。常磐木の森の暗い影に隠れて古い沼がある。半分姿を現わした沼の面が、月光に照らされて鱗のように怪しく底光りを放っていた。

小鳥も啼かなければ、風の吹く音もしなかった。全く昔の建物は跡形もなく亡びている。旧家の人々は何処にいるか？　座敷牢に入れて人目に触れさせるのを恥じたという、凄い美しい不思議な娘は、姿を何処に隠しているか。声を上げて呼んでも木精より、何の答えもなかった。

小鳥の巣の下に立って物を言ったり、蛙を掌に載せて笑ったりした娘の姿は、此の寂然とした広い家敷の中には見えなかったのである。

彼は、礎石の上に腰をかけてコオロギの啼声を聞いていた。而して荒れ果てた昔の秘密の園を眺めた。

冬が近づいたと見えて月の光りが白くなった。

六

彼は再び故郷へ帰って来た。黒い陰気な森は処々に立っている。彼は黙って家の中に坐っていた。偶々《たまたま》、墓石の右手に見える道の上で、病気で死んだ娘の母親に出遇った時、巫女を見て来たかと問われた。けれど彼は、巫女が死んでしまったとは答えられなかった。相手の母親は、

「いえ、また夏になったら、此村へ入って来るような気がする……。」

と、いって左右に分れた。

友は、黙っている彼を訪れていろいろと話しかけた。

「まだ、いつか見た夢を思っているかえ。」

其の友の筋肉の弛《ゆる》んだように開いた口の穴が、刹那に彼に謎のように考えられた。彼の頭はぐらぐらとして理窟ではない、ただ夢知らせというようなものを信じない訳にもゆかない

気がした。

同時に、人々の、形のない美しい話も、故意にうそをいっているとは思われなかった。

其から彼は、黒い木立や、墓石や、石屋や、婆さんの家の周囲を考えながらぶらぶらと歩いて毎日、黙って日を暮らした。

其内に、白い雪が降って来た。

本書は『定本　小川未明小説全集』『定本　小川未明童話全集』（どちらも講談社）、『小川未明新収童話集』（日外アソシエーツ）を底本とした。

本文表記は原則、新漢字・新仮名づかいを採用した。

一部、今日の観点からみるとふさわしくない語句・表現が用いられているが、作品の時代的背景と文学的価値に鑑み、そのまま掲載することとした。

収録作品初出一覧

序

面影　「家庭新聞」明治三十八年九月
夜の喜び　「早稲田文学」明治四十四年九月号
北の冬　「新小説」明治四十一年十月号

Ⅰ　妖魔たち

電信柱と妙な男　『おとぎばなし集 赤い船』（京文堂書店）明治四十三年十二月発行
角笛吹く子　「童話」大正十年三月号
赤い天蓋　「話の世界」大正八年九月号
兄弟の猟人　「讀賣新聞」大正六年二月二十七日〜三月三日
いろいろな罰　「讀賣新聞」大正六年三月三十一日〜四月十日

Ⅱ　娘たち

朝の鐘鳴る町　「少女倶楽部」大正十四年五月号
靄につつまれたお嬢様　「婦人グラフ」大正十四年九月号
さまよえる白い影　「解放」昭和二年五月号
砂漠の町とサフラン酒　「童話」大正十四年六月号
島の暮れ方の話　『赤い魚』（研究社）大正十三年九月発行

Ⅲ　少年たち

過ぎた春の記憶　「朱欒」明治四十五年一月号
秋逝く頃　「少年倶楽部」大正五年十二月号
迷い路　「讀賣新聞」明治三十九年八月十二日
たましいは生きている　『たましいは生きている』（桜井書店）昭和二十三年六月

Ⅳ　北辺の人々

大きなかに　「婦人公論」大正十一年四月号（初出題は「大きな蟹」）
老婆　「新天地」明治四十一年十一月号
櫛　「文章世界」明治四十一年七月号
抜髪　「讀賣新聞」明治四十二年六月六日
森の暗き夜　「新潮」明治四十三年八月号

Ⅴ　受難者たち

幽霊船　「新古文林」明治四十年一月号
暗い空　「早稲田文学」明治四十一年十月号
捕われ人　「文章世界」明治四十一年十一月号
血の車輪　「文学世界」大正十一年十月号

Ⅵ　マレビトたち

悪魔　「新文藝」明治四十三年五月号
僧　「新小説」明治四十三年九月号（初出題は「稀人《まれびと》」）
日没の幻影　「劇と詩」明治四十四年四月号
薔薇と巫女　「早稲田文学」明治四十四年三月号

編者解説

小川未明のアンソロジーを編むのは、これが二度目となる。

一度目は、〈文豪怪談傑作選〉シリーズ（ちくま文庫）の一冊として編まれた『小川未明集　幽霊船』（二〇〇八）だ。つい昨日のことのように思っていたのだが、すでに刊行から丸十年が経っていたことに気づいて、愕然とした。

同書は幸いにも好評で何度か版を重ねたものの、いつしか在庫払底して現在は重版予定もないらしい。最近では定価の倍近い古書価が付けられていることを心苦しく思っていた。そこで、この〈文豪怪異小品集〉シリーズでも、幻想と怪奇の小品という視点に立った、新たな未明作品のアンソロジーを編纂しようと思い立った次第である。

実はもうひとつ、再編に向けて強く背中を押された事情があった。

この十年間で、未明作品をめぐる状況が、劇的な変化を遂げたからだ。

これは一にかかって、未明研究のスペシャリストと呼ぶべき小埜裕二《おのゆうじ》氏の功績である。

小埜氏による未明関連の一連の編著、とりわけ『小川未明　全童話（人物書誌大系43）』（二〇一二／日外アソシエーツ）と『小川未明Ⅱ　全小説・随筆（人物書誌大系45）』（二〇一六／同右）という執念の探究作業によって生まれた二冊の浩瀚《こうかん》な書誌、さらには既成の全集には未収録の童話作品を集大成した『小川未明　新収童話集』全六巻（二〇一四／同右）の編纂・刊行によって、これまでほとんど手つかずの状態にあった未明作品の全容の把握が、ようやくにして可能となったのである。

ここで『小川未明　全童話』の「あとがき」から、小埜氏の言葉を引いておこう。

小川未明は、平成23年に没後50年、平成24年に生誕１３０年の記念の年を迎えた。だが今日においても、童話作家であり、小説家であり、詩人であり、批評家であり、社会活動家であった、この巨人の足跡を正確にたどることは難しい。童話や小説それぞれに膨大な数の作品があり、活動も多岐にわたる。休むことなく矢継ぎ早に作品を書きつづけた未明は、後ろを振り向く暇がないかのように、自身で、正確な書誌的記録を残すこともしなかったようである。

未明の仕事量の多さと書誌的情報の不足は、次の事態をもたらした。1、「全集」と名のつくものはあるものの、浩瀚な仕事のすべてを収めることができず、未収録作品を多く残した。2、初出に関する情報は、調査を行っても簡単に判明せず、不明のものを多く残した。3、詳細な伝記を作成するための資料が不足し、いまだ十分なものが作られていない。4、奥行きの知れない未明文学の森に入っていくことを避け、定番作品をもって未明文学が語られた。

まったくもって指摘されるとおりで、このことは私自身、十年前にちくま文庫版の編纂を進めながら痛感したところでもあった。「土俗の怪異と、どこか無国籍風の幻想に満ちた、初期の怪奇幻想小説」(同書解説より)を主眼に定めて編纂作業に着手したものの、初刊のみで埋もれたままになっている作品の多さに驚かされたことを想い出す。

まあそれは、アンソロジストとしては、未開の沃野を発見した嬉しい驚きでもあったのだが。国会図書館や母校の早大図書館に通い詰めて、せっせと稀覯本《きこうぼん》の数々から珠玉作を漁ったものだ。またそれだけに、小埜氏による資料調査が途方もない難事業であっただろうことは、他人事ならず実感されるのである。

その結果、またしても、驚くべき事実が新たに明らかとなった。

小埜氏によれば、小川未明が七十九年の生涯に生み出した作品数は、童話が一一八二篇、小説や随筆など童話以外の作品が二〇六〇篇——現時点で確認されたものだけでも総計三二四二篇にのぼるのだった。いやはや、これは真に驚嘆に値する数字といわねばなるまい。

以上の経緯を踏まえ、今回の『電信柱と妙な男』の編纂にあたっては、次の方針で臨むことにした。

まず、小埜氏によって新たに発掘された未知の作品群を通覧することで、未明文学の全容を把握する。

その上で、多岐にわたる作品の中から、現在の読者がまず読むべき怪奇幻想小品の名作を厳選して収録する。

前回の『幽霊船』では、全体を三部構成とし、「赤い蠟燭《ろうそく》と人魚」や「金の輪」など幻想童話の名品五篇を間に挟んで、前半には越後の沈鬱な風土に育まれた幼年期の幻想と土俗的な妖異の物語を、後半には泰西世紀末芸術やスラヴ浪漫派文学の影響を色濃く湛《たた》えた怪奇物語の数々を収め、巻末に未明の幻想文学観を窺うに足るエッセイ三篇と、単行本未収録の怪談実話「貸間を探《さ》がしたとき」を併録した。

しかしながら今回、新たに未明作品を読み直してみた結果、小説と童話というジャンルの括りは、未明にとって決して截然《せつぜん》と分かたれるものではなく、表現のバリエーションとして同じ視点から捉えるべきものではないのか、という印象を以前にも増して強く抱かされた。

そのため今回は、未明の怪奇幻想系作品を特色づける主要なモチーフごとに「妖魔たち」「娘たち」「少年たち」「北辺の人々」「受難者たち」「マレビトたち」という六つの章を設けて、童話とそれ以外の作品を敢えて区別せずに収録する形をとってみた。

以下、それぞれの章ごとに若干を記す。

巻頭には序章として、未明の幻想文学観を窺わせる三つの小品を掲げた。

未明は小泉八雲ことラフカディオ・ハーンが、明治三十七年（一九〇四）に急逝する直前まで早大講師として教鞭を執っていたときの教え子である。初期の未明作品に色濃い放浪・漂泊への憧れ、夢幻の気に満ちたはるけさの感覚は、生まれついての放浪者《ワンダラー》だったハーン譲りのそれであることが、「面影」の一文から窺われよう。

やはり漂泊と憧憬の詩人たるノヴァーリス『夜の讃歌』を彷彿させる「夜の喜び」、未明自身にとって原風景である、北越の呪術的風土の追憶をメランコリックに物語る「北の冬」……いずれも未明文学の仄暗《ほのぐら》い立脚点を示唆して、まことに味わい深い。

I　妖魔たち

妖怪、魔物、幻獣といった現実を侵犯する超自然の存在は、童話やフォークロアには欠かせぬキャラクターだが、思いのほか未明は、こうした異形のものたちを作品に登場させてはいない。その点では、同時代におけるもうひとりの先覚者・宮沢賢治とは好対照といってよいだろう（心ある読者は、ぜひとも本シリーズ既刊の『可愛《かわい》い黒い幽霊　宮沢賢治怪異小品集』と本書を読み較べていただきたいと思う）。後半の各章にも明らかなように、未明にとっての「魔」や「妖」は、むしろ人の形をとって出没するのである。

とはいえ、このほど未収録作品を読み返していて、そんな未明にも時折、伝承的な怪異を薄気味悪く描いた作品が散見されることに気づいた。特に「赤い天蓋」は、北越から北陸にかけての一帯に分布する水妖譚のバリエーションとして秀逸である。

また、表題作に起用した「電信柱と妙な男」は、未明童話の既成イメージを吹き飛ばすような奇想横溢の快作であり、現代の都市生活者にも一脈通ずる「夜の人々《ナイト・ピープル》」への共感に満ちている。宮沢賢治の有名な「月夜のでんしんばしら」と読み較べてみるのも、一興だろう。

Ⅱ 娘たち

「深窓《しんそう》の令嬢」などという表現は、すっかり死語と化した感のある当節だが、未明が大正から昭和初頭のいわゆるモダニズムの時代に発表した作品には、一種無国籍風で寂しげなたたずまいのお嬢様方が登場する。

それは掲載誌のひとつである講談社の「少女倶楽部」などに当時掲載されていた少女小説(たとえば吉屋信子の〈花物語〉連作など)の常套《じょうとう》を踏まえたものではあるのだが、そのストーリー展開たるや一読茫然《ぼうぜん》、常套どころか常軌を逸した発想や趣向の作品が散見される。

この章には、そうした未明流少女小説の怪作群およびエキゾティックな幻想譚を収録してみた。虚心坦懐《きょしんたんかい》にお読みいただき、大いに驚いていただけたら幸いである。

Ⅲ　少年たち

不朽の名作「金の輪」（汐文社版『文豪ノ怪談ジュニア・セレクション　死』所収）をはじめとして（ちなみに同篇や「赤い蠟燭と人魚」「牛女」などはアンソロジー・ピースとして人口に膾炙《かいしゃ》しているので、本書には敢えて採録していない）、未明の初期作品には内向的で夢見がちな少年たちが頻繁に登場する。

それらは申すまでもなく幼少期における作者自身の似姿でもあるわけだが、かれらはいとも容易に此岸と彼岸のボーダーラインを踏み越え、仄暗い異界や冥界へと参入する。その典型というべき最初期の佳品「迷い路」から、戦後に書かれた「たましいは生きている」（この言葉は他の未明作品にも再々用いられているものだ）まで、作者特有の霊魂観を窺わせる神韻縹渺《しんいんひょうびょう》たる物語を、本章には蒐《あつ》めてみた。

Ⅳ　北辺の人々

ここでいう「北辺」とは、作者の故郷・上越地方の海辺を指す。「赤い蠟燭と人魚」の冒頭に描写される、あの光景だ。

北方の海の色は、青うございました。ある時、岩の上に、女の人魚があがって、あたりの景色を眺めながら休んでいました。

雲間から洩《も》れた月の光がさびしく、波の上を照《てら》していました。どちらを見ても限りない、物凄い波がうねうねと動いているのであります。

上笙一郎《かみしょういちろう》の研究書『未明童話の本質』（一九六六）によれば、同篇の構想の起点には、未明鍾愛のドイツ画家であるアーノルト・ベックリン描く人魚幻想図の傑作「波のたわむれ」があり、さらには、そこに描かれた人魚と似た面《おも》ざしの美女にまつわる、若き日の想い出があったという。

その女性とは、未明が中学時代、上越・高田の街で下宿生活を送った際に知り合った、足の不自由な女家主である。未明の随筆「私を憂鬱ならしむ」より引用すると――

雪のように、色白で、眼がぱっちりとして、しかも、頭の長い髪が、つやつやしく、いつもぬれているように真黒でありました。そして、十ばかりの女の子と、もう六十に近い老母とがありました。

いつも窓辺で針仕事に勤《いそ》しむ女の姿を、未明は「濤《なみ》から上った人魚が、岩の上にぬれながら坐っているようにも、色の白い、髪の黒い、女は凄味を持っていました」と描写している。妖艶な女人の印象とともに、やはり「赤い蠟燭と人魚」に重大な影響を及ぼしたとされているのが、地元の海辺に伝わる哀切な人魚伝説だった。

あるとき、雁子浜《がんごはま》（上越市大潟区《おおがたく》）の若者が、沖合に浮かぶ佐渡ヶ島の娘と恋に落ちた。娘は夜な夜な、海辺の神社の常夜燈を頼りに、暗い海を渡って逢いに来ていたが、あるとき男が約束を違《たが》えて明かりを灯さなかったため溺死してしまう。浜に漂着した女の遺骸を見て、若者も海に身を投げた。二人を哀れんだ村人は、常夜燈の近くに埋葬して塚を築いた……ちなみに十年ほど前、私が現地へ探訪に赴いた際には、人魚塚とおぼしき小さな石積みは、繁茂する藪の中にひっそりと埋もれていたものだ。

こうした実体験や、幼時から身近に接した地元の伝承は、やがて未明の中で妖しく変容を遂げ、本章に収めたような、他に類を見ない土俗の呪縛力に満ちた物語群へと結実したのである。たとえば従来、未明童話の一篇として受容されてきた「大きなかに」が、序章に収めた「北の冬」と密接な照応関係にあることを見ても、未明にあっては童話と小品が表裏一体の関係にあることが分かるだろう。

V　受難者たち

今日、未明の作家的生涯については、明治四十年代に「新浪漫主義」の清新な担い手として脚光を浴び（折しも文壇では、泉鏡花や柳田國男を中心に、怪談や心霊学への関心が澎湃《ほうはい》と高まっていた時代である）、大正期に入ってからは、愛児の相次ぐ死などを契機に社会主義思想に接近、その一方で雑誌「赤い鳥」（大正七年創刊）をはじめとする児童文学興隆の気運に呼応して多くの童話作品を手がけ、大正十五年（一九二六）の『小川未明選集』完結を機に、小説の筆を断ち、童話執筆に専念することを宣言、アナーキズム、人道主義に立脚する文学活動を精力的に展開し、戦後は児童文学界の指導的役割を果たした……おおむね以上のように概観できるであろう。

しかしながら、本章に収録した一種異様な初期作品群を見ると、社会主義への接近以前から、未明の中にはその萌芽が育まれていたように思われる。近代産業社会の象徴である〈工場〉は、未明作品にあっては、さながらゴシックの城や牢獄を彷彿せしめるのだから。社会主義に傾倒した後の作品である「血の車輪」と読み較べてみれば、その次第がよりいっそう得心されよう。

Ⅵ　マレビトたち

早大生時代の恩師であり、未明という雅号の命名者でもある（ただし逍遙が提示したよみは「びめい」）文豪・坪内逍遙の推挽《すいばん》により、「新小説」明治三十七年（一九〇四）九月号に掲載された事実上のデビュー作「漂浪児」このかた、未明はどこか憑《つ》かれたように、諸国を放浪遍歴する漂泊の宗教者（折口《おりくち》民俗学に云うところの客人＝マレビト）の妖姿を、作中に登場させてやまなかった。

その神出鬼没な跳梁ぶりは、Ⅲ章に収めた「過ぎた春の記憶」に早くも片鱗が認められるが、一種のモダンホラーといっても過言ではない異色作「僧」（なんと初出時のタイトルは「稀人《まれびと》」であった）に描かれる、不吉な死の使いのごとき旅僧にとりわけ顕著であるし、一方ではまた、代表作である「薔薇と巫女」などに見られるごとく、漂泊への憧憬を体現したキャラクターとしても描かれている。

未明怪異譚の核心に位置するとも考えられる、このマレビト幻想には、未明の父・小川澄晴の特異な人物像が翳《かげ》を投げかけているように思われる。

越後の士族・大川家の三男坊に生まれ、同じ高田藩士である小川家の婿養子となった澄晴は、戊辰《ぼしん》戦争に従軍して九死に一生を得た経験がきっかけで御嶽教《おんたけきょう》に入信、各地で修験者としての修行を重ねたという。そしてかねてより崇敬篤《すうけいあつ》い上杉謙信を祭神とする神社を、謙信ゆかりの春日山《かすがやま》に建立することを発願《ほつがん》、資金集めに単身で奔走し、明治二十七年(一八九四)認可されて春日山神社を独力で創設するにいたる。

春日山神社の現宮司である小川清隆氏の著作『伝説　春日山むかしばなし』『語り伝えておやしろ百年の物語』などによれば、澄晴はいわゆる鎮魂帰神《ちんこんきしん》の法にも通じていたようで、春日山の山中で少年に憑依《ひょうい》した白狐《びゃっこ》の神霊から、神社創設に際しての啓示を得たとされる。同神社の境内に鎮座する北海《ほっかい》稲荷は、このときの白狐を祀ったもので、傍らの石碑には稲荷社建立にまつわる味わい深い霊威譚が記されている。

神社創建当時、小学生だった未明は、留守がちの父の名代《みょうだい》として、しばしば高田市内の居宅と春日山の神社建設地を結ぶ寂しい五智《ごち》街道を、徒歩ではるばる往還していたという。こうした少年時代の体験や、身近に接した父の神秘的な一面が、後に妖しい漂泊者《マレビト》の夢想に結実しただろうことは想像に難くない。なお上越市大豆《だいず》の春日山神社境内には、謙信公の遺品とともに未明ゆかりの品々を展示する記念館や、澄晴一家が暮らした社務所、未明の詩碑や人魚母子像、澄晴顕彰の石碑などが点在していることを申し添えておこう。

先述のように、本格的な未明研究がようやく緒についた感のある現在、幻想と怪奇の視点に立脚した未明アンソロジーである本書によって、奥深い未明文学の世界に参入する読者が少しでも増えるならば、編者にとってこれに優る歓びはない。

今回も編集部の坂田修治さんとカバー装画の中川学さんにはお世話をかけた。中川さんの装画もまた、未明流アンバランス・ゾーン（懐かしき「ウルトラQ」テイスト！）の魅力を余すところなく伝えてくれているように思う。記して満腔の謝意を表したい。

二〇一九年五月

東　雅夫

平凡社ライブラリー 884

電信柱《でんしんばしら》と妙《みよう》な男《おとこ》 小川未明怪異小品集

発行日…………2019年7月10日　初版第1刷

著者……………小川未明
編者……………東雅夫
発行者…………下中美都
発行所…………株式会社平凡社
〒101-0051　東京都千代田区神田神保町3-29
電話　(03)3230-6579［編集］
(03)3230-6573［営業］
振替　00180-0-29639
印刷・製本……藤原印刷株式会社
DTP…………藤原印刷株式会社
装幀……………中垣信夫

ISBN978-4-582-76884-8
NDC分類番号913.6　B6変型判(16.0cm)　総ページ368

平凡社ホームページ https://www.heibonsha.co.jp/

落丁・乱丁本のお取り替えは小社読者サービス係まで
直接お送りください（送料、小社負担）。